LASP-Verlag

AF214585

Der Autor

Lutz Ullrich, Jahrgang 1969, studierte Politik und Rechtswissen-
schaften, schrieb für verschiedene Zeitschriften, betätigte sich in
der Politik und arbeitet heute als Rechtsanwalt. Er lebt mit seiner
Familie in der Nähe von Frankfurt. Mehr Informationen gibt es
unter www.lutzullrich.de.

In der Tom-Bohlan-Reihe sind bisher folgende Bücher erschienen:

Der Kandidat (2009)*
Tod in der Sauna (2010)*
Tödliche Verstrickung (2011)*
Stadt ohne Seele (2012)*
Mord am Niddaufer (2013)*
Das Erbe des Apfelweinkönigs (2014)*
Kristallstöffche (2015)

Außerdem der Kurzkrimi:
Bohlan und das geheimnisvolle Manuskript

Alle Bücher sind auch als E-Book erhältlich

)* im Röschen Verlag

Kristallstöffche

Ein Kriminalroman von Lutz Ullrich

© 2015 Lutz Ullrich
Umschlag, Foto: Lutz Ullrich
Lektorat: Stefanie Reimann
LASP-Verlag, Schwalbach am Taunus – Frankfurt am Main
Satz: Udo Lange

1. Auflage

ISBN
Paperback   9783946247005
Hardcover   9783946247012
e-Book   9783946247029

Printed in Germany

1.

Tom Bohlan schob die Espressotasse zur Mitte des Tisches. Sie war leer. Nur an den Rändern und auf dem Boden hafteten dunkelbraune Kaffeereste. Von den Kreisen, die er noch vor wenigen Minuten mit dem Löffel gezogen hatte, fehlte jede Spur. Weggespült. Vernichtet. So einfach funktionierte das mit den Bildern in seinem Kopf nicht.

Bohlan wusste nicht, wie lange er hier schon saß. Die Tischnachbarn wechselten ständig. Koffer rollten über den Boden. Kinder zerrten ungeduldig an ihren Eltern. Draußen starteten und landeten die Flugzeuge im Sekundentakt. Nur in seinen Erinnerungen lächelte Tamara ihn an. Immer wieder. Sie lächelte und drehte sich um. Sie lächelte und drehte sich um …

Er wusste nicht, wie oft sich diese Szene in den letzten Minuten vor seinem inneren Auge abgespielt hatte. Immer wieder das gleiche Bild. Immer wieder die gleiche Handlung. Und täglich grüßt das Murmeltier, murmelte der Kommissar. Die Zeit um ihn herum raste davon. In seinem Kopf blieb sie stehen. Verschiedene Welten. Unterschiedliche Zeitkorridore. Gab es so etwas wirklich? Unterlag Zeit keiner Gesetzmäßigkeit? Konnte man sie anhalten, vor- oder zurückspulen? Ungeahnte Möglichkeiten tauchten am Horizont auf. Wenn das wirklich möglich wäre, dann …

Bohlan blieb keine Zeit, weiter zu sinnieren. Etwas pochte in seiner Brusttasche. Es war laut, fordernd und unzweideutig. Er könnte es weiter vibrieren lassen. Doch natürlich war es keine Option, den Rest seines Lebens an einer Flughafenbar zu verbringen und die Anrufe seines Chefs wegzudrücken.

Er zog das Smartphone heraus und räusperte sich. »Hey, Klaus, was gibt's?«

»Wo steckst du, Tom? Wir warten seit über einer Stunde au dich.«

»Ich habe Tamara zum Flughafen gebracht und bin hier versackt. Sorry, nimm's mir nicht übel. Ich brauche heute ein paar Stunden für mich. Mein Akku ist leer.«

Klaus Gerding antwortete nicht sofort. Für einige Sekunden hörte Bohlan nur den Atem des Chefs der Frankfurter Mordkommission. Dann erst folgte der erlösende Satz:

»Okay, Tom. Schlaf dich aus. Wir sprechen morgen in Ruhe.«

Bohlan drückte das Gespräch zufrieden weg und legte das Smartphone neben die Espressotasse. Für einige Minuten beobachtete er die Menschen um sich herum. Die junge Frau, die hinter dem Tresen stand und die Bestellungen entgegennahm. Die Gäste, die die Angebote auf großen Leuchttafeln studierten. Der Mann zwei Tische weiter, der einen Cheeseburger aß und nebenbei die Boulevardzeitung las. Das junge Pärchen, das zusammensaß, jeder eine Cola vor sich und das Handy im Blick. Sprachen sie noch miteinander oder kommunizierten sie per SMS oder WhatsApp? Bohlan kam wieder ins Grübeln. Wie verhält es sich eigentlich mit dem Küssen oder dem Sex in einer digitalen Welt? Gab es dafür auch eine App? Ging man für solche Erlebnisse in ein 4-D-Kino?

In seinem Kopf reifte die Erkenntnis, dass er keine Antworten finden würde. Nicht an diesem Morgen. Schließlich raffte er sich auf. Er nahm das Smartphone vom Tisch und schaltete es in den Flugmodus. Für heute war er weg von dieser Welt.

Auf dem Weg über die Autobahn ließ er die vergangenen Wochen Revue passieren. Er hatte bis zum Hals in Ermittlungsarbeiten gesteckt. Die Morde vor dem Hintergrund des Erbschaftsstreits um den Frankfurter Apfelweinkönig Heinz Wagenknecht hatten ihm und seinem Team alles abverlangt.

Die Mörderin hatte eine wahnsinnige Schnitzeljagd mit der Frankfurter Mordkommission veranstaltet.

Doch dieser Fall klang nicht so sehr in seinem Kopf nach wie die Affäre mit Tamara, die er sich geleistet hatte.

Gegen besseres Wissen hatte er sich auf sie eingelassen. Zum Teufel mit den Hormonen! Zur Hölle mit den Gefühlen!

Er hätte vor dieser Frau gewarnt sein müssen, war er ihr doch schon einmal auf den Leim gegangen. Das war Jahre her und eine andere Zeit gewesen. Zumindest hatte Bohlan das geglaubt. Eine Fehleinschätzung, wie sich nun herausstellte, guter Sex war eine, tiefgehende Gefühle eine ganz andere Sache. Oder handelte es sich doch nur um die zwei Seiten derselben Medaille?

Je länger die Sache mit Tamara andauerte, desto mehr sah er das böse Ende auf sich zukommen. Er war sehenden Auges in sein Unglück gerast. Das war das Schlimmste an der ganzen Sache. Jetzt war sie zu ihrer Familie nach Berlin zurückgekehrt und er saß hier alleine mit seinem ganzen Gefühlschaos. Selbst schuld, sagte er sich. Er hätte die Finger von dieser Frau lassen sollen. Bohlan bog von der Autobahn ab und kurvte durch Höchst, der Wörthspitze entgegen, wo sein Hausboot lag.

Allerdings war die Sache mit Tamara nicht die einzige Sorge, die ihn plagte. Vor wenigen Wochen hatte Klaus Gerding ihm eröffnet, im nächsten Jahr in den wohlverdienten Ruhestand zu gehen. Im gleichen Gespräch hatte der Chef der Frankfurter Mordkommission ihn gefragt, ob er sein Nachfolger werden wolle. Seitdem schuldete Bohlan seinem alten Freund eine Antwort. Die Arbeit am aktuellen Fall war ein guter Vorwand gewesen, die Gedanken über die eigene Zukunft zu vertagen. Doch jetzt, wo der Fall geklärt war, gab es keinen Grund mehr, die Entscheidung weiter aufzuschieben. »Zum Teufel damit«, stieß Bohlan aus. Er hasste Veränderungen. Warum konnte nicht alles so bleiben, wie es war? Es gab zwei Fixpunkte in seinem Leben, die er nicht verändern wollte. Der eine war sein Wohnsitz. Nirgendwo fühlte er sich so wohl wie auf dem alten Kahn. Der andere war sein Ermittlerteam. Die Kollegen stellten eine Art Ersatzfamilie für ihn dar. Jeder hatte seine Eigenarten und Macken. Über jeden konnte man sich ab und zu trefflich ärgern, aber trotzdem stimmte die Mischung. Sollte er wirklich das alles eintauschen gegen einen Bürojob, noch dazu, wenn dieser damit verbunden war, Vorgesetzter zu werden? Jeder wusste doch, dass es dann vorbei war mit der lockeren Plauderei. Die anderen müssten ihm mit Respekt entgegentreten. Respekt war etwas anderes als Freundschaft. Taugte er überhaupt zum Vorgesetzten?

Alles sprach also gegen Gerdings Vorschlag. Und doch quälte er sich so lange mit einer endgültigen Antwort. Die Leuchtreklame des Supermarkts riss ihn aus den Gedanken. Er reagierte schnell und fuhr den Wagen auf den Parkplatz, schließlich herrschte in seinem Kühlschrank die gewohnte Leere. Er brauchte Proviant für den Tag an Bord.

Orientierungslos schob Bohlan den Einkaufswagen durch die endlos langen Supermarktgänge. Wahllos nahm er Waren aus den Regalen und warf dabei verstohlene Blicke in andere Wagen, in der Hoffnung, Einkaufsideen zu erhaschen. Kurz bevor er sich in die Schlange an der Kasse einreihte, betrachtete er prüfend den Inhalt der Karre: ein paar Flaschen Bier und Wein, Aufbackpizzen, ein Bund Basilikum, Kaffeebohnen, Milch, Butter, Cornflakes, Knäckebrot, Aufbackbrötchen, Wurst und Käse. Gar keine schlechte Ausbeute, dachte Bohlan. Lediglich das probiotische Trinkjoghurt stellte er im letzten Regal vor der Kasse wieder ab, wo es ein klägliches Dasein zwischen Deos und Duschgels fristete.

***

Julian Steinbrecher hatte die Schnauze gestrichen voll. Noch zwei Wochen bis zum Ende der Praxisstation. Dann war der Spuk in diesem Revier zu Ende und er konnte endlich wieder die Schulbank drücken. Er hoffte inständig, im nächsten Praxisdurchgang in ein anderes Revier eingeteilt zu werden. Seit er die Polizeischule besuchte, war dies der mit Abstand nervigste Einsatzort. Er hatte mit seinem Vater, der seit über dreißig Jahren bei der Mordkommission seinen Dienst tat, schon viele Stunden über diese Situation diskutiert. Und letztlich gab es nur eine einzige Strategie: Augen zu und durch.

In einer guten halben Stunde nahte das Ende seiner Schicht. Dann ab nach Hause und ausruhen.

»Steinbrecher! Kommen Sie mal!« Die laute, durchdringende Stimme des Revierleiters erfüllte die Räume. Julian Steinbrecher beeilte sich, zu seinem Chef zu kommen.

»Was gibt's?«

»In Zimmer eins ist ein Mann. Der will eine Anzeige machen. Ein guter Job für dich. Da kannst du deine Fähigkeiten mal so richtig unter Beweis stellen.«

»Aber meine Schicht ist in einer halben Stunde zu Ende ...«, setzte Steinbrecher an. Doch er wusste, dass es sinnlos war.

»Egal, dann mach halt kurzen Prozess mit dem Kerl. Der hat sowieso nicht alle Latten am Zaun.«

Missmutig schlurfte Steinbrecher über den Flur. Wieder einmal hatte man ihm einen undankbaren Job zugewiesen. Es gab genug Spinner, die sich über Gott und die Welt beklagten und Anzeige erstatten wollten. Revierarbeit und Streifefahren, das war einfach nichts für ihn. Er wollte zur Mordkommission. Aber bis dahin war es noch ein weiter Weg.

Der Mann, der in Raum eins auf ihn wartete, machte auf den ersten Blick einen verwahrlosten Eindruck. Er trug eine schmutzige Cordhose und unter dem offen stehenden Parka ein ausgeleiertes T-Shirt. In der Mitte seines Gesichts prangte eine viel zu große Nase. Seine Haare waren fettig, die Wangen unrasiert. Noch dazu stank er zum Himmel. Steinbrecher schätzte ihn auf vierzig, plus minus. Auf dem Boden vor ihm stand die Plastiktüte eines Discounters. Steinbrecher setzte sich hinter den Schreibtisch und schaute den Mann an.

»Sie wollen also eine Anzeige zu Protokoll geben!?«

»Ja, das sagte ich Ihrem Kollegen bereits.«

»Gut. Name, Geburtsdatum, Adresse.« Steinbrecher leierte die Fragen desinteressiert herunter.

»Hagedorn, Sven. 23.7.1970. Hügelstraße 85.«

Steinbrecher schaute auf. Er hätte Tod und Teufel darauf gewettet, dass sein Gegenüber auf der Straße lebte. Tatsächlich schien er aber einen festen Wohnsitz zu haben. Er musste das unbedingt später überprüfen.

»Und wen oder was wollen Sie anzeigen?«

»Robert De Niro.«

Steininger nahm die Finger von der Tastatur und versuchte, ernst zu bleiben, konnte sich ein Lachen aber nicht verkneifen.

»Und Dustin Hoffman«, fügte Hagedorn mit todernstem Gesicht hinzu.

»Wollen Sie mich veralbern?«

Hagedorn schaute Steinbrecher an, ohne etwas zu sagen. Beinahe lautlos öffnete und schloss er immer wieder den Mund. Nur das Aufeinandertreffen und Lösen der Lippen verursachte ein leichtes Pochen. Speichel rann über sein Kinn. Kein besonders appetitlicher Anblick. Wahrscheinlich hatte er einen Tick, vermutete Steinbrecher. Oder er nahm irgendwelche Medikamente.

»Keineswegs«, sagte Hagedorn.

»Okay. Der Reihe nach. Wegen was wollen Sie Robert De Niro und Dustin Hoffman anzeigen?«

»Stalking.«

Wieder zuckte Hagedorns Mund. Auf und zu, immer wieder.

»Wann soll das gewesen sein?«

»Vor zwei Stunden. Sie senden mir Signale. Jede Nacht. Ich kann kaum noch schlafen.«

Sein Chef hatte recht gehabt. Hagedorn hatte wirklich nicht mehr alle Sinne beieinander. Steinbrecher musste schnell aus dieser Nummer herauskommen. Nur wie? Noch zwanzig Minuten bis Dienstschluss. Er überlegte fieberhaft, wie er das anstellen konnte.

»Vielleicht sollten Sie den Fernseher ausschalten. Hören Sie Musik. Lesen Sie ein Buch.«

»Das nützt nichts. Es sind übrigens nicht nur De Niro und Hoffman. Vor zwei Wochen war es Bruce Willis und davor …«

»Schon gut, schon gut. Es haben sich also alle Hollywoodgrößen gegen Sie verschworen, stimmt's?«

»Es macht den Anschein.«

»Und was verlangen sie von Ihnen?«

»Sie können nichts dafür. Der CIA setzt sie unter Druck. Der Geheimdienst hat sie auf mich angesetzt. Sie sollen mich fertigmachen. Weil ich sein Treiben durchschaut habe. Ich bin eine Gefahr für die. Wissen Sie?!«

Steinbrecher hatte aufgehört, sich Notizen zu machen. Der Fall war zu eindeutig. Hagedorn stand entweder unter Drogen oder er litt an Verfolgungswahn. Beides war schlimm, rechtfertigte aber keine Strafanzeige gegen die führenden Protagonisten Hollywoods.

»Warum sollten Sie für den CIA gefährlich sein?«

»Nicht für den CIA, für die Herrschenden. Für die, die die Welt in den Händen und uns alle als Sklaven halten. Ich habe das System durchschaut. Ich weiß die Wahrheit und nun will man verhindern, dass ich das Geheimnis verrate.«

»Nehmen Sie Medikamente? Sind Sie in ärztlicher Behandlung?« Steinbrecher musste diese Frage irgendwann stellen, das war unvermeidlich. Hagedorns Gesicht verfinsterte sich. Die Zuckungen in seinem Gesicht nahmen zu. Es brodelte in ihm.

»Sie gehören auch zu denen, stimmt's? Verdammter Mist. Ich bin in die Falle getappt.«

Hagedorns Augen flackerten wild hin und her. Er begann, mit dem rechten Bein nervös zu wippen. Immer schneller. Steinbrecher fühlte sich zunehmend unwohl. In seinem Gegenüber braute sich Unheil zusammen. Er brauchte Unterstützung. Nur zur Sicherheit. Kein Mensch konnte einschätzen, was Hagedorn in seinen wirren Gedanken ausbrütete.

»Wollen Sie vielleicht einen Kaffee oder ein Wasser?« Steinbrecher erhob sich. Hagedorn hörte auf, nervös mit dem Bein zu wippen.

»Kaffee«, sagte Hagedorn.

Steinbrecher war erleichtert. Sein Plan schien zu funktionieren. Er konnte unter einem Vorwand den Raum verlassen und Unterstützung holen. Als er Hagedorn passierte, hielt er die Luft an. Der beißende Geruch, den der Mann verströmte, war widerlich. Er erreichte die Tür. Seine Hand legte sich auf die Klinke.

»Halt«, donnerte Hagedorn und sprang auf. »Wo wollen Sie hin?«

»Kaffee holen.«

»Nein!«, schrie Hagedorn. Er stand jetzt direkt vor Steinbrecher. Metall blitzte auf. Steinbrecher hatte keine Ahnung, wie es Hagedorn geschafft hatte, plötzlich ein Messer hervorzuzaubern.

»Schön hiergeblieben. Ich lass mich nicht so leicht verarschen, Bürschchen. Du willst doch nur die Anderen holen und mich einbuchten. Du gehörst zu denen.«

Hagedorn drückte sich mit seinem gesamten Körpergewicht gegen Steinbrecher, der der Masse nicht standhalten konnte. Er taumelte rücklings gegen die Tür. Hagedorn setzte nach. Das Messer war Steinbrechers Gesicht gefährlich nahe. Doch dann erlangte der junge Polizist die Kontrolle zurück. Er griff Hagedorns Arm und konnte ihn von sich wegdrücken. Hagedorn wankte und fiel nun seinerseits gegen den Schreibtisch. In diesem Moment wurde die Tür aufgerissen und zwei Kollegen kamen zu Hilfe. Gerade noch rechtzeitig, bevor sich Hagedorn wieder auf Steinbrecher stürzen konnte.

2.

Als Bohlan erwachte, war es draußen längst hell. Die Sonne knallte flirrend heiß durch die Fensterscheibe und erhitzte das Schlafzimmer. Noch bevor er die Augen öffnete, wusste er, dass der Tag fürchterlich werden würde. In seinem Schädel hämmerte und ratterte es, als führen Bagger hinter seiner Stirn im Kreis herum. Durch die offen stehende Schlafzimmertür drang Musik. Immer wieder die gleichen Zeilen und Takte, unterbrochen durch ruckartiges Geknackse.

»I'd run right into hell and back. I would do anything for love, I'll never lie to you and that's a fact.«

Bohlan versuchte zu verstehen, was vor sich ging. Endlich kehrten die Erinnerungen zurück. Zu später Stunde hatte er seine alte Plattensammlung durchgesehen und eine Zeitreise in die musikalische Vergangenheit unternommen. Und diese Platte hatte eindeutig einen Sprung. Immer wieder sprang die Nadel zurück. Es war zum Verrücktwerden. Bohlan erhob sich, schlurfte ins Wohnzimmer und befreite das Vinyl von der quälenden Nadeltortur. Auf dem Rückweg stolperte er über eine auf dem Boden stehende halbleere Weinflasche. Der Bordeaux ergoss sich einer Blutlache gleich über die Holzplanken. Bohlan zerrte ein Küchenhandtuch herbei und ließ es auf die rote Lache fallen. Die Baumwolle saugte sich in Windeseile mit dem gegorenen Traubensaft voll. Das war kein gutes Omen. Diese Vorkommnisse bestätigten Bohlans

Befürchtungen. Dieser Tag konnte nur misslingen. Missmutig füllte er den Kaffeekocher mit Wasser, schaufelte Espressopulver in das Sieb, setzte die Einzelteile zusammen und stellte die Kanne auf den Herd. Dann warf er sich zwei Aspirin ein und flüchtete unter die eiskalte Dusche. Nach einer Minute fröstelte es ihn. Nach zwei Minuten stellte er das Wasser ab, griff nach einem Handtuch und trocknete sich ab. Er warf sich einen Bademantel über, goss Kaffee in einen Becher und presste den Saft einer ganzen Zitrone dazu. Oma Wills Spezialrezept hatte schon manchen Tag nach einer durchzechten Nacht erträglicher gemacht. Er setzte sich mit dem Kaffeepott an Deck und beobachtete die Schwäne, die lautlos durch das Wasser glitten. Als ihm die leicht fischig riechende Luft bewusst wurde, entschloss er sich, das Smartphone aus dem Schlaf zu erwecken. Eine folgenschwere Entscheidung.

***

Tom Bohlan wusste genau, wohin er fahren musste. Er kannte den Weg aus dem Effeff. Viele Male hatte er Julia Will nach Hause gebracht. Meist abends, wenn die Einsätze länger gedauert hatten. Das war, bevor sie sich einen kleinen Wagen geleistet hatte. Jetzt parkte er den Lupo am Ende einer Stichstraße und lief die wenigen Meter zu seinem Ziel, das nur ein paar Straßenzüge von Wills Haus entfernt lag. Wie alles in der Nordweststadt, war auch der Martin-Luther-King-Park in den Sechzigerjahren des vergangenen Jahrhunderts künstlich angelegt worden. Eine Retortenstadt im Grünen, entstanden in einer Zeit, in der Worten wie ›Fortschritt‹ und ›Aufbruch‹ ein verführerischer Klang anhaftete. Als er den Park betrat, stachen ihm zwei Dinge ins Auge: ein Zirkuszelt, dessen Plane rot und grün leuchtete, und ein paar Meter dahinter rot-weißes Absperrband, das nicht minder auffällig war. Es umspannte ein Areal, das wie ein kleiner Wald aussah, aber natürlich nur eine Ansammlung von Bäumen und Büschen sein konnte. Mittendurch führte ein Spazierweg. Ein idyllisches Plätzchen, dachte Bohlan und marschierte in diese Richtung, wohl wissend, dass der Anschein zumindest an diesem Morgen trügerisch war.

»Ah, du bist schon da. Sehr gut!« Julia Will kam ihm entgegen. Wie immer verbreitete sie hektische Betriebsamkeit.

»Ich habe mich beeilt, aber du hast einen klaren Standortvorteil«, knurrte Bohlan. Immerhin hatte der Kopfschmerz nachgelassen.

»Das war überhaupt kein Vorwurf, Tom.« Sie lächelte ihn an. Der Kommissar war sichtlich irritiert. Er hätte mit einem Rüffel gerechnet, nachdem er gestern den Dienst geschwänzt und sich seitdem nicht mehr gemeldet hatte. Doch die neuesten Vorkommnisse überschatteten offensichtlich alles Gestrige.

»Was ist passiert?«

»Heute Morgen ging ein Anruf in der Zentrale ein. Eine junge Frau hat bei ihrer morgendlichen Joggingrunde zwei blutverschmierte Koffer in diesem Wäldchen gefunden.« Will deutete auf den Weg, der hinter dem Absperrband entlangführte.

»Aha. Und sonst?«

»Was meinst du mit ›und sonst‹?«

»Spuren, andere Zeugen?«

»Noch nicht, wir haben erst einmal alles abgesperrt. Die Jungs von der Spurensicherung sind auch noch nicht lange da.«

»Ist in den Koffern das, was wir vermuten?«

Will zuckte mit den Schultern. »Keine Ahnung, was du vermutest. Ich habe sie noch nicht angerührt.«

Bohlan wurde immer klarer, dass er keineswegs mit Verspätung aufgetaucht war. Trotz der durchzechten Nacht und seines durchaus desolaten Zustands war er pünktlich am Einsatzort erschienen. Der Blick auf das Handy erwies sich in der

Rückschau wie eine glückliche Fügung, wenn nicht sogar Intuition. Er hob das Flatterband an und ließ Julia Will den Vortritt. Seit an Seit schritten sie in das Wäldchen.

»Tamara ist weg«, stieß er hervor.

»Zurück nach Berlin?«

»Ja.«

»Damit war zu rechnen, oder?«

»Natürlich. Aber trotzdem – es war eine schöne Illusion.«

»Da hinten«, sagte Will und deutete nach rechts hinter einen Busch. Jetzt sah Bohlan die beiden etwas größeren Reisekoffer, der eine braun, der andere schwarz. Die roten Flecken an den Griffen und der Oberseite konnten getrocknetes Blut sein. Bohlan beugte sich nach vorne, um eine bessere Sicht zu haben. Will fasste ihn am Arm.

»Was ist?«, zischte der Kommissar.

»Nichts. Aber wir sollten alles so lassen, wie es ist. Jede Spur kann hilfreich sein.«

»Natürlich.« Bohlan wich zurück.

Eine Gruppe weißer Gestalten tauchte auf. Beamte in weißen Overalls. Sie schleppten Koffer und anderes Gerät.

»Können wir uns irgendwo in Ruhe zusammensetzen?«, fragte Bohlan.

»Vielleicht im Zirkuszelt. Das müsste jetzt noch frei sein.«

»Was ist denn da überhaupt los?«

»Ein Schulprojekt. Und abends gibt's Kultur für den Stadtteil«, erläuterte Will und wendete sich um: »Hallo, Andi.«

Andi arbeitete bei der Spurensicherung. Er war Ende dreißig, immer freundlich und zuvorkommend. Außerdem sah er blendend aus. Vor ein paar Jahren hatten sie ein bisschen miteinander geflirtet, aber dann hatte Will Alex Feth kennengelernt.

»Habt ihr schön eure Spuren hinterlassen?«, flachste Andi und grinste breit, sodass seine Zähne zum Vorschein kamen. »Wo sind die Leichen?«

»Wenn es welche gibt, dann in den Koffern. Kann aber alles auch ganz harmlos sein. Wir sind hinten beim Zirkuszelt.«

Andi nickte. »Los, Jungs, ihr wisst, was zu tun ist!« Die Spurensicherung nahm routiniert ihre Arbeit auf. Der Fotograf packte seine Gerätschaften aus.

»Wer hat die Koffer entdeckt?«, fragte Bohlan.

Sie hatten sich auf den Zuschauerbänken des Zirkuszelts niedergelassen.

»Lilly Ernst. Eine junge Frau. Ich schätze mal Ende zwanzig. Sie hat die Koffer heute Morgen beim Frühsport entdeckt. Sie wohnt ganz in meiner Nähe.«

»Kennst du sie?«

»Nein, nicht näher. Vielleicht habe ich sie schon einmal gesehen. Ich weiß nicht.«

»Wo ist sie jetzt?«

»Ich habe sie nach Hause geschickt und gesagt, dass sie sich zur Verfügung halten soll. Sie war ganz verschwitzt.«

»Von der kurzen Strecke?«

Will sah Bohlan verständnislos an.

»Das sind doch keine tausend Meter von hier zu dir.«

»Keine Ahnung, wo sie schon überall langgelaufen ist. Hinter dem Wäldchen ist so ein neuer Fitnessparcours. Vielleicht hat sie sich da ausgetobt …« Will wurde vom Lärm unterbrochen, den hereinstürmende Kinder verursachten. Sie drängten zur Manege. Kurz bevor sie dort ankamen, machten sie halt und zogen die Schuhe aus. In Socken betraten sie das rotgelbe Tuch, das auf dem Boden lag, und setzten sich in einen Kreis. Erwartungsvoll blickten sie in Richtung Vorhang. Kurz darauf erschienen ein Mann und eine Frau. Beide lässig in Jeans und T-Shirt gekleidet. Sie begrüßten die Kinder mit aufgesetzter Freundlichkeit, wie sie Animateuren eigen ist. Dann bemerkten sie Bohlan und Will.

»Haben Sie die Zettel nicht gelesen? Eltern sind bei den Proben nicht erlaubt. Die Vorstellung ist heute Abend.«

Bohlan und Will sahen sich überrascht an. Bohlan musste grinsen.

»Mist, erwischt!«, sagte Will. »Komm, Schatz, wir gehen.«
Die Kommissare standen auf und gingen zum Ausgang. Dort standen zwei Frauen, die mit den Kindern im Zelt erschienen waren. Vermutlich die Lehrerinnen. Jede hielt eine Tasse Kaffee in der Hand.

»Wo haben Sie den her?«, fragte Bohlan und deutete auf die Tasse.

»Aus dem Versorgungszelt. Aber das ist kein öffentlicher Verkauf.«

Bohlan bedankte sich für die Auskunft und stapfte Will hinterher, die die Eingangsplane zur Seite schob. Die Sonne blendete. Bohlan spürte seine Kopfschmerzen zurückkehren.

»Das muss da drüben sein, Schatz«, rief er Will zu.

»Was?«

»Das Versorgungszelt.«

Auf der anderen Seite des Fußweges stand ein weißes Zelt. Durch die Plastikfenster waren Tische und Bänke zu erkennen und eine Gestalt, die aufzuräumen schien. Zielstrebig nahm Bohlan auf sie Kurs.

»Guten Morgen, wir hätten gerne zwei Kaffee.«

Die türkische Frau sah den Kommissar verwundert an.

»Nicht offen. Erst heute Abend.« Sie wandte sich wieder dem Putzeimer zu.

»Aber die beiden Lehrerinnen haben auch einen Kaffee bekommen, und es riecht hier nach frischen Bohnen.«

»Lehrerinnen sind Ausnahme. Kinder im Zelt.«

»Wir auch Ausnahme. Polizei.«

Die Frau ließ den Lappen in den Eimer fallen.

»Ist was passiert?«

»Vielleicht.« Bohlan deutete durch das Fenster auf die Absperrung. Die Frau folgte seinem Blick.

»Ah, deshalb. Ich mich schon gewundert. Was los?«

Bohlan zuckte mit den Schultern. »Wir wissen noch nichts Genaues. Aber Kaffee können Sie bestimmt jede Menge verkaufen und Börek auch.« Bohlans Blick fiel auf einen Teller, der auf der Theke stand.

»Moment. Ich hole Kaffee. Börek nachher frisch.«

Die Frau füllte zwei Pappbecher mit Kaffee. Will schüttete Unmengen Zucker hinein. Bohlan nahm ihn schwarz.

»Ist gut. Schön stark«, lobte der Kommissar nach dem ersten Schluck. Er wollte zu einer Frage ansetzen, als er einen Mann vom Wäldchen her auf das Zelt zurennen sah.

Bohlan lächelte die Türkin entschuldigend an, bevor er sich umdrehte und hinaustrat.

»Leichenteile«, presste der Beamte aufgeregt hervor. Er wirkte abgehetzt. Mit dem Zwanzigmetersprint hatte er sich völlig verausgabt. Bohlan trank den Kaffee in einem Zug und warf den Becher in einen Müllsack. »Komm mit, Julia!«

Die drei marschierten zurück zum Wäldchen. Keiner sagte ein Wort.

***

»Gruselig«, würgte Will heraus, als sie an der gleichen Stelle standen wie vor einer Viertelstunde. Die Spurensicherung hatte die Koffer nebeneinander aufgereiht und die Deckel geöffnet. Bohlan kniff die Augen zusammen, um schärfer sehen zu können. Obwohl die Verwesung bereits fortgeschritten war, konnte er die einzelnen Leichtenteile deutlich erkennen. Bohlan glaubte, einen Mann und eine Frau zu erkennen. Die Kleidung schien seine Vermutung zu bestätigen. Ein übler Gestank lag in der Luft.

»Vermutlich zwei Leichen«, sagte Andi. »Ein Mann und eine Frau. Für jeden ein Koffer.«

»Praktischer als Särge«, erwiderte Bohlan trocken. »Zum Transport, meine ich.«

»Spar dir deinen Sarkasmus«, entgegnete Will.

»Also das volle Programm!«, raunzte Bohlan.

Der Mann von der Spurensicherung nickte. »Rechtsmedizin und Staatsanwaltschaft sind schon verständigt.«

»Na bravo.« Bohlan verzog das Gesicht. »Ich habe schon heute Morgen gespürt, dass das kein schöner Tag wird. Komm, Julia.«

***

Ein schwarzer Porsche rollte über den Kies. Der Motor dröhnte, wurde aber von Steinbrechers Harley Davidson noch übertönt.

»Muss die hier reinfahren? Ich parke doch auch draußen.«

Will zuckte mit den Schultern. Die Türen des Sportwagens schwangen auf. Felicitas Maurer und Jan Steininger stiegen aus.

»Morgen, Chef«, sagte Steininger.

Bohlan nickte Steininger zu. »Guten Morgen, Frau Staatsanwältin.«

Felicitas Maurer, Mitte vierzig, mit dicht gelockten, dunkelbraunen Haaren, steckte wie immer in einem schwarzen Kostüm, das ihre sexy Figur hervorragend zur Geltung brachte. Der Umstand, dass Jan Steininger mit im Porsche gesessen hatte, deutete darauf hin, dass die beiden die Nacht miteinander verbracht hatten. Maurer hatte sich im letzten Jahr von Hamburg nach Frankfurt versetzen lassen und pfuschte seitdem in Bohlans Ermittlungsarbeit hinein. Noch dazu hatte sie eine Affäre mit seinem Kollegen begonnen, was dem Kommissar alles andere als gefiel. Er misstraute Maurer von Anfang an und unterstellte ihr, seinen Kollegen nur deshalb mit ins Bett zu nehmen, um Informationen aus erster Hand zu erhalten. Ohne den Schlenker über den Dienstweg.

»Schon irgendwelche Erkenntnisse?«, fragte Maurer.

»Die Teile stammen von zwei Personen, wahrscheinlich ein Mann und eine Frau. Die Spusi vermutet, dass es für jede

Leiche einen Koffer gab. Ansonsten stehen wir ganz am Anfang. Die Gegend um die Fundstelle ist abgesperrt. Die weißen Overalls grasen alles ab.«

Maurer nickte. »Irgendwelche Zeugen?«

»Nur die Finderin«, sagte Will. »Wir werden sie gleich noch einmal vernehmen.«

»Was ist das für eine Zirkusveranstaltung?« Maurer blickte in Richtung Zelt.

»Ein Schulprojekt für die Grundschulen. Morgens spielen die Kinder Zirkus, am Abend finden Kulturveranstaltungen für Erwachsene statt. Filme, Theater, Lesungen. Die Bewirtung wird vom türkischen Kulturverein gemacht«, erläuterte Will.

»Wer koordiniert das alles?«

»Das Quartiersmanagement. Das Büro ist in der Thomas-Mann-Straße.«

»Haben Sie da schon einmal nachgefragt?«

»Nach was?«

»Vielleicht gibt es so etwas wie eine Nachtwache? Die Zelte wird man doch nicht unbeaufsichtigt lassen können. In dieser Gegend.«

Bohlan, der dem Dialog zwischen der Staatsanwältin und seiner Kollegin mit zunehmendem Missfallen gelauscht hatte, platzte gleich der Kragen.

»Natürlich haben wir das schon in Erwägung gezogen. Aber eins nach dem anderen.«

»Natürlich will ich Ihnen nicht in Ihre Arbeit reinreden. Sie kennen mich doch. Ich wollte nur helfen.« Maurer lächelte Bohlan an. »Sie bekommen das bestimmt prima hin. Da bin ich mir sicher. Ich werde mir den Fundort ansehen. Kommt jemand mit?« Maurer sah von Steininger zu Steinbrecher. Ihr Blick signalisierte unzweideutig, dass dies keine Frage, sondern eine Aufforderung war.

»Wolltest du mich auflaufen lassen?«, raunzte Bohlan zu Will, nachdem die drei außer Hörweite waren.

»Wieso?«

»Warum wusste ich noch nichts von der Kulturwoche und dem ganzen Kram?«

»Wollte ich dir noch erzählen.«

»Aha.«

»Wirklich, Tom, ich wollte dich nicht auflaufen lassen. Aber irgendwas musste ich der Maurer doch erzählen. Du weißt doch, wie sie ist.«

»Hm«, grummelte Bohlan. »Woher weißt du das eigentlich alles?«

»Das war nicht viel Arbeit. Hat mir meine Oma alles beim Abendbrot erzählt.«

»Hä!?«

»Sie arbeitet in der Organisation mit.«

Julia Will wohnte, seit sie vor Jahren zur Frankfurter Kripo gekommen war, im Haus ihrer Oma. Annegret Will, eine lebensfrohe, rüstige Dame knapp über siebzig, ließ kein Fest im Nordwesten Frankfurts aus. Von daher war es nicht verwunderlich, dass sie auch bei dieser Veranstaltung ihre Finger im Spiel hatte.

»Sie präsentiert übrigens auch ihr Buch über Niederursel. Übermorgen ist Premiere im Zelt.«

»Wenn es die Ermittlungen zulassen, komme ich.«

»Versprich nichts, was du nicht halten kannst«, entgegnete Will. »Wie wollen wir weitermachen?«

»Wir schicken die Stones zum Quartiersmanagement und wir zwei gehen zu Lilly Ernst. Aber erst, wenn die Maurer das Weite gesucht hat«.

3.

»In das Haus wollte ich schon immer mal rein.« Will ließ ihren Blick über die verspielte Fassade wandern. Fachwerk und massive Bauweise wechselten sich vielschichtig ab. Es gab zahlreiche Gauben, Giebelchen und Türmchen. Efeu rankte an der rechten Hausseite hoch und war dabei, die Fassade zu erobern.

»Hat etwas Verwunschenes«, pflichtete Bohlan bei.

Die Frau, die im Türrahmen stand, passte überhaupt nicht zu dem Haus. Sie war jung, schlank und blass. Ihr Gesicht wirkte mädchenhaft. Zwei graugrüne Augen schauten Bohlan an. Die Frau steckte in Sportklamotten und hatte die braunen Haare zu einem Pferdeschwanz zusammengebunden.

»Ja, bitte?« Ihre Stimme war fest und selbstbewusst.

»Hauptkommissar Bohlan. Das ist meine Kollegin Julia Will. Wir kommen …«

»… wegen der Blutkoffer im Park, schon klar. Kommen Sie rein.« Sie drückte den Türöffner. Bohlan und Will liefen durch den leicht verwilderten Vorgarten. Wenig später saßen sie in einem Esszimmer, umgeben von edlen Möbeln, jeder eine Tasse Tee vor sich.

»Was soll ich sagen? Ich bin hier so gegen halb neun los. Meine übliche Runde, wie jeden Tag. Im Park, dann durch das Wäldchen. Dahinter liegt der neue Fitnessparcours. Ist eigentlich für Senioren, aber man kann da ganz gut die eine oder andere Übung machen.«

Will warf Bohlan einen vielsagenden Blick zu: Siehst du, ich hatte recht.

Lilly Ernst sprach ungerührt weiter. »Aber so weit kam ich dann nicht mehr. Wegen der Blutkoffer. Ich habe sofort die Polizei angerufen und dann gewartet.«

»Hätten Sie vielleicht Zettel und Stift?«, fragte Bohlan. »Ich habe heute Morgen mein Notizbuch zu Hause vergessen.«

»Selbstverständlich. Moment bitte.«

Ernst verließ für kurze Zeit das Zimmer.

»Siehst du, der Fitnessparcours. Hab ich dir doch gesagt«, flüsterte Will in Bohlans Ohr.

Ernst kehrte mit Zettel und Stift zurück.

»Laufen Sie immer die gleiche Strecke?«

»Ja.«

»Können Sie sie mir beschreiben?«

»Wozu ist das wichtig?«

»Reine Neugierde. Ich laufe auch, aber meistens an der Nidda.«

»Die Strecke ist nichts Besonderes. Hier raus, dann über den Bach, ein wenig die Felder entlang. Dann durch das Hochhauslabyrinth zum Park, eine Runde zum Parcours.«

»Wie lange sind Sie dafür unterwegs?«

»Eine halbe Stunde. Dann brauche ich noch zwanzig Minuten für die Fitnessübungen. Ist ja nur zum Wachwerden.«

»Und dann?«

»Wie: und dann?«

Lilly Ernst musterte Bohlan, als habe sie die Frage nicht verstanden.

»Was machen Sie dann?«

»Studieren. Sport. Nachmittags trainiere ich eine Mädchenmannschaft. Fußball.«

»Und davon kann man sich so ein Haus leisten?« Bohlan sah Ernst mit durchdingendem Blick an.

Ernst lachte auf. »Nein, natürlich nicht. Das ist auch nur so ein Job. Ich wohne hier nur vorübergehend. Als Aufpasserin. Die Besitzer sind im Ausland.«

Bohlan schrieb ein paar Gedankenstützen auf den Zettel.

»Kein schlechter Job. Wie lange machen Sie das schon?«

Lilly Ernst schien kurz zu überlegen. »Vielleicht vier Wochen, oder so.«

»Und wem gehört das Haus?«

»Das kann ich Ihnen gar nicht so genau sagen. Eine Bekannte hat mir den Job vermittelt. Sie hat mir auch die Schlüssel gegeben.«

Es gab wirklich interessante Nebenjobs, dachte Bohlan. Gerade für Studenten musste Haussitting wie ein Sechser im Lotto sein. Wohnungen waren ein knappes Gut. Und teuer.

»Okay, Frau Ernst. Ich denke, das war's fürs Erste.« Bohlan faltete das Papier zusammen und steckte es in seine Jackentasche. »Und vielen Dank für den Tee.«

***

Zum Mittagessen gab es Börek in verschiedenen Ausführungen. Fleisch, Käse, Spinat. Die Kommissare saßen im Versorgungszelt zusammen. Die Spurensicherung war immer noch im Gelände unterwegs und suchte verzweifelt nach verwertbaren Spuren.

»Felicitas hat die Obduktion der Leichen angeordnet«, sagte Jan Steininger.

»Grandiose Entscheidung. Respekt.« Bohlan biss in den Börek. Blätterteig blieb in seinem Mundwinkel hängen.

»Deinen Sarkasmus kannst du dir sonst wohin schmieren«, entgegnete Steininger.

»Warum so empfindlich?«

»Kannst du nicht mal aufhören, immer auf dieser Sache herumzuhacken? Nur weil du mal wieder Pech in Sachen Frauen hattest.«

»Halt bloß die Klappe«, polterte Bohlan und wischte sich mit dem Unterarm über die Mundwinkel. Der Teig blätterte auf den Tisch.

»Hört aus zu streiten!«, fuhr Will dazwischen. »Wir haben Wichtigeres zu tun.«

»Ich streite nicht. Ich will Jan nur vor einem großen Fehler bewahren.«

Wut und Ärger stiegen in Steininger empor. Seine Lippen bebten. Er war kurz davor aufzuspringen.

»Das haben wir verstanden«, entgegnete Will mit fester Stimme und sah Steininger besänftigend an. »Das führt doch alles jetzt nicht weiter. Jan, vielleicht kannst du berichten, was ihr im Stadtteilbüro herausgefunden habt.«

Steininger rümpfte kurz die Nase, schien sich aber wieder zu beruhigen. Die Anspannung wich aus seinen Gliedern.

»Wir haben dort Andrea Büttner angetroffen. Sie ist die Quartiersmanagerin. Engagierte Frau, Mitte fünfzig, meist mit einem kleinen Hund unterwegs. Sie arbeitet für eine kirchliche Institution.«

»Was genau macht denn eine Quartiersmanagerin?«, hakte Will nach.

»Sie nimmt sich der sozialen und kulturellen Probleme im Stadtteil an, stößt Projekte an. All so was. Sie hat auch die Sache mit dem Zirkus und der Kulturwoche in die Wege geleitet. Ich habe hier eine Liste der Personen, die damit irgendwie in Verbindung stehen.« Steininger zog ein Blatt Papier aus der Hosentasche und faltete es auseinander. »Ich weiß zwar nicht, ob uns das weiterhilft, aber einen Ansatzpunkt gibt es vielleicht: Dimitri Wasovic. Er ist Leiter eines Security Services, und die sind nachts für die Bewachung des Zeltes zuständig. Vielleicht hat der etwas gesehen.«

»Dimitri Wasovic«, wiederholte Bohlan.

»Deutsch-Russe. Baut sich gerade eine eigene Existenz mit der Security auf. Jedenfalls, wenn man Andrea Büttner Glauben schenkt.«

»Also auch so ein Projekt?«

»Vermutlich.«

»Habt ihr ihn schon erreicht?«

»Ja, er ist auf dem Weg. Wie war's bei euch?«

Will berichtete in knappen Sätzen über den Besuch bei Lilly Ernst und schloss mit den Worten: »Wahrscheinlich wird sie uns nicht viel weiterhelfen können. Sie war eben zur falschen Zeit am falschen Ort.«

Bohlan fuhr sich mit der Hand über den fast kahlen Kopf. Eine Bewegung, die er meistens machte, wenn er nachdachte. Oder nicht mehr weiterwusste. »Fassen wir also zusammen. Wir haben zwei Koffer mit Leichenteilen. Wir wissen weder, um wen es sich bei den Toten handelt, noch hat jemand irgendwas gesehen. Der einzige Ansatzpunkt ist ein junger Russe, der die Aufgabe hat, nachts die Zelte zu bewachen. Das ist nicht gerade viel.« In Gedanken scheute er sich davor, all die Mitwirkenden der Kulturwoche befragen zu müssen. Bohlan spürte, wie die Kopfschmerzen wieder stärker wurden. Wahrscheinlich ließ die Wirkung der Tabletten nach. Er tastete seine Jacke nach der Packung ab.

»Jetzt sei doch nicht so ungeduldig. Vielleicht schaufeln die weißen Männer etwas Brauchbares zutage.« Es waren Steinbrechers erste Worte, seit sie zusammensaßen. Walter Steinbrecher war ein paar Jahre älter als Bohlan, trug meistens schwarze Kleidung. Er wollte noch etwas hinzufügen, wurde aber von lautem Motorengeräusch unterbrochen. Bohlan sah nach draußen, wo ein schwarzer Porsche Cayenne über den Weg rollte. Ein muskelbepackter Mann stieg aus. Wahrscheinlich jemand von der Security, dachte Bohlan.

***

Lilly Ernst setzte sich, nachdem die beiden Kommissare gegangen waren, an den Esstisch und verharrte dort einige Zeit regungslos. Dann klappte sie den Laptop auf. Zuerst checkte sie ihre E-Mails, dann las sie die neusten Meldungen auf einem Newsportal und rief danach ihr persönliches Tagebuch auf. Seit sie denken konnte, schrieb sie Gedanken und Erlebtes nieder. Es war einiges zusammengekommen in all den Jahren. Das Schreiben half ihr, Erlebtes zu ordnen. Früher hatte sie herkömmliche Notizbücher verwendet. Doch irgendwann musste sie feststellen, dass ihre Gedanken dort nicht sicher waren. Ihre Mutter und ihr Bruder lasen heimlich, was sie aufschrieb. Natürlich leugneten sie es, als Lilly sie darauf ansprach. Ein erster Verdacht war ihr gekommen, als die Reihenfolge der Hefte im Regal nicht mehr stimmte. Sie wandte einige Sicherungstricks an, drapierte Kleinstgegenstände auf den Heften, die am nächsten Tag verschwunden waren. Seit diesem Tag schloss sie die Tagebücher weg. Als sie ihren ersten Computer bekam, schrieb sie die Gedanken nicht mehr in Hefte. Sie sicherte die Dateien mit Passwörtern, die sie alle paar Wochen änderte. Seitdem fühlte sie sich sicher. Ihre Mutter hatte keine Ahnung von Computern und ihr Bruder war kurz darauf gestorben.

Nick, wie sie ihn liebevoll nannte, obwohl er eigentlich Niklas hieß, war fünf Jahre älter als sie. Als kleines Mädchen hatte sie ihn vergöttert. Er war groß, klug und schön und so stolz auf seine kleine Schwester. Nick war ein talentierter Fußballspieler. Schon früh hatte er es in diverse Auswahlmannschaften geschafft. Die großen Vereine zeigten Interesse an ihm. Der Abschluss eines Profivertrags stand unmittelbar bevor. Dafür lebte er, trainierte fast jeden Tag. Früh hatte er es in den Landeskader geschafft und galt als große Hoffnung. Und dann war er eines Tages auf dem Trainingsplatz zusammengebrochen und wenig später, auf dem Weg ins Krankenhaus, verstorben. Der zu Hilfe gerufene Arzt attestierte akutes Herzversagen. Für alle war es ein Schock: Trainer, Freunde und natürlich ganz besonders für die Familie. Lilly wäre an seinem Tod beinahe zerbrochen. Über zehn Jahre lag das nun schon zurück. Man sagt, dass die Zeit alle Wunden heilt. Aber das stimmt nicht. Es gab immer wieder Tage wie diesen, an denen selbst die ältesten Wunden aufbrachen.

Lillys Finger flogen über die Tastatur. Worte und Gedanken strömten aus ihrem Kopf durch Arme und Finger direkt auf den Bildschirm. Sie schrieb sich den Frust von der Seele. So nah wie heute war der Tod ihr in den letzten Jahren nicht mehr gekommen. Der Tod – was war das für ein Wesen? Ein schwarz gekleideter Mann mit langem Umhang und Sense in der Hand? Lilly wusste, dass dies eine naive Vorstellung war. Aber heute in dem kleinen Wäldchen war diese Figur wieder aufgetaucht. Sie stand nur wenige Meter von den Koffern entfernt, halb verdeckt von einem Baum, und beobachtete Lilly, wie sie auf die Koffer starrte. Erst als sie ihr Handy aus der Sporthose zog und die Polizei anrief, wandte er sich ab und verschwand. Sie wusste, dass der Sensenmann weniger Realität als Illusion war. Eine Schattenfigur ihrer Gedankenwelt. Und trotzdem erschauderte sie bei dem Gedanken an ihn.

Ohne den Text, der aus ihr herausgeflossen war wie das Schmelzwasser im Frühling, noch einmal zu lesen, speicherte sie die Datei ab und klappte den Laptop zusammen. Sie ging in die Küche und schenkte sich ein Glas Sprudelwasser ein. Gedankenverloren sah sie durch das Fenster in den Garten hinaus. Sie wurde das Gefühl nicht los, dass es kein Zufall gewesen war, dass sie die Koffer gefunden hatte. Nicht nach dem, was sie in den vergangenen Wochen herausgefunden hatte. Es schien ihr wie eine Warnung. Ein klein wenig bereute sie es, dass sie den Kommissaren nichts davon erzählt hatte.

***

Als Julia Will am Abend nach Hause kam, saß ihre Großmutter im Wohnzimmer vor dem Fernseher und sah eine Talkshow. Die Gäste quasselten wild durcheinander, waren kurz davor, sich gegenseitig an die Gurgel zu gehen. Julia Will ließ sich in den freien Sessel fallen und schloss für einen Moment die Augen. Als Annegret Will ihre Enkelin bemerkte, schaltete sie den Apparat auf stumm und musterte Julia, die ihr immer noch regungslos gegenübersaß.

»Siehst erschöpft aus«, sagte Annegret nach einer Weile. Will öffnete die Augen, starrte einen Moment an die Decke, bevor sie sich ihrer Oma zuwandte. Annegrets Gesicht sah weniger sorgenvoll aus, als der Tonfall ihrer Frage vermuten ließ. Will glaubte, den Grund für die Neugierde ihrer Oma zu kennen. Die Ereignisse im Martin-Luther-King-Park hatten sich mit ziemlicher Sicherheit in Niederursel wie ein Lauffeuer verbreitet. Kein Wunder, dass ihre Oma auf heißen Kohlen saß und nach Informationen aus erster Hand durstete.

»Ich schicke Alex schnell eine Nachricht, dass ich nicht ins Training komme, und dann berichte ich dir alles, was passiert ist", sagte Julia Will und erhob sich gleichzeitig aus dem Sessel. Für einen Moment flog der Anschein eines Lächelns über Annegret Wills Gesicht. Julia hatte also ins Schwarze getroffen. Sie ging in den Flur, nahm das Smartphone aus der Tasche und tippte die Nachricht an Alex in die virtuelle Tastatur. Sie hatte kein wirklich schlechtes Gewissen. Schon bei einem Telefonat am Nachmittag hatte er spekuliert, dass sie nicht ins Training kommen würde. Sie hatte zwar vehement widersprochen, doch selbst nicht wirklich daran geglaubt. Als sie ins Wohnzimmer zurückkehrte, war ihre Oma dabei, zwei Weingläser auf den Sofatisch zu stellen. Will machte auf dem Absatz kehrt und holte die angebrochene Rotweinflasche aus der Küche. Nachdem die beiden Gläser gefüllt waren, berichtete Julia detailliert über den Leichenfund und die bisherigen Ermittlungen. Annegret lauschte gebannt, stellte die eine oder andere Nachfrage und verharrte nachdenklich in ihrem Sessel, nachdem Julias Bericht zu Ende war.

»Gruselig«, sagte sie nach einiger Zeit.

Julia nickte zustimmend.

»Noch dazu, wenn man bedenkt, dass ich wenige Stunden zuvor am gleichen Ort eine Filmvorführung besucht habe. Und übermorgen ist meine Lesung angesetzt. Kann die überhaupt stattfinden?«

Annegret Will hatte in jahrelanger Kleinarbeit ein Buch über die bewegende Geschichte Niederursels verfasst. Die Suche nach einem Verlag war mindestens genauso mühsam gewesen. Doch zu Julias Überraschung stapelten sich seit ein paar Tagen diverse Kisten mit Büchern im Flur.

»Deine Buchvorstellung, stimmt! Da spricht aus meiner Sicht nichts dagegen. Das Zirkuszelt ist nicht gesperrt. Solang du nicht im Wäldchen lesen willst.«

»Dann bin ich ja beruhigt.«

»Wie viele Exemplare wurden eigentlich gedruckt?«

»Zweitausend Stück, soweit ich weiß.«

»Das ist eine ganze Menge«, sagte Will. »Glaubst du denn, dass die alle verkauft werden?«

»Ich hoffe«, entgegnete Annegret und hob ihr Glas.

»Sag mal, kennst du eigentlich eine Lilly Ernst?«

Annegret nahm einen Schluck Rotwein in den Mund und genoss den Abgang.

»Der Name sagt mir nichts, wieso?«

»So heißt die junge Frau, die die Koffer entdeckt hat. Sie wohnt um die Ecke. In der Villa mit dem Bachlauf im Garten. Du weißt, vis à vis zur Station Riedwiese.«

»Die Klöppel-Villa?«, entgegnete Annegret. »Ich dachte, die hätte die Tochter geerbt. Ich habe mich schon gewundert, warum die dort nicht einzieht. Na ja, hat's wohl nicht nötig. Wahrscheinlich hat sie das Haus lukrativ vermietet.«

»Vielleicht«, erwiderte Julia nachdenklich. Sie beschlich das Gefühl, dass die Dinge in der Klöppel-Villa komplizierter waren als gedacht. Doch worin sollte ein Zusammenhang mit den Leichenteilen bestehen?

***

»Lilly ist echt krass drauf.« Benno Cordes grinste verschmitzt. Er ließ seinen massigen, vor Muskelkraft strotzenden Körper auf einen Barhocker fallen. Um den Hals hatte er ein blaues, halbnasses Handtuch geschlungen. Er roch nach herbem Duschgel. Auf den kurz rasierten Haarstoppeln fanden sich vereinzelte Wassertropfen. Hinter der Theke stand Tilmann Weisenbach und las in einer Illustrierten. Er ließ die Worte seines Kompagnons kommentarlos im Raum stehen, blätterte die Seite um und trank die Espressotasse leer.

»Hat echt mächtig Ausdauer, die Kleine. Wow!«

»Kannst ruhig versuchen, mich zu provozieren. Es wird dir nicht gelingen. Oder hast du etwas mit ihr?«, knurrte Weisenbach, ohne den Blick von den bunten Bildern zu lassen. Tilmann Weisenbach war groß, schlank und sportlich, wenn auch nicht so ausgeprägt muskulös wie Cordes. Sein dunkles, leicht gewelltes Haar lichtete sich am Hinterkopf.

»Nein. Leider nicht. Komm, mach mir einen Isodrink«, bat Cordes und rubbelte mit dem Handtuch über den Kopf. »Brauchst nicht eifersüchtig zu werden. Ich meinte ihre Trainingsleistung.«

Weisenbach drehte sich um, nahm ein Glas aus dem Regal und stellte es auf den Tresen. Wortlos bückte er sich und zog das Kühlfach auf, in dem die Getränke lagerten.

»Was auch sonst?!«, entgegnete er kurz angebunden.

»Sei doch nicht immer gleich so eingeschnappt. Ich funke dir bei Lilly nicht dazwischen. Sie gehört dir.«

Weisenbach stellte Isodrink und Glas vor Cordes.

»Einschenken kannst du ja selbst.«

»Es waren heute drei Neue da. Unser Laden läuft immer besser. Wir sollten uns Gedanken über einen zusätzlichen Trainer machen. Was meinst du?« Cordes schenkte die Hälfte des Isodrinks in das Glas. Weisenbachs Miene hellte sich auf. Er schien froh darüber zu sein, dass Benno das Thema wechselte.

»Da bin ich sofort dafür. Ich habe immer gesagt, dass wir aufrüsten müssen. Auch die Kids-Gruppen platzen aus allen Nähten.«

»Hast du eine Idee?«

»Nichts Konkretes. Ich könnte mich mal an der Sportuni umhören. Viel verspreche ich mir davon aber nicht.«

Cordes nickte zustimmend. Sie hatten vor ein paar Monaten schon einmal eine Suche gestartet, die jedoch mangels geeigneter Bewerber im Sande verlaufen war.

»Alternativ könnte ich jemanden aus der Wettkampfgruppe ansprechen.«

Weisenbach sah Cordes skeptisch an.

»Die kennen unsere Prinzipien, sind fit und halten sich an die Trainingspläne.«

»Sie brauchen auch zeitliche Kapazitäten. Das Wettkampftraining ist schon sehr intensiv.«

»Das ist natürlich ein wichtiger Punkt. Aber er ist nicht unlösbar.«

Weisenbach wurde hellhörig. Offensichtlich hatte Benno bereits eine Idee. Ihn beschlich eine Ahnung, von der er nicht wusste, ob er sie für gut oder schlecht halten sollte.

»Hast du jemanden Konkretes im Auge?«

»Zwei, drei Kandidaten hätte ich schon. Aber es gibt einen Favoriten, besser gesagt eine Favoritin.«

Cordes machte eine Pause und trank das Glas leer.

»Lilly. Sie bringt alle Voraussetzungen mit. Sie ist eine unserer Besten, studiert Sport, und sie hat Trainererfahrung. Immerhin trainiert sie eine Mädchenfußballmannschaft.«

Weisenbach klopfte den Einsatz der Espressomaschine aus und füllte ihn dann mit neuem Pulver. In aller Ruhe schraubte er die Düse wieder an die Maschine, stellte seine Tasse unter den Auslauf und betätigte den Knopf. Sekunden später floss der Espresso in die Tasse.

»Wir müssen das ja nicht jetzt entscheiden. Lass dir die Sache einfach mal durch den Kopf gehen.«

4.

Als Jan Steininger am Morgen das Wohnzimmer betrat, schlug ihm ein wohltuender Kaffeeduft entgegen. Felicitas Maurer saß mit zerzausten Haaren am Esstisch, nur mit einem weißen Bademantel bekleidet, und las in der ›Frankfurter Zeitung‹. Obwohl sie sich morgens mit einer Schale Müsli begnügte, hatte sie Toastbrot und diverse Aufstriche bereitgestellt. Dafür, dass er in der Nacht recht wenig geschlafen hatte, fühlte sich Steininger erstaunlich frisch, wenn nicht gar beschwingt.

»Lecker!«, stieß er hervor und griff eine der Toastbrotscheiben, noch bevor er sich auf den Stuhl gesetzt hatte.

»Du solltest nicht zu viel davon essen, sonst setzt du noch Fett an.« Felicitas Maurer ließ von ihrer Lektüre ab und schob die Zeitung zur Seite. »Du weißt, dass ich durchtrainierte Körper mag.«

»Mach dir um mich mal keine Sorgen«, entgegnete Steininger. »Ich verbrenne den Tag über genug Kalorien.« Er strich Butter auf den Toast und legte eine Scheibe Käse oben drauf. »Und in der Nacht übrigens auch.«

»Der Punkt geht an dich«, erwiderte Felicitas. »Und deswegen hab ich dir die ganzen Sachen auch hingestellt. Ich will ja nicht, dass du etwas von deiner Kondition einbüßt.«

Steininger grinste verschmitzt und biss mit Appetit in den Toast.

»Kaffee?«

»Ja, natürlich.«

Felicitas beugte sich nach vorne und goss Kaffee aus der Kanne in Steiningers Tasse. Dabei verrutschte die obere Öffnung des Bademantels und gab einen Blick auf ihre Rundungen frei. Steininger musste an die Dinge denken, die sie in der letzten Nacht getrieben hatten. Er hätte sofort weitermachen können. Doch seine Kollegen warteten im Präsidium auf ihn.

»Reden wir noch einmal über gestern«, sagte Felicitas mit einem verführerischen Lächeln.

»Können wir das nicht auf heute Abend verschieben?«, entgegnete Jan und rutschte nervös auf seinem Stuhl hin und her. Felicitas musste lachen.

»Ich meine nicht die Nacht, sondern das, was am Tag passiert ist. Kannst du nur immer an das eine denken?«

Steininger fühlte sich ertappt und bemühte sich, seine Verunsicherung zu überspielen. »Ich weiß, aber wir haben nicht mehr so viel Zeit. Tom hat uns für Punkt neun einbestellt.« Demonstrativ warf er einen Blick auf seine Armbanduhr.

»Für eine kurze Zusammenfassung ist noch genügend Zeit«, entgegnete Felicitas mit strengem Blick. »Du willst doch schließlich beim nächsten Mal wieder gewisse Dinge erleben, oder?«

Steininger, der gerade einen großen Schluck Kaffee im Mund hatte, schaffte es nur mit Mühe diesen hinunterzuschlucken und nicht wieder auszuspucken. Zum ersten Mal hatte Felicitas mehr oder weniger unverblümt ausgesprochen, dass sie für die gemeinsamen Nächte eine gewisse Gegenleistung verlangte. Eine Wendung, die ihn innerlich aufhorchen ließ. Sie war zwar schon immer an Details aus der täglichen Arbeit interessiert gewesen. Doch bislang hatte sich dieses Interesse auf das beschränkt, was er von sich aus erzählte.

»Also?!«, hakte Felicitas nach.

Da bislang nicht allzu viel passiert war, hatte Steininger keine Gewissensbisse, die Ergebnisse der gestrigen Ermittlungsarbeit kurz und knapp zusammenzufassen. Maurer hörte ihm interessiert zu, stellte zwei, drei Nachfragen und schien zufrieden, ihren Willen durchgesetzt zu haben. Zehn

Minuten später verließ Steininger die Wohnung der Staatsanwältin und machte sich auf den Weg ins Präsidium.

***

»Sie haben es tatsächlich geschafft.« Julia Will strahlte über das ganze Gesicht.

»Wer hat was geschafft?« Bohlan blickte aus verquollenen Augen. Er hatte mal wieder eine miserable Nacht mit wenig Schlaf hinter sich.

»Wir haben die Fingerabdrücke der beiden Toten. Die Rechtsmedizin hat sie rekonstruiert. Aber es kommt noch besser. Die Spezialisten haben sie durch den Computer gejagt. Und der Datenabgleich war erfolgreich.«

»Das heißt was?«, fragte Steininger.

»Die Identifizierung war möglich. Es handelt sich um Jürgen und Karola Kippenberger. Ein obdachloses Ehepaar.«

»Immerhin«, sagte Bohlan. Seine Stimme klang schwungvoller als noch vor ein paar Minuten. Will stellte eine Tasse Kaffee vor ihn auf den Tisch. Der Duft stieg durch Bohlans Nase und weckte weitere Lebensgeister.

»Danke. Womit habe ich das verdient?«

»Reiner Eigennutz. Dein wacher Geist wird benötigt.«

»Was sind das für Leute, diese Klippenbergers?«

»Kippenberger«, verbesserte Will. »Dazu kann ich noch nicht viel sagen. Laut Einwohnermeldeamt sind sie seit einem Jahr als obdachlos registriert. Davor waren sie in der Langweidenstraße in Frankfurt-Hausen gemeldet. Warum sie die Wohnung verloren haben, ist unklar, vielleicht auch nicht relevant. Vermisst hat sie bislang jedenfalls niemand. Die Fingerabdrücke waren in unserer Datei, weil sie vor ein paar Monaten einmal erkennungsdienstlich erfasst wurden. Das Verfahren wurde aber eingestellt.«

Bohlan fuhr sich mit der Hand über den Kopf:

»Um was genau ging es denn da?«

»Bei der Frankfurter Tafel gab es ... nennen wir es mal ...ein paar Meinungsverschiedenheiten. Ich glaube nicht, dass das etwas mit dem Fall zu tun hat. Meiner Meinung nach haben wir zwei Möglichkeiten«, fuhr Will fort. »Entweder wir hören uns in ihrem ehemaligen Umfeld in der Langweidenstraße um oder wir konzentrieren uns auf die Obdachlosenszene.«

»Oder beides«, knotterte Bohlan. »Jede Information ist wichtig. Wir stehen momentan vor dem Nichts.«

Die Stones nickten zustimmend.

»Okay«, sagte Will schließlich. »Außerdem sollten wir uns an die Öffentlichkeit wenden. Vielleicht gibt es doch noch jemanden, der im Martin-Luther-King-Park irgendwas gesehen hat.«

»Einverstanden«, sagte Bohlan und wandte sich an Steininger. »Verfasse einen Aufruf für die Presse.«

»Haben wir sonst noch Ergebnisse?«, wollte Steinbrecher wissen.

»Nicht viel«, setzte Will an. »Es gibt DNA-Spuren an den Koffern, außen und innen, die nicht von den Opfern stammen. Aber bislang konnten sie nicht zugeordnet werden. Ach so, die Leichen wurden wahrscheinlich mit einer Kettensäge in koffergerechte Stücke zerteilt. Jedenfalls lassen das die Schnittstellen vermuten.«

Bohlan beschriftete zwei Merkzettel mit den Worten ›DNA?‹ und ›Kettensäge‹ und pinnte sie an das Whiteboard.

»Folgender Plan für heute: Julia und ich nehmen uns die Obdachlosenszene vor, und ihr zwei«, dabei sah er die Stones an, »kümmert euch um die Langweidenstraße.«

5.

Lilly Ernst drückte die Türklinke der Umkleidekabine nach unten. Ihre heutige Trainingseinheit war kurz, aber intensiv gewesen. Sie hatte lange unter der Dusche gestanden und musste in einer halben Stunde auf dem Fußballplatz sein. In Gedanken ging sie die Aufgaben durch, die sie den Mädchen heute stellen wollte. Weniger Ballarbeit, dafür mehr Arbeit an Kondition und Fitness. Einige würden murren. Das Spiel mit dem Ball mochten die meisten lieber. Doch Lilly glaubte fest an ihre Philosophie. Der Erfolg führte über eine gewisse Grundfitness. Aus diesem Grund hatte sie einen detaillierten Trainingsplan für die gesamte Saison ausgearbeitet.

Mit ihrer Tätigkeit als Jugendtrainerin führte sie Nicks Erbe fort. Sie wäre gerne selbst eine erfolgreiche Spielerin geworden, doch dazu hatte ihr leider das Talent gefehlt. Es lag ihr mehr, das Spiel von außen zu lesen und zu analysieren. Und sie konnte exzellent mit jungen Talenten umgehen. Der Trainer ihres Heimatvereins hatte dies sehr früh bemerkt und sie zunächst als Betreuerin und Co-Trainerin eingesetzt. Nur ein Jahr später hatte sie mit dem Ausbildungsprogramm beim Verband angefangen. Mittlerweile hatte sie den Verein gewechselt, weil der neue mehr Potenzial bot. Es gab auf dem Gelände einen Kunstrasenplatz und jede Menge Mädchen, die Fußball spielen wollten. Dank eines Neubaugebiets war der Nachwuchs schier unerschöpflich. Und Mädchenfußball boomte in Frankfurt. Immerhin beherbergte die Stadt den führenden Verein Deutschlands. Jedes fußballbegeisterte Mädchen wollte es schaffen, einmal dort zu spielen.

Lilly öffnete die Tür und war drauf und dran, einen Schritt in den Flur zu setzen, als ihr einfiel, dass sie den Schlüssel für das Fahrradschloss noch in der Sporttasche hatte. Sie stellte die Tasche auf die Sitzbank zurück und begann zu suchen. Die Tür wurde durch den Schließer zugedrückt, fiel aber nicht ins Schloss. Es blieb ein Spalt, durch den man nach draußen spähen konnte. Sie beugte sich über die Sporttasche und tat so, als suche sie nach etwas. Gleichzeitig beobachtete sie die Geschehnisse, die sich am Tresen abspielten.

Tilmann stand hinter der Theke, wie immer eine Espressotasse vor sich. Lilly kannte niemanden, der einen derart hohen Espressokonsum hatte. Ihm gegenüber saß Micky, ein Mann Mitte dreißig, der seit zwei Wochen in der ›Fitness-Box‹ trainierte. Lilly kannte ihn nur vom Sehen und hatte mit ihm noch kein Wort gewechselt. Micky war klein und drahtig. Eher der Typ Langstreckenläufer als Muskelprotz. Er hatte strohblonde Haare und eine spitze Nase. Auf dem Tresen standen einige Packungen Nahrungsergänzungsmittel. Weisenbach und Cordes verkauften sie an die Sportler. Das war an sich nichts Besonderes. Vitaminpillen und Eiweißpulver wurden in jedem Fitnessstudio angeboten. Genauso wie Carnitin zur Fettreduktion und isolierte Aminosäuren zur besseren Regeneration. Lilly hielt von dem Zeugs nicht viel. Sie stand auf dem Standpunkt, dass eine halbwegs gesunde und bewusste Ernährung absolut ausreichend ist, um den Körper bei Laune zu halten. Es gab aber genügend Sportler, die zu viel Geld hatten und sich mit allerlei Präparaten versorgten. Tilmann stellte eine der Packungen zur Seite. Micky sagte etwas, doch er sprach zu leise, als dass Lilly es verstehen konnte. Tilmann machte ein ernstes Gesicht und sah sich prüfend im Eingangsbereich um. Offensichtlich wollte er sichergehen, dass er nicht beobachtet wurde. Dann antwortete er kurz und knapp. Wieder verstand Lilly kein Wort, Micky legte ein paar Geldscheine auf den Tisch. Tilmann griff unter die Theke und schob dem Sportler kurze Zeit später eine beschriftete Verpackung zu, die dieser, ohne einen Blick auf sie zu werfen, in seiner Jackentasche verschwinden ließ. Die beiden plauderten noch ein paar Minuten. Da ihre Stimmen wieder lauter wurden, wusste Lilly, dass es um Fußball ging. Ein Blick auf das Handy verriet ihr, dass sie sich beeilen musste, wenn sie nicht zu spät auf dem Fußballplatz sein wollte. Sie zog den Reißverschluss ihrer Sporttasche zu und schulterte sie auf. Als sie die Umkleide verließ, versuchte sie, ein möglichst gut gelauntes Gesicht zu machen.

»Willst du noch einen Isodrink?«, fragte Tilmann, als sie die Theke passierte. »Ich gebe dir einen aus.«

»Ein anderes Mal gerne. Ich bin leider etwas im Stress.« Obwohl es ihr schwerfiel, lächelte sie Tilmann freundlich an. Als sie die Tür aufdrückte, hörte sie ihn sagen: »Das war Lilly, eine unserer besten Sportlerinnen und nicht nur optisch eine Augenweide. Aber mach dir keine Hoffnungen, sie ist vergeben.«

Lilly rollte die Augen. Solche Sprüche waren absolut unnötig und sie entsprachen auch nicht Tilmanns Niveau. Andererseits fragte sie sich, ob sie ihn wirklich so gut kannte, wie sie glaubte. Der Verkauf von Nahrungsergänzungs-mitteln war das eine und irgendwie noch in Ordnung. Dass er aber offensichtlich unter der Hand andere Dinge verkaufte, schockierte sie. Allzu gerne hätte sie gewusst, was in der Packung war, die Micky so schnell in seiner Tasche hatte verschwinden lassen. Sie schloss die Fahrradkette auf und schwang sich auf das Fahrrad. Bis zum Sportplatz waren es nur zehn Minuten.

***

»Sind Sie sicher, dass Sie nach Hause wollen?«

Der Mann, der einen weißen Kittel trug und Sven Hagedorn gegenübersaß, sah von der Patientenakte auf. Er war ein junger Arzt. Vielleicht Mitte dreißig, vermutete Hagedorn.

Seine Haare waren kurz geschoren. Auf der rechten Wange hatte er ein Grübchen. Für einen Arzt, der zudem in einer Klapse arbeitete, machte er einen erstaunlich sympathischen Eindruck. Trotzdem musste Hagedorn auf der Hut sein. Es war nicht auszuschließen, dass der CIA auch hier seine Finger im Spiel hatte. Realistisch betrachtet war dies sogar sehr wahrscheinlich. Der junge Polizist hatte zunächst auch sehr freundlich gewirkt und ihn dann doch hinters Licht führen wollen. Im Nachhinein bereute es Hagedorn, dass er ausfallend geworden war. Hätte er sich beherrscht, wäre ihm diese Nacht erspart geblieben. Die Kollegen waren dem jungen Polizisten zu Hilfe geeilt, hatten ihn überwältigt und in die Psychiatrie eingeliefert. Vollgepumpt mit irgendwelchen Pharmaka, hatte er geschlafen wie ein Baby. Die Wirkung von diesem verdammten Zeug hielt immer noch an. Er nahm alles ein wenig verlangsamt wahr. Beinahe so, als liefe die Welt in Zeitlupe.

»Haben Sie mich verstanden?«, drängte der junge Arzt.

»Ja, habe ich«, antwortete Hagedorn.

»Wir können Sie gegen Ihren Willen nicht länger hierbehalten. Trotzdem würde ich Ihnen raten, ein paar Tage zu bleiben, bis Sie zur Ruhe gekommen sind.«

Ruhe! Wenn Hagedorn schon dieses Wort hörte, könnte er sich aufregen. Ruhe war für die Herrschenden immer das Wichtigste. Wenn das Volk die Füße stillhielt, konnten sie machen, was sie wollten. Weiter feilen an ihrem perfiden System der Ausbeutung. Menschen wie er, die das System durchschauten, wurden eiskalt aus dem Verkehr gezogen oder mit so einem Pharmamist ruhiggestellt. Immerhin schaffte er es, seine Worte im Zaum zu halten. Er behielt die verbotenen Gedanken für sich. Manchmal war es richtiger, zu schweigen. Er hatte nur ein Ziel: raus aus dieser Klinik. Würde er hinausschreien, was er dachte, kämen sie mit einer Zwangsjacke.

»Nein, nein. Ich fühle mich prächtig. Wirklich. Wenn Sie wollen, dann verpflichte ich mich auch, Ihre Tagesklinik zu besuchen.« Hagedorn lächelte. Natürlich hatte er nicht im Traum vor, jeden Tag in der Klinik aufzutauchen. Aber er wusste, dass so ein Angebot den Arzt überzeugen würde.

»Es kommt nicht darauf an, was ich will«, entgegnete dieser. »Es kommt auf Sie an. Sie müssen das wollen.«

Das Gespräch lief super. Hagedorn fühlte sich auf der Zielgeraden.

»Brauchen Sie denn zu Hause Hilfe? Betreutes Wohnen, jemand, der kommt und Ihnen im Haushalt hilft? Oder sich um behördliche Dinge kümmert?«

»Sehe ich aus wie ein Kind oder einer, der Alzheimer hat?« Hagedorn merkte, dass sein Puls stieg und seine Stimme lauter wurde. Er musste aufpassen, durfte jetzt auf keinen Fall die Kontrolle verlieren.

»Nein, natürlich nicht«, räumte der Arzt besänftigend ein. »Das ist aber keine Frage des Alters.«

»Sie halten mich für bekloppt, stimmt's?«

»Nein, das tue ich nicht. Ihre Psyche ist vielleicht etwas aus dem Gleichgewicht. Daher verhalten Sie sich manchmal nicht ganz regelkonform.«

Hagedorn wollte aufspringen, schaffte es aber zu seiner eigenen Verwunderung, ruhig sitzen zu bleiben.

»Regelkonform? Das ist ein interessantes Wort. Und wer setzt die Regeln? Sie oder die Regierung? Vielleicht diejenigen, die die Welt beherrschen mit ihrer Macht und ihrem Geld. Die sich alles kaufen können und die andere unterdrücken? Die sollte man einsperren, diese Verbrecher. Aber dazu sind Sie zu feige! Stattdessen arbeiten Sie sich an einem armen Schlucker ab, der sich nicht wehren kann.«

»Herr Hagedorn, ich kann vieles nachvollziehen, was Sie sagen. Aber ich bin nicht hier, um das politische System zu beurteilen. Ich bin für Ihre Gesundheit zuständig.«

»Ja, ja. Immer schön die Augen zu und den Mund halten.«

»Hören Sie zu, ich kann Ihnen Hilfe anbieten. Wenn Sie aber der Auffassung sind, dass Sie keine benötigen, dann müssen Sie das Angebot nicht annehmen.«

»Das heißt, dass ich gehen kann!?«

»Natürlich können Sie das. Sie sind ein freier Mann.«

Hagedorn war am Ziel. Er stützte sich mit den Händen auf den Tisch und schob den Stuhl mit den Kniekehlen nach hinten.

»Vielen Dank. Sie sind ein guter Arzt.«

Keine fünf Minuten später hatte Hagedorn seine Sachen gepackt und verließ die Psychiatrie des Markuskrankenhauses.

***

Julia Will schmerzten die Füße. Sie war den ganzen Tag mit Tom in der Frankfurter City unterwegs gewesen. Jetzt freute sie sich auf einen ruhigen Feierabend auf dem Sofa und eine Tasse Tee. Voller Vorfreude schloss sie die Haustür auf. Sie wollte schnell hineinkommen, wurde aber von mehreren großen Paketen aufgehalten, die im Flur standen und ihr den Weg versperrten. Sie quetschte sich dicht an den ersten Karton und drückte die Haustür zu. Umständlich umrundete sie die Kisten, entledigte sich ihrer Jacke und schaute in die Küche. Auf dem Tisch stand ein frisch gebackener Kuchen. Die Kaffeemaschine spie Kaffee aus und erfüllte den Raum mit einem angenehmen Geruch. Von Annegret Will indes fehlte jede Spur. Julia drehte sich um.

»Oma?!«

»Moment«, antwortete eine Stimme aus dem Keller.

Will legte den Hausschlüssel auf der Kommode im Flur ab, zog die Schuhe aus und setzte sich in die Küche.

Wenig später kam Annegret Will die Kellertreppe nach oben.

»Du kommst heute aber früh nach Hause, Kind.«

»Wir sind den ganzen Tag durch die Obdachlosentreffpunkte gezogen. Meine Beine sind fix und fertig.«

»Schön, dann können wir ein Stück Kuchen zusammen essen.«

»Gerne.«

Annegret Will stellte Teller und Gabeln auf den Tisch und schnitt den Gugelhupf an. Nachdem sie jedem ein Stück auf den Teller gelegt hatte, holte sie die Kaffeekanne.

»Sag mal, Oma, was sind das denn für Kisten im Flur?«, fragte Julia und schob sich ein Stück Kuchen in den Mund.

»Bücher.«

»Was denn für Bücher?«

»Mein Buch, was sonst.«

Julia legte die Kuchengabel zur Seite. Soweit sie sich erinnern konnte, war erst vor ein paar Tagen ein kleines Paket mit zwanzig Stück eingetroffen. Warum kam jetzt eine solch große Lieferung? »Und warum stehen die in unserem Hausflur?«

»Ich bin doch schon dabei, sie in den Keller zu räumen.«

»Moment mal, Oma, wie viele Exemplare sind das denn?«

»Tausend Stück, warum?«

»Tausend Stück? Was willst du denn mit den ganzen Büchern?«

»Verkaufen. Das sind die Belegexemplare für mich als Autorin.«

»Du bekommst tausend Belegexemplare. Ist das nicht ungewöhnlich? Wie hoch ist denn die Auflage?«

Der Kommissarin schwante, dass da etwas nicht mit rechten Dingen zuging.

»Tausend.«

»Mit anderen Worten, du bekommst die ganze Auflage? Was willst du denn damit?«

»Möglicherweise habe ich einen Fehler gemacht«, entgegnete Annegret Will. Sie nahm sich noch ein Stück Kuchen und vermied es, ihre Enkelin anzusehen.

»Einen Fehler gemacht! Was willst du damit sagen?«

»Na ja, ich bin mir nicht mehr so sicher, ob das wirklich ein seriöser Verlag ist, der mein Buch herausgebracht hat.«

»Kann ich den Vertrag mal lesen?«

»Natürlich. Aber schimpf mich nicht aus.«

Annegret Will erhob sich und verließ die Küche. Das war es wohl mit dem ruhigen Feierabend, dachte Will. Insgeheim ärgerte sie sich, dass sie ihre Oma nicht bei der Suche nach einem Verlag unterstützt hatte. Aber sie hatte in den vergangenen Wochen einfach zu viel um die Ohren gehabt. Neben dem beruflichen Stress koordinierte sie zudem noch die Planung für den Umbau des Dachgeschosses. Ende des Jahres wollten Alex und sie dort einziehen.

»Hier.«

Annegret Will war zurückgekehrt und legte den Vertrag vor Julia auf den Tisch. Julia trank einen Schluck Kaffee und begann zu lesen. Schon bei der Nennung der Vertragspartner kam sie ins Grübeln. Klaus Drömer Verlag München. Natürlich gab es einen bedeutenden deutschen Verlag, der Drömer hieß. Aber Klaus Drömer, das klang doch sehr merkwürdig. Das weitere Lesen verbesserte ihre Laune nicht.

»Du hast für den Druck fünftausend Euro Vorschuss gezahlt und dich verpflichtet, die gesamte Auflage aufzukaufen?«

Julia war wütend. Sie wusste nur nicht genau, über wen. Wie konnte ihre Oma auf so etwas hereinfallen? Und was waren das für Menschen, die andere derart über den Tisch zogen?

»Ich war froh, dass die mein Buch drucken wollten. Nach den ganzen Absagen zuvor. Möglicherweise habe ich mich blenden lassen und den Text nicht so genau gelesen. Was soll ich denn jetzt machen?«

»Du hast dich nicht möglicherweise blenden lassen, sondern offensichtlich«, entgegnete Julia schroffer als geplant.

»Ja, ja, mach mir nun auch noch Vorwürfe.«

Annegret Wills Stimme klang weinerlich. Tränen schossen ihr in die Augen. Julia hatte ihre Oma noch nie in solch einem Zustand gesehen. Seit sie denken konnte, war ihre Oma immer voller Tatkraft und Lebensfreude gewesen. Auch Schicksalsschläge hatte sie ohne Wehklagen weggesteckt. Julia stand auf und nahm ihre Oma in den Arm.

»Wir kriegen das schon hin. Wir lassen uns was einfallen.«

***

Tilmann Weisenbach trommelte nervös mit den Fingern gegen das Lenkrad. Doch davon schaltete die Ampel auch nicht schneller auf Grün. Er hatte es eilig, nach Hause zu kommen. Emma, seine Frau, war den ganzen Tag nicht in der ›Fitness-Box‹ aufgetaucht. Eigentlich hätte sie um fünfzehn Uhr Dienst gehabt. Normalerweise war sie im höchsten Maße zuverlässig. Vor allem legte sie Wert auf Pünktlichkeit und verlangte dies auch von den Menschen, mit denen sie zusammenarbeitete. Dass sie selbst unentschuldigt fehlte, war noch nie vorgekommen. Tilmann hatte größte Sorge, dass seiner Frau etwas zugestoßen sein könnte. Vergeblich hatte er den ganzen Nachmittag über versucht, sie zu erreichen. Das Ehepaar Weisenbach wohnte seit einigen Jahren in einer geräumigen Wohnung im Frankfurter Europaviertel. Als er den Wagen in der Tiefgarage abstellte, besserte sich seine Stimmung. Emmas Wagen, ein schwarzer Mercedes Kombi, stand auf ihrem Parkplatz. Sie hatten zwei Stellplätze nebeneinander angemietet. Einen Unfall hatte sie also nicht gehabt, und es sprach alles dafür, dass sie zu Hause war. Tilmann fuhr mit dem Aufzug in die vierte Etage und schloss die Wohnungstür auf. Die Tür war nicht verschlossen. Emmas Schlüssel hing am Schlüsselbrett. Ihre Jacken hingen alle an der Garderobe.

»Emma!« Tilmanns Stimme hallte durch den langen Flur.

Er bekam keine Antwort, doch er glaubte, Musik zu hören. Wenn ihn nicht alles täuschte, so kam diese aus dem Badezimmer. Tilmann drückte die Klinke nach unten und öffnete die Tür. Eine Duftwolke aus Badesalz und Haarshampoo flog ihm entgegen. Die Musik war nun deutlich lauter.

»Tilmann!« In Emmas Stimme lag Überraschung. Sie lag in der Badewanne und strich sich Schaum aus dem Haar. »Mein Gott, hast du mich erschreckt.«

»Das Gleiche könnte ich von dir sagen. Tauchst den ganzen Tag nicht auf, gehst nicht an dein Handy. Ich dachte schon, es wäre dir etwas zugestoßen.«

»Immerhin hast du mich vermisst.« Emma grinste Tilmann unverfroren an.

»Natürlich habe ich dich vermisst. Nicht nur das, ich habe mir Sorgen gemacht.«

»Könntest du mir bitte das Handtuch reichen?«

Tilmann sah seine Frau konsterniert an. »Ist das alles, was du dazu zu sagen hast?«

»Ich wüsste nicht, warum ich dir Rechenschaft ablegen sollte.« Emma erhob sich aus der Wanne. Tilmann betrachtete ihren verführerischen, schlanken Körper, die langen Beine, die wohlgeformten Brüste. In solchen Momenten begehrte er sie immer noch.

»Das Handtuch, Schatz!« Emma waren Tilmanns Blicke keineswegs entgangen. Sie war amüsiert darüber, dass ihr Anblick ihn erregte. Doch sie war nicht auf eine Liebesnacht aus. Sie hatte jedes Interesse an ihm verloren. Früher waren ihr seine Liebschaften nicht egal gewesen. Sie hatten sie erniedrigt. Sie war sich unvollkommen vorgekommen, doch sie hatte es ausgehalten und alle Demütigungen weggesteckt, die er ihr zugemutet hatte. Wirklich treu war er noch nie gewesen. Ständig war die Jagdlust mit ihm durchgegangen. Manchmal dachte sie, dass er permanent auf Treibjagd war. Immer hinter jedem Rock her. Jetzt stand er da, starrte auf ihren Körper und wusste nicht, wohin mit seinen Blicken.

»Hinter dir. Auf dem Stuhl.«

Tilmann sah sich umständlich um und griff das Handtuch. Er faltete es auseinander und hielt es Emma hin. Sie drehte ihm den Rücken zu und ließ es sich um den Körper legen. Er nutzte den Moment der Nähe und legte seine Arme um sie.

»Du bist immer noch so schön wie vor fünfzehn Jahren«, hauchte Tilmann ihr ins Ohr.

»Ich weiß.« Sie wand sich aus seiner Umarmung.

»Was ist los mit dir?«

»Nichts.« Sie stellte sich vor den Spiegel und kämmte die Haare.

Er hielt ihre Reaktion für das übliche Spiel: ein wenig Necken, ein bisschen Reizen, sich Zurückziehen in der Hoffnung, dass er den nächsten Schritt machte.

»Wir könnten zusammen Essen gehen und danach … Na, du weißt schon. Die Nacht ist nicht zum Schlafen da.«

»Tut mir leid. Ich habe schon etwas vor«, entgegnete sie unterkühlt.

»Sag es ab. Schließlich haben wir schon lange nicht mehr …«

»Das liegt nicht an mir. Aber heute geht es wirklich nicht.«

»Ach, komm schon. Wer kann schon wichtiger sein als ich?«

»Lass es, Tilmann. Es hat keinen Sinn.« Sie drängte sich hinaus zur Tür.

Reflexartig griff er ihr an den Oberarm und zog sie zurück.

»Aua, du tust mir weh!« Sie war stark genug, um sich loszureißen.

»Du kannst ja eine deiner Gespielinnen anrufen. Die machen gerne Matratzengymnastik mit dir.«

Emma warf die Tür ins Schloss. Tilmann war versucht, ihr hinterherzustürmen. Ein Tilmann Weisenbach ließ sich nicht so leicht von seiner Frau abspeisen. Andererseits gab es tatsächlich Alternativen, um seine sexuelle Lust zu stillen. Emma würde schon irgendwann zur Vernunft kommen, und bis dahin konnte er sich in anderen Betten austoben.

***

Ein übler Geruch erfasste Sven Hagedorn, als er vor seiner Wohnungstür stand. Es roch nach Fäkalien, Verwesung und Urin. Für einen Moment hielt er inne, stellte die Plastiktüte auf den Boden und kramte in seiner Jacke nach dem Schlüssel. Zum Glück wohnte er in keinem normalen Mietshaus mit geschlossenem Treppenhaus. Dann wäre der Geruch noch beißender. Die Wohnungen lagen wie an einer Stange aufgereiht. Vor ihnen lief ein Gang, der zur Straße hin offen war. Viele nutzten den Flur, um Fahrräder, Schuhe und Kinderwagen abzustellen. Unter ihm rauschten die Autos entlang.

Trotzdem hatte es in der Vergangenheit Beschwerden aus den Reihen der Nachbarschaft gegen ihn gegeben. Die Angst war groß, dass Ratten und anderes Getier angezogen würden. Vermutlich war sie nicht ganz unbegründet. In seiner Wohnung lebten Maden und Silberfische, was er als nicht weiter schlimm empfand. Die Nachbarn aber schon.

Er steckte den Schlüssel ins Schloss und öffnete die Tür. Sie ließ sich nur ein Stück öffnen. Gerade so viel, dass er sich hineinzwängen konnte. Hinter ihr lagerten Müllsäcke und Briefe, die durch den Schlitz in der Tür geworfen worden waren. Der eigentliche Briefkasten befand sich unten vor dem Haus. Doch den öffnete Hagedorn nur alle paar Wochen. Zu viel negative Schwingungen lagerten in ihm. Leider hatte die Vermietungsgesellschaft ihn durchschaut. Seitdem stellte sie ihm die Post direkt an der Wohnungstür zu. Er hob die Briefe auf und verstaute sie auf einem der Müllsäcke. Das mit dem Müll war wirklich ein Problem. Wo sollte er nur mit den ganzen Säcken hin? Natürlich hätte er sie einfach nach unten tragen und in einen der vielen Müllcontainer werfen können. Alle Welt machte das so und schien damit glücklich zu sein. Für Hagedorn war dies aber nur eine Verlagerung der Müllproblematik. Schließlich wurde das Müllproblem dadurch nicht gelöst. Es wurde nur verschoben. Der Einzelne war seinen Müll los. Ein Teil konnte verbrannt oder wiederverwertet werden. Ein großer Rest aber landete auf einer der vielen Deponien. Berge wurden damit aufgeschüttet. Hagedorn wollte seinen Müll nicht auf die Allgemeinheit abwälzen. Deswegen beließ er ihn in seiner Wohnung. Anfangs war das auch kein Problem gewesen. Schließlich hatte er zwei Zimmer zur Verfügung. Doch leider war das eine mittlerweile völlig dicht. Zwischen den Müllsäcken gab es nur einen schmalen Gang. Er musste bald eine andere Lösung finden. Aber das war viel schwieriger als gedacht. Er stellte die Plastiktüte in der Küche ab, nahm sich eine Packung Nudeln aus dem Regal und ging in das Wohnzimmer. Dort standen ein Sofa, das er auch als Bett benutzte, und ein Fernsehapparat. Er schaltete ihn an und knabberte an den trockenen Nudeln.

***

Als Bohlan am Abend auf das Boot zurückkehrte, war er vollständig bedient. Der Ausflug in die Obdachlosenszene hatte ihm mehr zugesetzt, als er sich das vorgestellt hatte. Eigentlich wollte er nur etwas über die Kippenbergers erfahren, doch dann hatte er sich unzählige Lebensgeschichten angehört, die ihn betroffen und sprachlos machten. Sie handelten von Menschen, die gefestigt im Leben gestanden hatten, bevor sie – durch Schicksalsschläge gebeutelt – alles verloren. Jetzt schleppten sie das Hab und Gut, das ihnen geblieben war, in zwei oder drei Plastiktüten durch die Gegend. Sie sammelten Flaschen und bettelten um Geld. Wenn sie Glück hatten, waren sie beim Sozialamt registriert und bekamen wenigstens den Hartz-IV-Satz ausgezahlt. Mit den knapp vierhundert Euro konnte man, wenn man sich anstrengte, über die Runden kommen. Allerdings war oft das Bedürfnis nach einer ruhigen Nacht in einem Bett so stark, dass sie sich für ein paar Tage in einem Hotel einmieteten. Dann war das Geld nach ein oder zwei Wochen aufgebraucht. Viele waren froh, an einer der mildtätigen Essensausgaben eine warme Mahlzeit spendiert zu bekommen.

Was ist das für ein Land, in dem sich Banken Glaspaläste errichten dürfen und gleichzeitig solches Elend möglich ist?

Über die Kippenbergers hatten sie herzlich wenig herausgefunden. Man konnte sich zwar an die Gesichter erinnern, mehr aber auch nicht.

Der Kommissar nahm sich eine der beiden Rotweinflaschen, die in seiner Küche standen, und ein Glas und setzte sich auf das Deck seines Hausboots. Dort zündete er sich eine Zigarette an. Gauloises Blondes. Genau die Marke, die er früher geraucht hatte. Es war ein Rückfall in eine andere Zeit. Genau wie diese Sache mit Tamara. Warum hatte er sich mit ihr eingelassen? Hatte er wirklich geglaubt, gegen ihr Gift immun zu sein? Die Trennung von seiner Freundin Barbara kurz zuvor gab ihm schon genug zu denken. Der Versuch, das mit einer Affäre zu verarbeiten, war kläglich gescheitert. Statt ihm über den Trennungsschmerz hinwegzuhelfen, hatte die Affäre für weitere Gefühlsverwirrung gesorgt. Bohlan zog an der Zigarette und stieß den Qualm in den Nachthimmel. Er hatte die Zigarettenschachtel heute Nachmittag gekauft, als ihn einer der Obdachlosen nach einer Kippe fragte. Gemeinsam rauchten sie. Eigentlich hatte er ihm die Schachtel schenken wollen, irrtümlich jedoch war sie in seiner Jacke gelandet. Ein verhängnisvoller Reflex. Die Zigarette schmeckte nicht. Er drückte sie auf dem Tisch aus und trank das Glas leer, um es sofort wieder zu füllen. Auf keinen Fall wollte er wieder so eine Nacht wie die letzte erleben. Er hatte sich rastlos von der einen Seite auf die andere gewälzt, war eingeschlafen und wieder aufgewacht. Unzählige Male hatte sich dieser Vorgang wiederholt. Mit einer Flasche Rotwein im Blut ließ es sich bestimmt besser schlafen. So jedenfalls sah sein Plan aus. Als das Telefon klingelte, erhob er sich aus seinem Liegestuhl. Die Schritte zurück ins Haus waren eine Tortur. Das Schiff schwankte. Oder war er es selbst, der hin und her schaukelte? Letztlich war der Grund aber auch egal, das Ergebnis blieb das gleiche. Bohlan konnte sich nur schwer auf den Beinen halten. Das Telefon erreichte er aber noch rechtzeitig, bevor der Anrufer aufgab.

»Tom, bist du das wirklich?«, fragte eine süße Frauenstimme.

»Wer soll es sonst sein?« War am anderen Ende der Lei-
tung wirklich die Frau, die er zu erkennen glaubte? Oder war
das Ganze eine Halluzination? »Tamara?«, lallte Bohlan ungläubig.

»Ja. Ich dachte, ich hör mal, wie es dir so geht.«

»Beschissen!« Der Kommissar war über die Klarheit seiner Worte selbst überrascht.

»Ihr habt einen neuen Fall. Hab es gerade in der Zeitung
gelesen. Hast du etwa getrunken?«

»Es war ein Scheißtag. Aber nicht wegen der Leichenteile.«

»Sondern?«

»Weil du mich hier hast sitzen lassen.« Bohlan ließ sich
auf das Sofa fallen und streckte die Beine von sich.

»Tom, das war doch von vornherein klar, dass ich nicht
bleibe.« Tamara klang schuldbewusst. Zumindest kam es
Bohlan so vor.

»Ich weiß. Trotzdem geht es mir nahe. Aber ich komme
schon drüber weg. Heute 'ne Flasche Rotwein. Morgen reicht
vielleicht 'ne halbe. Zeit heilt alles.«

»Ja. Kann ich dir irgendwie helfen?«

Helfen? Wie soll das gehen? Der Auslöser einer Krankheit
kann selten das Medikament sein. Bohlan fehlten die Worte.

»Wir könnten uns ein wenig amüsieren …«, hauchte
Tamara in Bohlans Ohr. Schade, dass das Telefon zwischen
ihnen war.

Der Wein war eindeutig zu viel, dachte der Kommissar.
Die Welt um ihn drehte sich und Tamara faselte wirres Zeug.

»Wenn du hier wärst, könnten wir das bestimmt.«

»Es geht auch anders. Stell dir einfach vor, ich wäre jetzt
da und du erzählst mir, was du tun würdest. Du bist doch ein
Mann mit Fantasie.«

»Wie meinst du das?«

»Wie ich es sage. Knöpf dein Hemd auf und stell dir vor, meine Hände streichelten sanft über deinen Körper.«

»Du meinst Telefonsex?«

»Warum nicht?«

»So etwas habe ich noch nie gemacht.«

»Es gibt immer ein erstes Mal, Tom. Ich bin allein, du bist allein. Wir sind zwei erwachsene Menschen. Was sollte uns daran hindern?«

Bohlan war hin und her gerissen. Verlangen und Versuchung kämpften gegen Vernunft und Scheu. Glut und Eis sozusagen. Doch der Wein und Tamaras Gabe, immer das zu bekommen, was sie wollte, ließen das Eis schmelzen.

***

Emma war tatsächlich gegangen. Tilmann Weisenbach saß nachdenklich am Esstisch und sah aus dem Fenster nach draußen in Richtung Rebstockbad. Ein Teil des Daches war abgestützt. In den nächsten Monaten sollte eine Komplettsanierung beginnen. Angeblich war bei der letzten Renovierung ordentlich gepfuscht worden. Vermutlich musste die Stadt wieder einige Millionen investieren.

Was sollte er mit dem Abend anfangen? Emma war irgendwo in der Stadt unterwegs. Hatte sie sich einen Lover aufgerissen? Weisenbach wusste nicht, was er davon halten sollte. Gut, er hatte sie in den letzten Jahren mehrfach betrogen und hintergangen. Es sprach also nichts dagegen, dass sie sich auch andernorts vergnügte. Trotzdem traf es ihn in der Ehre. Er wollte nicht der Betrogene sein. Wenn also seine Frau auf Abwegen war, dann konnte er unmöglich zu Hause sitzen bleiben und auf sie warten. Er musste hier raus.

Tilmann zog das Handy aus der Hosentasche und wählte Lillys Nummer. Es konnte doch nicht so schwer sein, sie zu einer Affäre zu überreden. Er hatte es nie besonders schwer bei Frauen gehabt. Immerhin sah er gut aus und verstand es hervorragend, sie zu umgarnen. Doch an Lilly biss er sich bisher die Zähne aus. Und genau das war es, was ihn noch mehr anspornte. Er ließ es eine Zeitlang klingeln, doch als sich die Mailbox meldete, drückte er das Gespräch weg.

Tilmann legte das Handy auf den Tisch und überlegte, wen er als nächstes anrufen konnte. Es gab schließlich genug Frauen, die auf ihn standen. Er blätterte durch die Kontakte, die er in seinem Handy abgespeichert hatte. Nach einiger Zeit blieb er bei einem Namen hängen. Seit ein paar Tagen brachte eine überaus attraktive Mutter ihr Kind zum Sport. Der Junge sollte, wenn es nach dem Willen seiner Mutter ging, später eine Karriere als Model machen. Deshalb sollte sein Körper ordentlich aufpoliert werden. Tilmann fand, dass die Frau – was diese Sache betraf – arg übertriebene Vorstellungen hatte. Das hatte er ihr natürlich nicht gesagt. Immerhin zahlte sie gut. Ihr Mann war Investmentbanker und arbeitete die Woche über in London. Sie hatte also genug Zeit, sich zu Hause zu langweilen und auf dumme Gedanken zu kommen. Tilmann hatte sich mit ihr ein wenig unterhalten, während sie an der Theke auf das Ende des Trainings wartete. Vor zwei Tagen hatte sie ihm mit einem vielsagenden Blick ihre Nummer zugesteckt. Wenn die Frau nicht so verdammt gut aussehen würde, hätte Tilmann den Zettel im Papierkorb entsorgt. So aber hatte er ihre Nummer rein vorsorglich in seine Kontaktliste aufgenommen. Vielleicht war dies nun die passende Gelegenheit, sie anzurufen.

6.

Am nächsten Morgen betrat Bohlan das Kommissariat erstaunlich frisch. Er fühlte sich deutlich besser als am Vortag. Er war nach dem Telefonat mit Tamara eingeschlafen und erst durch das Klingeln des Weckers aus dem Schlaf gerissen worden. Gerade als er sich an seinen Schreibtisch gesetzt hatte, schrillte das Telefon. Es war Dr. Spichal, der Rechtsmediziner.

»Hallo, Andreas. Ungewöhnliche Zeit für einen Anruf von dir«, stellte Bohlan fest. Dr. Spichal war in Polizeikreisen dafür bekannt, ein Spätaufsteher zu sein.

»Ungewöhnliche Dinge erfordern ungewöhnliche Zeiten.«

»Sprich Klartext, mir ist nicht nach Rätselraten.«

»Ich hatte eine Nachtschicht mit den Kippenbergers. Da waren ein paar Dinge, die mir einfach keine Ruhe gelassen haben. Aber jetzt bin ich schlauer. Und du sollst natürlich auch davon profitieren.«

»Das klingt äußerst spannend.« Bohlan rutschte unruhig auf dem Stuhl hin und her. Walter Steinbrecher betrat gerade das Kommissariat. Bohlan stellte das Telefon auf laut.

»Wir haben Spuren von Crystal Meth nachgewiesen. Im Blut, aber vor allem im Unterleib. Bei beiden.«

»Bitte, was?« Bohlan saß kerzengrade auf seinem Stuhl.

»Crystal Meth, diese trendige Designerdroge. Noch nie davon gehört?«

»Doch, natürlich«, stammelte Bohlan.

»Crystal Meth ist eine gefährliche und hochpotente chemische Substanz. Ein Gift, das zunächst stimuliert und dann den Körper systematisch zerstört. Gedächtnisverlust, Aggressivität, psychotisches Verhalten und mögliche Herz- und Hirnschäden. Es braucht die Ressourcen des Körpers auf und erzeugt eine vernichtende Abhängigkeit, die nur durch den weiteren Konsum der Droge etwas gelindert werden kann.«

»Wie kommt die denn dahin? Ich meine, in die Körper der Leichen?«

»Natürlich könnten die beiden sich damit das Leben verschönert haben, als normale User sozusagen. Anderseits ist die Konzentration des Crystals ziemlich hoch. Wahrscheinlicher ist eine andere Erklärung.« Dr. Spichal brach ab. Bohlan stellte sich vor, wie der Rechtsmediziner an seinem Tee nippte, was er für gewöhnlich tat, wenn er über einem seiner Gutachten brütete.

»Und welche?«, fragte der Kommissar, um die Auflösung nicht endlos in die Länge zu ziehen. Er hörte das Klappern, das eine Tasse verursacht, wenn sie zurück auf die Untertasse gestellt wird.

»Ich gehe davon aus, dass die beiden das Zeug über den Bauchraum aufgenommen haben.«

»Was meinst du?«

»Bauchdecke aufschneiden, Drogenpakete rein. Bauchdecke zu. Und auf der anderen Seite der Grenze das Ganze wieder retour. Verstehst du, was ich meine?«

»Du meinst, die beiden haben als Drogenkuriere gearbeitet?«

»Ja, dafür sprechen auch die Nähte auf der Bauchoberseite. Sie waren noch relativ frisch. Die OPs können also nicht so lange zurückliegen.«

»Wie lange?«

»Vielleicht ein Monat oder etwas länger.«

Bohlan bedankte sich bei Dr. Spichal für die Informationen und die Nachtschicht. Als er das Telefon zur Seite gelegt hatte, erklang eine weibliche Stimme. »Das ist also des Rätsels Lösung!«

Bohlan wandte irritiert den Kopf in Richtung Tür, von wo aus die Stimme kam. Julia Will lehnte lässig im Türrahmen. Weder Bohlan noch Steinbrecher hatten ihr Kommen bemerkt.

»Die Kippenbergers haben Drogen nach Deutschland geschleust.«

Will schloss die Tür und schlenderte zu ihrem Schreibtisch.

»Also werden wir uns wohl ein wenig um die Frankfurter Crystal-Meth-Szene kümmern müssen«, sagte Bohlan. Der Kommissar ahnte, dass der Sumpf wieder tiefer werden würde. Und gefährlicher.

***

»Hey, Lilly!« Tilmann Weisenbach grinste über das ganze Gesicht, als Lilly Ernst das Studio betrat. Sie lächelte zurück. Immerhin. Tilman nahm dies zum Anlass, einen weiteren Flirtversuch zu starten. Zwar war der gestrige Abend ganz nach seinen Vorstellungen verlaufen. Anna hatte sich sehr über seinen Anruf gefreut und er hatte mit ihr ein paar wundervolle Stunden verbracht. Die Frau des Bankers lechzte förmlich nach Liebe und Zuneigung. Sie gab sich Tilmann zur Gänze hin, wollte ihn gar nicht gehen lassen. Doch Tilmann konnte machen, was er wollte. Er schaffte es einfach nicht, Lilly aus dem Kopf zu bekommen. Sie war es, die er haben wollte. Und je mehr sie sich zierte, desto stärker wurde sein Verlangen.

»Hallo, Tilmann. Alles klar bei dir?«

»Ja schon. Danke der Nachfrage. Kann ich dir etwas anbieten?«

Für einen Moment wich das Lächeln aus Lillys Gesicht. Doch nach ein paar Sekunden schien sie ihre Fassung wiedergefunden zu haben. Tilmann wertete ihre Reaktion als ein Nachdenken.

Er konnte nicht wissen, dass sie gerade an den Stoff denken musste, den Tilmann unter der Ladentheke verkaufte.

»Nein, danke«, erwiderte sie. »Das Training beginnt gleich. Du weißt, dass Benno maulig wird, wenn ich zu spät bin.«

»Vielleicht nachher? Oder heute Abend?«

Lilly lief an ihm vorbei, wandte nur belustigt den Kopf.

»Du wirst nie aufgeben, oder? Nimm doch endlich zur Kenntnis, dass ich vergeben bin.«

***

Das laute Schrillen der Türklingel riss Sven Hagedorn aus seinen Träumen. Es war verdammt warm in seiner Bude. Zum einen brannte die Sonne durch die dreckverschmierte Fensterscheibe, zum anderen bollerte der kleine Elektroheizkörper vor sich hin. Hagedorn hatte vor Wochen vergessen ihn auszuschalten. Oder war es schon Monate her? Im Fernsehen lief eine Reality-Doku. Der letzte Schrott, wie Hagedorn fand. Viel lieber würde er amerikanisches Kino sehen. Er liebte Hollywoodfilme. Das Problem war nur, dass Leute wie Bruce Willis darauf lauerten, dass er ihre Filme sah. Dann konnten sie direkt Kontakt zu ihm aufnehmen und ihn ausspionieren. Seitdem er erkannt hatte, wie das System funktionierte, vermied er es, amerikanische Filme zu sehen. Wieder diese verdammte Türklingel. Hagedorn hielt sich die Ohren zu. Das Schrillen hämmerte unerträglich in seinem Schädel. Schon oft hatte er darüber nachgedacht, der Klingel die Stromzufuhr zu entziehen. Doch das war leichter gedacht als gemacht. Der Sicherungskasten war mit Müllsäcken zugebaut. Es war kein Durchkommen. Oder gab es eine andere Möglichkeit? Hagedorn musste dieses Problem noch einmal überdenken. Zum Glück war das Schrillen kein Dauerzustand. Es kam meist unverhofft, hielt einige Zeit an, hörte dann aber genauso abrupt wieder auf. Kein Mensch stand den ganzen Tag vor seiner Tür und drückte fortwährend auf die Klingel.

Hagedorn nahm die Hände wieder von den Ohren. Das Schrillen hatte aufgehört. Da er nur eine Unterhose trug, zog er sich ein T-Shirt über und ging in die Küche, um ein Glas Cola zu trinken. Die süßliche, koffeinhaltige Plörre ließ ihn klarer sehen.

Er goss sich gerade das zweite Glas ein, als der Lärm zurückkehrte. Diesmal nicht in Form eines Schrillens, sondern durch Klopfen an der Tür. Gefolgt von einer lauten, tiefen Stimme.

»Herr Hagedorn. Öffnen Sie bitte die Tür.«

Hagedorn überlegte. Wer konnte das sein? Freunde hatte er so gut wie keine. Im letzten Jahr waren ein paar merkwürdige Gestalten vom Amtsgericht aufgetaucht, die ihn unter Betreuung stellen wollten. Aber so etwas brauchte er nicht. Er war völlig klar im Kopf. Das hatte ihm auch der Arzt attestiert, der ihn begutachtet hatte. Lediglich in psychiatrische Behandlung sollte er sich begeben. Tatsächlich war er ein, zwei Mal dort gewesen. Doch wirklich gebracht hatte das nichts. Der Psychiater hatte ihm bunte Pillen verschrieben, die er einnehmen sollte. Doch er hatte sie nicht vertragen. Sie hatten ihn träge gemacht und die Schleimhäute fast ausgetrocknet. Also hatte er sie wieder abgesetzt.

»Herr Hagedorn, ich weiß, dass Sie da sind. Öffnen Sie bitte die Tür.«

Hagedorn trank das zweite Glas Cola leer. Jetzt fühlte er sich gestärkt für die Herausforderung.

»Wer sind Sie und wieso wissen Sie, dass ich zu Hause bin?«, fragte er durch die verschlossene Tür.

»Das hat mir die Nachbarin gesagt. Sie hat Sie gestern Abend gesehen. Jetzt öffnen Sie halt die Tür.«

Hagedorn schob das Ende der Sicherungskette in das Schloss und öffnete die Tür einen Spalt breit. Vorsichtig spähte er nach draußen.

Der Mann sah nicht sehr freundlich aus. Er war klein und stämmig, trug Jeans und ein kariertes Hemd. Ein Aktendeckel lauerte in seinem Arm. Ein grimmiger Blick bohrte sich durch die Gläser der Pilotenbrille.

»Sie sind ja noch in Unterwäsche!«

»Was geht Sie das an? Ich kann anhaben, was ich will.«

»Mein Name ist Müller, Gerichtsvollzieher!«

»Aha, und was wollen Sie von mir? Bei mir ist nichts zu holen, ich bekomme Hartz IV.«

»Haben Sie denn meine Post nicht bekommen?«

»Ich lese keine Briefe, schon aus Prinzip nicht.«

Gerichtsvollzieher Müller schaute noch grimmiger und öffnete den Aktendeckel. Er begann, in den Zetteln zu blättern.

»Heute läuft die Räumungsfrist für Ihre Wohnung ab.«

Zum Beweis hielt Müller ein Schreiben vor den Türspalt.

»Was für eine Räumungsfrist? Ich weiß von nichts.«

»Das kommt davon, dass Sie Ihre Post nicht lesen. Es gibt da ein Räumungsurteil. Sie müssen aus der Wohnung raus.«

»Das kann nicht sein. Wohnung ist Menschenrecht. Sie können mich nicht einfach vor die Tür setzen.«

»Herr Hagedorn, ich bin der Gerichtsvollzieher. Als solcher bin ich dazu verpflichtet, zu vollstrecken. Für den Inhalt der Titel kann ich nichts. Da müssen Sie sich an das Gericht wenden.«

»Warum soll ich denn hier raus? Die Miete wird vom Sozialamt bezahlt. Es ist alles okay, das können Sie mir glauben.«

»Soweit ich das sehe, geht es nicht um die Miete, sondern um Belästigung der Nachbarn. Ist aber auch egal. Hier ist der Räumungstitel.«

»Zeigen Sie her!«

»Ich habe Ihnen bereits einen zugestellt. Vor ein paar Wochen.« Trotzdem nahm Müller einen Zettel aus dem Aktendeckel und reichte ihn Hagedorn. »Hier ist eine Kopie. Ich bin schließlich kein Unmensch.«

Hagedorn las das Papier, sagte aber nichts.

»Ich gehe mal davon aus, dass Sie die Wohnung heute nicht räumen«, stellte Müller fest.

»Wie stellen Sie sich das vor? Hier ist alles voll mit Müllsäcken. Das schaffe ich nicht an einem Tag.«

»Also gut«, sagte Müller. »Ich gebe Ihnen eine Woche Zeit. Dann sind Sie draußen. Und die Müllsäcke auch. Ansonsten muss ich zwangsweise räumen lassen.«

***

Julia Will wurde allmählich nervös. Sie saß an einem Tisch im Wirtschaftsgarten des ›Lahmen Esel‹. Riesige Bäume spendeten Schatten, sodass die Hitze erträglich war. Obwohl es erst dreizehn Uhr war, hatte sie sich einen gespritzten Ebbelwei bestellt. Vor ihr stand ein Geripptes, das sie bereits zur Hälfte ausgetrunken hatte. Zum wiederholten Mal streifte ihr Blick über die Armbanduhr. Konstanze Beckstein war seit einer halben Stunde überfällig. Will ließ sich die Speisekarte bringen. Sie hasste es, alleine in einer Kneipe zu sitzen. Man weiß nicht, wohin man schauen soll, und sie hatte auch keine Lust, sich von irgendjemandem das Ohr vollquasseln zu lassen. Außerdem machte sich ihr Magen zunehmend bemerkbar. Seit dem Frühstück hatte sie nicht mehr viel zu sich genommen. Sie schwankte zwischen Schneegestöber und Salat, als sie eine Bewegung neben sich wahrnahm. Tatsächlich näherte sich Konstanze. Sie war übermäßig schlank und drahtig. Seit Kurzem färbte sie die dunkelbraunen Haare blond. Will hatte Konstanze Beckstein vor ein paar Jahren beim Judo-Training kennengelernt. In der Folgezeit waren sie durch Kneipen und Clubs gezogen. Seitdem Julia mit Alex zusammen war, waren die gemeinsamen Ausflüge allerdings seltener geworden.

»Hallo, Konstanze«, sagte Will erfreut.

61

»Hallo, Julia! Tut mir leid, dass ich mich verspätet habe. Mein Roller hat den Geist aufgegeben und die Bahn, na ja, du weißt ja, wie das ist.«

Julia war aufgestanden. Die beiden Frauen umarmten sich.

»Jetzt bist du ja da. Komm, setz dich. Ich hab mächtig Kohldampf.«

»Ich brauch erst mal was zu trinken«, entgegnete Beckstein. »Kleiner Bembel?«

Will nickte und fügte hinzu: »Und eine Flasche Wasser. Sonst kann ich nachher nicht mehr klar denken.«

Konstanze gab die Bestellung auf. Danach blätterten beide in der Speisekarte. Nachdem die Bedienung den Bembel auf den Tisch gestellt hatte, bestellten sie ihr Essen.

»Und? Bei dir alles klar? Wir haben uns ja ewig nicht gesehen. Die letzten zwei Wochen hast du das Training geschwänzt.«

»Wir sind gerade mit den Planungen für den Umbau beschäftigt«, sagte Will ein wenig schuldbewusst. »Außerdem gibt es diesen neuen Fall.«

»Hab davon gelesen. Die beiden Obdachlosen im Park. Seid ihr weitergekommen?«

»Wir haben sie identifiziert. Außerdem haben wir Drogenspuren gefunden.« Will lehnte sich weit über den Tisch und senkte die Stimme. Schließlich musste nicht jeder mitbekommen, um was es ging.

»Und da hast du dich meiner erinnert«, sagte Konstanze Beckstein mit einem vorwurfsvollen Unterton.

»Du bist die einzige Drogenexpertin, die ich kenne, die sich mit der Szene auskennt.«

»Habt ihr dafür nicht eine Spezialabteilung?«

»Natürlich. Aber es war ein guter Anlass, sich mit dir zu treffen.« Will war froh, endlich die Kurve bekommen zu haben.

»Wie heißen die beiden denn?«

»Kippenberger. Karola und Jürgen.«

Beckstein zog die Stirn in Falten. Nach einer Weile sagte sie: »Nein, tut mir leid. Die Namen kenne ich nicht.«

»Ich glaube auch nicht, dass sie in der Szene verkehrt sind. Sie waren Bodypacker.«

»Bitte was?«

»Dr. Spichal, unser Rechtsmediziner, geht davon aus, dass man ihnen Tüten mit Drogen unter die Bauchdecke genäht hat.«

»Ein gängiges Verfahren, Drogen ins Land zu schmuggeln«, bestätigte Beckstein. »Was war denn in den Tütchen drin?«

»Vermutlich Crystal Meth.«

»Dachte ich mir«, sagte Beckstein. »Es hat viele Namen: Meth, Crystal, Shabu oder Speed sind die gebräuchlichsten.«

Die Bedienung servierte das Essen. »Heroin, Kokain oder Cannabis, das war gestern. Stattdessen überschwemmen immer neue Designerdrogen den Markt. Im letzten Jahr wurden dreiundsiebzig bis dahin unbekannte künstlich hergestellte Substanzen entdeckt. Also alle fünf Tage eine neue. Das musst du dir mal vorstellen.« Beckstein schob sich ein Stück Rinderleber in den Mund.

»Könnt ihr denn da überhaupt den Überblick behalten?«

„Schwierig. Die Szene ist im Wandel begriffen, sie wird dynamischer, komplexer. Die oft sehr jungen Konsumenten spielen ein gefährliches Spiel. Oft sind sie eine Art Versuchskaninchen. Über die langfristigen Gesundheitsfolgen der Modedrogen weiß man so gut wie nichts.«

»Wirken sie denn anders als die Klassiker?«

»Meistens endet ein Drogenrausch im Horrortrip. Kontrollverlust, Herzrasen, Wahnvorstellungen bis hin zu Selbstmordgedanken, Selbstverstümmelungen und Aggressionen. Aber das sind nur die unmittelbaren Auswirkungen. Kein Mensch weiß, was langfristig passiert. Die Modedrogen werden oft als Badesalz, Duftpulver oder Kräutermischungen getarnt. Einiges kannst du im Internet bestellen. Sie tragen coole Namen wie ›Extreme Summer‹ oder ›Ice‹. Aber die Namen sind austauschbar und kein Mensch weiß, was da alles drin ist.«

»Und was ist mit Crystal?«

»Ziemlich übles Zeug. Heißt auch ›Zombie-Droge‹. Es wird meistens in Amerika und Asien hergestellt, aber auch in Tschechien und in der Slowakei. Meth Amphetamin ist eine weiße, kristalline Droge, die geschnieft, geraucht oder gespritzt wird.«

Becksteins Blick fiel auf Wills Schneegestöber. »Hast du dir das eigentlich als Anspielung bestellt?«

Will musste lachen. »Nein, eigentlich nicht.«

»Crystal kann man übrigens auch essen. Aber es dürfte nicht so bekömmlich sein. Wenn du einmal von dem Zeug genommen hast, willst du immer davon. Du bekommst ein unglaubliches Gefühl von Glück und Wohlergehen. Du empfindest ganz viel Zuversicht. Außerdem wirkst du hyperaktiv und fühlst dich voller Energie.«

»Wie lange hält so ein Rausch an?«

»Kommt auf die Reinheit des Stoffes an. Sechs bis acht Stunden. Manchmal aber auch einen ganzen Tag.«

Nachdenklich schmierte Will eine dicke Ladung Schneegestöber auf ihr Brot und biss hinein. Nach einer Weile fragte sie: »Wenn ich mir das in Frankfurt beschaffen will, wo müsste ich hin?«

»Dahin, wo die Musik laut ist und du stundenlang durchtanzen kannst. Crystal ist als ›Disco Droge‹ gestartet. Also ab in die Clubszene oder zur nächsten Rave-Party. Frag nach ›Ice‹ oder ›Glass‹. Aber lass ja die Finger von dem Zeug.« Becksteins Stimme nahm eine warnende Nuance an. »Crystal Meth ist extrem suchterzeugend. Viele User berichten, dass sie gleich beim allerersten Konsum der Droge abhängig wurden. Letzte Woche saß einer bei mir. Er hatte in der Oberstufe angefangen, das Zeug zu nehmen. Vor dem Ende seines ersten Semesters an der Uni musste er das Studium abbrechen. Er starrte stundenlang in den Spiegel und kratzte sich überall, bis er aussah, als ob er Windpocken hätte. Er verbrachte seine ganze Zeit mit dem Konsum oder der Beschaffung.«

Will ließ sich Becksteins Worte durch den Kopf gehen. Irgendetwas lösten sie in ihr aus. Gedankenketten begannen sich zu bilden. Doch sie blieben nicht bestehen, sondern zerfielen in Sekundenschnelle wieder in ihre Einzelteile. Sie spürte eine Ahnung davon, wie alles miteinander zusammenhängen könnte. Doch es war noch zu wenig, um ein wirkliches Ergebnis zu liefern.

***

Lilly Ernst stieg vom Fahrrad ab und schnaufte durch. Obwohl sie die neuesten Funktionsklamotten trug, war sie verschwitzt. Die Fahrradtour hatte sie durch Felder und Straßen geführt. Die Sonne, die jetzt am Sinken war, hatte den ganzen Tag über vom Himmel herabgestrahlt und den Asphalt erhitzt. Sie schob das Fahrrad in den Hofeingang des ›Eckenheimer Hofs‹ und klappte den Ständer aus. Es gelang ihr nur mit Mühe, das Rad in eine Lücke zu schieben. Die Fahrräder standen aufgereiht wie Dominosteine. Wenn sich ein Witzbold einen Scherz erlauben wollte, war er hier genau richtig. Offensichtlich war sie nicht die Einzige, die den Abend für einen Ausflug nutzte. Hoffentlich gab es noch einen Platz im Hof. Bei dem Wetter hatte sie keine Lust, drinnen zu sitzen. Der ›Ecki‹, wie das Restaurant im Volksmund genannt wurde, war eine alteingesessene Institution. Seitdem Thomas Frommel das Lokal übernommen hatte, war es noch beliebter geworden. Lilly Ernst fuhr gerne hierher, um einen Ebbelwei zu trinken und einen Handkäs zu essen. Die Fahrradstrecke gefiel ihr und meist traf man nette Leute. Seit man unlängst im Keller eine Leiche gefunden hatte, war der ‚Ecki' zur lokalen Berühmtheit gelangt und der Wirt, Thomas Frommel, bot in regelmäßigen Abständen Führungen durch das Kellergewölbe an, in dem der Ebbelwei selbst hergestellt wurde. Nachdem die ersten Gäste ihre Unzufriedenheit geäußert hatten, hier gar keine Spuren von einer Leiche mehr zu sehen, hatte Frommel vor einem der Tanks einen Stuhl aufgestellt und eine Schaufensterpuppe darauf drapiert. Der kleine Gag mit Gruselfaktor steigerte die Beliebtheit der Kellerführungen um einiges.

Lilly Ernst erblickte einen fast freien Tisch am hinteren Ende des Hofes. Nur ein Mann saß dort, einen Schoppen vor sich. Zielstrebig ging Lilly auf den Tisch zu.

»T'schuldigung, ist hier noch frei?«

Der Mann blickte von seinem Glas auf, sah Lilly an. Ein Grinsen huschte über sein Gesicht. Lilly durchzuckte ein Schreck, auch wenn sie das Gesicht des Mannes nicht einordnen konnte. Sie war sich sicher, ihn bereits einmal gesehen zu haben. Und die Erinnerungen, die er in ihr weckte, waren nicht die besten. Am liebsten wäre sie zu einem der anderen Tische gegangen. Zögernd sah sie sich um, doch es waren alle Plätze besetzt.

»Für dich immer«, sagte der Mann in einem anzüglichen Ton. »Komm setz dich zu mir.«

Lilly wusste, wie das weitere Gespräch verlaufen würde. Sie hatte ähnliche Situationen schon des Öfteren durchgestanden. Er würde ihr Komplimente machen, vermutlich die Rechnung übernehmen wollen. Wahrscheinlich hatte sie in spätestens einer halben Stunde seine Hände an ihr kleben. Das war schon unangenehm genug, aber nicht das eigentliche Problem. Mit solchen Typen wurde sie dank ihrer Schlagfertigkeit ganz gut fertig. Fieberhaft durchforstete sie ihr Gedächtnis. Doch es war wie verhext. Sie konnte sich nicht entsinnen, woher sie ihn kannte.

»Was ist jetzt? Keine Angst, ich beiße nicht«, drängelte der Mann.

Lilly gab sich einen Ruck und nahm ihm gegenüber Platz. Der Kerl grinste zufrieden. Sie griff sich die Speisekarte.

»Die Salate kann ich nur empfehlen«, kam eine Stimme von der anderen Seite. Lilly ließ die Empfehlung ihres Gegenübers unkommentiert. In ihrem Kopf ratterte es.

»Haben Sie schon gewählt?«

Diesmal kam die Stimme von links und war weitaus sympathischer. Lilly schaute auf. Die Bedienung war eine Frau in ihrem Alter. Sie hatte die glatten roten Haare zu einem Zopf gebunden und trug einen Nasenring.

»Ja, ich nehm ein Stöffche und dazu einen Handkäs.«

»Doppelt oder klassisch, den Handkäs, meine ich«, fragte die Bedienung.

»Doppelt und mit Musik natürlich.«

Lilly klappte die Karte zu. Die Bedienung notierte die Bestellung, warf einen missmutigen Blick auf Lillys Gegenüber und machte sich auf den Weg in den Schankraum.

»Also eher ein bodenständiger Typ, ganz nach meinem Geschmack«, sagte Lillys Gegenüber. Offenbar ließ er nicht locker. Hartnäckige Labertasche, dachte Lilly. Na ja, egal. Sie entschloss sich, ein wenig mit ihm zu schwätzen. Vielleicht brachte sie das auf den richtigen Gedanken.

»Ich würde ja gerne mit Ihnen anstoßen«, sagte der Mann.

»Dann müssen Sie noch einen Moment warten. Der Ebbelwei kommt sicherlich bald.« Lilly lächelte.

»Ich bin übrigens der Dirk.«

»Lilly«.

»Schöner Name. Bist du öfter hier?«

»Nein, zum ersten Mal«, schwindelte Lilly. »Hab 'ne Fahrradtour gemacht und brauche eine Erfrischung. Ein Spaziergänger hat mir den Tipp gegeben.«

»Dann sollten wir ihm dankbar sein.«

Die rothaarige Bedienung brachte den Ebbelwei. »Der doppelte Handkäs kommt auch gleich.«

»Wofür sollten wir dankbar sein?«, fragte Lilly.

»Für den Tipp. Sonst hätten wir uns nicht kennengelernt.«

»Na dann«, entgegnete Lilly und hob das Glas. Dirk war gar nicht so uncharmant. Was ihr allerdings nicht gefiel, waren die rötlichen Flecken auf seiner Haut.

»Treibst wohl viel Sport, oder?«

»Sport ist mein Leben«, entgegnete Lilly. »Ich fahre viel Fahrrad. Ansonsten dreimal die Woche Studio.«

Dirk nickte anerkennend. »Das sieht man dir an. Ich habe mich früher auch mehr bewegt.«

»Was hindert dich dran?«

»Ich habe einfach zu viel zu tun. Der Beruf frisst die Zeit.«

Wieder tauchte die Bedienung auf, diesmal mit einem Teller in der Hand. »Doppelter Handkäs. Guten Appetit.«

Lilly Ernst nahm sich eine Scheibe Brot aus dem Korb und bestrich sie mit Butter. Dann schnitt sie ein Stück vom Käse ab und legte es gekonnt oben drauf. Dirk nahm noch einen Schluck aus dem Glas.

»Bei so viel Sportprogramm musst du sicher auch ganz schön auf deine Ernährung achten.«

Lilly nickte. »Das ist ein großes Thema. Natürlich brauche ich jede Menge Nährstoffe, damit die Kraft bleibt. Aber das bekommt man ganz gut hin.«

»Keine Nahrungsmittelergänzungen?«

Lilly sah Dirk irritiert an.

»Ich mein ja nur. Ich habe einige Freunde, die schwören auf so etwas. Ich rede jetzt nicht von Doping, das wäre ja strafbar. Aber es gibt doch jede Menge Mittelchen. Aminosäuren, Eiweißpräparate et cetera pp. Neulich habe ich von einem neuen Produkt gehört. Kristallstöffche. Witziger Name, oder?«

Lilly wurde hellhörig. Kristallstöffche – das hatte sie doch schon einmal gehört. War das die Verbindung, die sie suchte?

»Was soll das sein?«

Dirk zuckte mit den Schultern. »So genau weiß ich das auch nicht. Irgend so ein Aufputschzeug. Wie gesagt, ein paar Freunde von mir schwören drauf. Sie sind plötzlich viel leistungsfähiger, sagen sie zumindest.«

Lilly war mittlerweile bei der zweiten Scheibe Brot angekommen. Sie wusste nicht so recht, wie sie weiter vorgehen sollte. Das mit dem Kristallstöffche klang irgendwie interessant. Nicht, weil sie solche Mittelchen benötigte. Bislang war sie ohne ganz gut ausgekommen. Aber die Ereignisse am Vortag in der ›Fitness-Box‹ hatten ihr Interesse geweckt. Sie wollte wissen, was da vor sich ging. Vielleicht war das Tütchen, das über den Tresen gewandert war, das Gleiche, von dem Dirk sprach. Sie kratzte umständlich die letzten Reste vom Handkäs zusammen und legte sie auf das Brot. Aber wie sollte sie weiter vorgehen? Unverhofft kam ihr Dirk entgegen.

»Wenn du willst, kann ich meine Kumpels mal fragen. Vielleicht kann ich eine Probepackung organisieren«, sagte Dirk vorsichtig. »Ich kann aber nichts versprechen.«

Innerlich jubilierte Lilly, doch sie ließ sich nichts anmerken. Stattdessen versuchte sie, möglichst gleichgültig zu wirken.

»Warum nicht? Aber nur, wenn es dir nichts ausmacht.«

***

Nach dem unerquicklichen Ereignis am Morgen, hatte Sven Hagedorn seine Wohnung früh verlassen und sich auf den Weg in die Innenstadt gemacht. Sein Mittagessen hatte er bei der Frankfurter Tafel eingenommen. Er war zwar kein Obdachloser und hatte auch noch gut einhundertfünfzig Euro auf seinem Konto. Das musste bis zum Rest des Monats reichen. Hagedorn nutzte die Tafel schon seit etlicher Zeit. Sie half dabei, mit dem Hartz-IV-Geld über die Runden zu kommen. Außerdem kam man unter Leute. Das war immer noch besser, als den ganzen Tag alleine in der Bude herumzuhocken.

Bei der Tafel gab es ein alles beherrschendes Thema. Seit Tagen tauchte die Kriminalpolizei an allen Ecken auf. Die wildesten Gerüchte waren im Umlauf. Angeblich hatte man zwei zerstückelte Leichen gefunden und vermutete, dass es sich um zwei Obdachlose handeln könnte. Doch die Informationslage war unübersichtlich. Mit wem Hagedorn sich auch unterhielt, jeder tischte ihm eine andere Geschichte auf. Die

Spekulationen über die Toten und die weiteren Umstände drängten seine eigentlichen Sorgen in den Hintergrund. Er bedauerte, dass er bei den Befragungen der Polizei nicht zugegen gewesen war. Vielleicht steckte auch bei den Toten der CIA dahinter? Was, wenn er der Polizei den entscheidenden Hinweis geben konnte? Doch dazu musste er erst einmal herausfinden, was wirklich passiert war. Deshalb entschloss er sich dazu, einen Teil seines Geldes in die Informationsbeschaffung zu investieren. Nachdem er seinen Kaffee bei der Tafel ausgetrunken hatte, machte er sich auf den Weg zur Konstablerwache und hob bei der dortigen Filiale der Sparkasse zehn Euro von seinem Konto ab. Sein nächster Weg führte ihn zu einem Zeitschriftenladen in der B-Ebene der Hauptwache. Er kaufte die aktuellen Zeitungen. Schon ein erster Blick in den Regionalteil genügte, um ihm einen gewaltigen Adrenalinschub zu verpassen.

***

Jan Steininger fuhr voller Vorfreude zum Osthafen. Am Fuß der neu gebauten Europäischen Zentralbank war in den letzten Jahren ein schönes Kleinod mit Grünflächen und Sportgeräten entstanden. Felicitas Maurer wohnte nicht unweit in einem Apartmentkomplex. In den letzten Wochen war Jans Beziehung zu ihr deutlich intensiver geworden. Aus einem unerklärlichen Umstand heraus hatte sie plötzlich viel mehr Zeit für ihn. Diese erfreuliche Entwicklung ließ ihn auch die Warnungen verdrängen, die Bohlan immer wieder aussprach. Sein Chef stand der Affäre zu Felicitas seit jeher skeptisch gegenüber. In letzter Zeit hatte er seine Einwände massiv verstärkt und mit Hypothesen zu unterfüttern versucht. Bohlan war der Auffassung, dass Maurer Steininger nur benutzen würde und er zudem nicht der Einzige in ihrem Liebesleben sei. In einem Punkt musste Steininger seinem Chef recht geben: Die Staatsanwältin zeigte sich meist sehr interessiert an den neuesten Ermittlungsergebnissen – ein Umstand, den Steininger als Berufskrankheit wertete. Von Hinweisen auf einen Nebenbuhler allerdings fehlte zum Glück bislang jede Spur. In Jans Augen sah Bohlan alles viel zu schwarz. Vermutlich hing dies mit seinem eigenen Liebesleben zusammen, das momentan alles andere als rund lief. Steininger hatte sich dazu entschlossen, die Beziehung zu Felicitas zu genießen und zugleich auf der Hut zu sein. Immerhin war er ein guter Kriminalist, ausgestattet mit einem ausgeprägten Spürsinn. Von daher war er fest davon überzeugt, alles unter Kontrolle zu haben.

Felicitas hatte ihm vor wenigen Minuten eine SMS geschickt und mitgeteilt, dass sie sich am ›Finger-Food-Boot‹ aufhalte. Er verließ die U-Bahn-Station und lief in Richtung Osthafen. Als er die Mainpromenade entlangschlenderte, sah er Felicitas schon von Weitem. Sie stand im sexy Sommeroutfit am Finger-Food-Boot und quatschte mit Fritz. Der Anblick ihrer langen Beine steigerte Steiningers Vorfreude auf den Abend.

»Hallo, ihr Hübschen«, sagte er, als er das Boot erreichte.

Felicitas drehte sich um und drückte ihm einen Begrüßungskuss auf den Mund. Fritz war gerade dabei, das eingepackte Essen in einer Plastiktüte zu verstauen.

»Hallo, Jan. Wollt ihr auch etwas zu trinken mitnehmen?«

Jan sah Felicitas fragend an. »Warum nicht? Pack uns zwei von deinen Limonaden ein.«

Fritz drehte sich um, nahm zwei Flaschen aus dem Kühlschrank und stellte sie ebenfalls in die Tüte.

»Was hältst du davon, wenn wir hier noch zwei Apfel-Hugos trinken?«, fragte Felicitas. »Ist grad so schönes Wetter und auch noch nicht so viel los.«

Eigentlich hatte Jan nur im Sinn, möglichst schnell mit Felicitas in deren Wohnung zu verschwinden, doch andererseits hatte sie recht. Das Wetter war phänomenal und die Gelegenheit auf ein Schwätzchen mit Fritz war günstig. Er kannte den Bootsbetreiber bereits seit etlichen Jahren. Früher waren sie gemeinsam durch Kneipen und Bars gezogen.

Doch seitdem Fritz sich dazu entschlossen hatte, selbst unter die Kneipiers zu gehen, blieb für gemeinsame Unternehmungen wenig Zeit.

»Klar, gute Idee«, sagte Jan daher. »Wie läuft's denn so bei dir?«

»Eigentlich ziemlich gut. Der Umsatz stimmt und die Gäste sind zufrieden.«

»Aber?«, fragte Jan, dem der einschränkende Unterton nicht entgangen war.

»Es kann der Frömmste nicht in Frieden leben, wenn es dem bösen Nachbarn nicht gefällt«, erwiderte Fritz und füllte drei Apfel-Hugos in Gläser.

»Fritz hat Probleme mit den anderen Gastronomen.« Maurer machte eine Kopfbewegung über die Schulter hinweg.

»Wieso, was ist denn mit denen?«

»Die fürchten offenbar um ihre Geschäfte und dulden keine Konkurrenz vor der Haustür«, erklärte Felicitas.

»Dabei sollten sie froh sein, dass der Platz hier belebt wird. Und Fritz ist doch keine Konkurrenz. Nichts gegen dein Essen, aber ihr bietet doch völlig unterschiedliche Sachen an.«

»Sag ich ja auch. Ich hab schon mehrere Versuche unternommen. Keine Chance, die schalten auf stur.«

»Soll ich es mal versuchen?«, fragte Maurer.

»Meinst du, das bringt was?«

»Versuchen kann man es ja mal. Immerhin bin ich auch in den anderen Lokalen Stammgast.«

»Haben die denn überhaupt etwas gegen dich in der Hand?«, fragte Steininger. »Es gibt doch kein Anrecht darauf, die einzigen Gastronomen im Viertel zu sein.«

»Nicht, dass ich wüsste. Aber sie verbreiten schlechte Stimmung. Reden schlecht über mich. Gestern hatte ich Probleme mit herumpöbelnden Gästen. Ich kann natürlich niemandem etwas nachweisen. Immerhin habe ich eine Genehmigung der Wasser- und Schifffahrtsverwaltung.«

Felicitas trank ihr Glas aus. »Ich werde mal mit ihnen reden.« Und zu Jan gewandt: »Komm, lass uns hochgehen, ich habe Hunger.«

Jan, dessen Glas noch halb voll war, warf Fritz einen entschuldigenden Blick zu. »Frauen. Lass dich nicht unterkriegen ...«

***

Nachdem die letzten Sportler sich verabschiedet hatten, schloss Benno Cordes sein Smartphone an die Musikanlage an und drehte die Lautstärke auf. Der Beat eines Endlosmix aus den Neunzigerjahren schallte durch die Trainingshalle. Cordes absolvierte ein halbstündiges Trainingsprogramm und sank danach erschöpft auf einer Matte zusammen. Sein Puls raste, sein Herz schlug schnell. Schweiß stand auf seinem Gesicht. Er blieb fünf Minuten auf der Matte liegen, starrte an die Decke und dachte an nichts. Dann rappelte er sich auf. Nahm das Smartphone von der Anlage, schaltete das Licht aus und stiefelte durch den Flur. Der Eingangsbereich war bereits abgedunkelt, nur durch die offen stehende Tür drang Licht aus dem Büro. Also war Tilmann auch noch da, dachte Cordes. Kurzerhand entschloss er sich dazu, bei ihm vorbeizuschauen. Tatsächlich saß Tilmann Weisenbach am PC und hämmerte irgendwelche Daten in das System. Den auf dem Tisch liegenden Ordnern nach zu schließen, erledigte er die Buchhaltung. Tilmann und er waren ein gutes Team. Sie hatten sich an der Uni kennengelernt und seitdem das eine oder andere Projekt gestartet. Richtig erfolgreich war die ›Fitness-Box‹ geworden, die sie seit einigen Jahren betrieben. Dazu gesellten sich noch die Einkünfte aus dem ›nicht ganz legalen Nebengeschäft‹, wie Tilmann es nannte. Als sie die ›Fitness-Box‹ gegründet hatten, waren sie davon ausgegangen, dass sie alle Arbeiten gemeinsam und gleichberechtigt erledigten. Tatsächlich hatte sich aber relativ schnell herauskristallisiert, dass sie unterschiedliche Schwerpunkte setzten. Tilmann kümmerte sich um den administrativen Bereich, Cordes organisierte den Sportbetrieb und Emma machte beides. Diese Arbeitsteilung hatte sich als vorteilhaft herausgestellt, und alle waren zufrieden.

Benno klopfte mit der Faust an die Tür und drückte sie auf. Tilmann schreckte auf. »Du bist ja noch da«, stieß er überrascht hervor.

»Ich habe mich noch ein bisschen ausgepowert. Wie in alten Zeiten.«

Tilmann grinste.

»Hast du nichts mehr vor?«

»Doch, Dusche und dann ab nach Hause. Ich habe mir die letzte Staffel von ›Breaking Bad‹ gekauft. Die werde ich mir bei einem Bier reinziehen.«

Tilmann ließ einen lauten Lacher aus.

»Guter Plan. Die musst du mir unbedingt einmal ausleihen.«

In der vielfach ausgezeichneten amerikanischen Serie ging es darum, dass ein braver, etwas verklemmter Chemielehrer unheilbar an Krebs erkrankt. Um seine Familie abzusichern und seine Behandlung bezahlen zu können, lässt er sich mit einem Drogendealer ein. In einem Campingbus kocht er astreines Crystal zusammen.

»Klar, du bekommst die Staffel. Ist Ehrensache.«

Tilmann nickte zufrieden, doch Sekunden später wurde sein Gesicht ernst.

»Wie lange kennen wir uns jetzt schon?«

Benno konnte den plötzlichen Stimmungswandel nicht nachvollziehen. »Zwanzig Jahre werden es sein«, erwiderte er unsicher.

»Und wir hatten nie einen großen Streit oder so etwas«, fuhr Tilmann fort. »Ich kann mich an zwei, drei Szenen erinnern, wo wir unterschiedlicher Meinung waren. Und das mit Emma ist auch längst ausgestanden, oder?«

Tatsächlich hatten ursprünglich beide ein Auge auf Emma Weisenbach geworfen. Doch nachdem relativ schnell klar war, dass Emma Tilmann bevorzugte, war das Thema durch. Benno hatte sich bald darauf mit einem hübschen Model vergnügt.

»Emma. Mein Gott, das ist tausend Jahre her. Gefühlt jedenfalls. Wie kommst du denn jetzt darauf? Hast du dir 'ne Packung eingeworfen?!«

»Natürlich nicht. Es geht auch nicht um Emma.«

»Worum denn dann?«

»Erinnerst du dich an unser letztes Gespräch?«

»Natürlich.«

»Ich fragte dich, ob du etwas mit Lilly hast.«

Daher wehte also der Wind, dachte Cordes. Tilmann war immer noch nicht darüber hinweg, dass er bei der jungen Studentin nicht landen konnte. In solchen Sachen war er einfach zu emotional. Dabei war er sowieso nur auf eine belanglose Affäre aus. Tilmann würde Emma niemals verlassen. Trotzdem fühlte er sich von Lilly zurückgesetzt und war offenbar auf der verzweifelten Suche nach einem Grund für diese Zurückweisung.

»Und ich sagte dir, dass ich kein Interesse an ihr habe«, sagte Cordes.

»Ja. Und warum belügst du mich?«

»Ich sage die Wahrheit. Lilly ist eine super Sportlerin. Und weiter reicht mein Interesse an ihr nicht.«

Tilmann Weisenbach sah Cordes skeptisch an. »Weißt du etwas von einem Lover?«

»Nein, wieso?«

»Sie sagte neulich zu mir, dass sie schon vergeben sei.«

»Und daraus ziehst du den Schluss, dass ich dir in die Quere komme? Das ist nicht wahr, oder?«

»Ich bin mir ziemlich sicher, dass es jemand aus der ›Fitness-Box‹ ist.«

Benno sah überrascht aus.

»Wie kommst du darauf?«

»Ich habe ihre Uhr gefunden. Hier im Büro. Ist das nicht merkwürdig?«

»Ihre Uhr? Bist du sicher?«

Tilmann öffnete eine der Schubladen am Schreibtisch, zog eine kleine goldene Uhr heraus und hielt sie Benno hin. Benno nahm sie in die Hand und betrachtete sie.

»Könnte durchaus ihre sein. Sicher bin ich mir aber nicht«, sagte er dann.

»Dreh sie einmal um«, erwiderte Tilmann. Benno tat, wie ihm geheißen. Tatsächlich waren auf der Rückseite die Initialen L. E. eingraviert.

»Und sie lag hier im Büro?«

»Ja, auf dem Sofa. In der Ritze.«

»Das ist in der Tat merkwürdig. Wie kann das sein?«

»Das genau ist es ja eben. Ich kann mich nicht erinnern, sie jemals hier drin gesehen zu haben. Jedenfalls nicht in der letzten Zeit. Es gibt nur drei Personen, die einen Schlüssel für das Büro haben. Du, ich und Emma.«

»Mit mir war sie definitiv nicht im Büro. Hast du Emma gefragt?«

»Noch nicht. Aber warum sollte sie hier gewesen sein?«

»Was weiß denn ich? Frauenschnack.«

»Möglich, aber legt man dabei die Uhr ab?«

»Vielleicht ist sie ihr aus der Tasche gefallen. Es kann doch tausend Gründe geben.«

»Möglicherweise«, erwiderte Weisenbach. Doch ihm kam die ganze Sache merkwürdig vor. Er beschloss, zukünftig die Augen offen zu halten.

»Anderes Thema«, sagte Cordes.

»Die Vorräte gehen zur Neige. Wir brauchen Nachschub.«

Weisenbach sah Cordes ernst an. »Jetzt schon? Das ging diesmal aber schnell.«

»Der Rubel rollt sozusagen.« Cordes rieb sich die Finger. »Soll ich Stricker beauftragen?«

»Ja, aber er soll vorsichtiger sein. Die letzten Bodypacker haben uns ziemliche Schwierigkeiten bereitet.«

Cordes nickte. In der Tat war der Zeitpunkt für eine neue Lieferung äußerst ungünstig. Aber wenn der Absatz so weiterlief wie in den letzten Wochen, wären die Lager bald leer. Und dann würden sich die Kunden nach anderen Dealern umsehen. »Ich werde mit Stricker sprechen und ihn zur absoluten Vorsicht mahnen.«

***

Als Lilly Ernst an diesem Abend nach Hause kam, war es fast dreiundzwanzig Uhr. Sie verstaute ihr Fahrrad im Schuppen und betrat das Haus. Nach einer Dusche streifte sie sich den Schlafanzug über und setzte sich auf ihr Bett. Obwohl die Uhr fast halb zwölf zeigte, war an Schlaf nicht zu denken. Ihr Blick fiel auf eine Umzugskiste. Sie hatte sie nach dem Einzug einfach neben der Tür abgestellt und seitdem nicht geöffnet. Zu viele Erinnerungen steckten in ihr, und sie wusste nicht, wie lange sie hier wohnen würde. Doch es gab einen Gedanken, der ihr auf der Rückfahrt vom ›Eckenheimer Hof‹ nicht aus dem Kopf gegangen war. Zunächst hatte sie ihn als absurd abgetan. Doch er war hartnäckig gewesen und wieder und wieder zurückgekehrt. Da er sie offensichtlich nicht loslassen wollte, musste sie sich ihm stellen. Sie zog die Kiste in die Mitte des Raums und öffnete vorsichtig den Deckel. Schon beim ersten Blick in den Karton sah sie ihr ganzes Leben vor sich. Sie begann, die Gegenstände zu sortieren: ihre ersten, unglaublich kleinen Schuhe, eine Babypuppe, das Stofftier, das sie die ersten zwölf Jahre ihres Lebens jede Nacht bei sich gehabt hatte …

Nach kurzer Zeit hatte sie gefunden, was sie suchte. Nicks Fotoalbum. Sie hütete es wie einen Schatz. Doch die Zeiten, in denen sie beinahe täglich darin geblättert hatte, waren lange vorbei. Trotzdem kannte sie die Seiten auswendig. Sie setzte sich mit dem Album in der Hand zurück aufs Bett, schaltete die Nachttischlampe an und schlug die erste Seite auf. Ihr Herz pochte, ihr Puls schlug schneller. Eigentlich hatte sie sofort das Bild suchen wollen, das sie in Gedanken zu verfolgen schien. Doch als sie die erste Seite aufgeschlagen hatte und ihr der kleine Nick entgegenstrahlte, konnte sie nicht anders. Sie blätterte durch das Album, das Nicks kurzes Leben dokumentierte.

Es dauerte fast eine halbe Stunde, bis sie sich zu der Seite vorgearbeitet hatte, auf der das Bild zu sehen war, das sie verfolgte. Dort standen sie vor einem Fußballtor. Nick kniete in der ersten Reihe, eingerahmt von seiner Mannschaft. In der letzten Reihe standen der damalige Trainer Benno Cordes und neben ihm der Mann, den sie im ›Eckenheimer Hof‹ getroffen hatte. Inzwischen war er älter geworden und sah bei Weitem nicht mehr so gut aus wie auf dem Foto. Aber es bestand kein Zweifel daran, dass es sich um Dirk Stricker handelte.

Lilly ließ das Album auf ihren Schoß sinken und starrte ziellos in den Raum. Da war sie, die Verbindung, die sie gesucht hatte. Dirk Stricker und Benno kannten sich also seit vielen Jahren. Und nicht nur das, sie hatten auch Nick gekannt. Sie hatten ihn trainiert. Ihr Blick fiel zurück auf das Foto. Sie überlegte, wann es aufgenommen worden sein könnte. Das Foto war auf der vorletzten Seite des Albums und Nick sah sehr erwachsen aus. Das Bild musste aus der letzten oder vorletzten Saison seines Lebens stammen.

Lilly hatte schon immer Zweifel daran gehegt, dass es bei Nicks Tod mit rechten Dingen zugegangen war. Er war noch so jung gewesen, hatte vor Kraft und Energie gestrotzt. Da fällt man nicht einfach beim Training um und ist tot. Erst während ihres Studiums war sie auf ähnliche Fälle gestoßen. Berichte darüber, dass Leistungssportler beim Training plötzlich verstarben, weil der Körper nicht mehr mitspielte. Weil sie Dinge eingenommen hatten, die sie mehr trainieren ließen und ihren Körper ans Limit brachten, ihn überforderten.

Hatte Nick seinem Leistungsvermögen ein wenig nachgeholfen? War der Druck am Ende seines Lebens zu groß geworden? Er war immer sehr ehrgeizig gewesen, wollte in die

Bundesliga. Der Vertragsabschluss mit einem Spitzenverein hatte unmittelbar bevorgestanden. Hatte er den Druck nicht mehr ausgehalten?

Vor Lillys innerem Augen spielten sich Szenen der letzten Tage ab: Tilmann verkaufte unter dem Tresen kleine Tütchen mit komischen Substanzen. Dirk Stricker bot ihr so ein komisches Zeug an. ›Kristallstöffche‹ oder so ähnlich. Stricker war mit Benno Cordes lange befreundet. Was hatte das alles miteinander zu tun? Hatten Benno und Dirk ihrem Bruder Substanzen verschafft, an denen er letztlich gestorben war? Waren sie also für seinen Tod verantwortlich? Wussten Emma und Tilmann Weisenbach davon?

Lillys Gedanken rotierten immer mehr. Sie spielten Karussell. Ihr ganzes Leben schien sich mehr und mehr zu einer Art Alptraum zu entwickeln. Sie knallte das Album zu und schleuderte es auf den Boden.

**

Obwohl es draußen längst dunkel war und die Kollegen längst nach Hause gegangen waren, saß Bohlan immer noch im Präsidium. Das letzte Mal, dass er dort Überstunden geschoben hatte, lag lange zurück. Dabei war er durchaus kein Faulenzer. Aber Dienst hinter dem Schreibtisch war seine Sache nicht. Viel lieber lungerte er auf der Gass herum. Beim Schwätzen mit den Leuten bekam er meistens einen heißen Tipp. Oder er zerbrach sich den Kopf an Deck seines Hausbootes. Doch darauf hatte er momentan keine Lust. Er wollte nicht schon wieder sturzbetrunken einen Telefonanruf von Tamara entgegennehmen und dann merkwürdige Dinge auf dem Sofa treiben. Also ordnete er seit Stunden Fotos und Berichte, schob Zettel auf dem Whiteboard hin und her. Mit den beiden Toten kamen sie einfach nicht weiter. Sie gingen davon aus, dass irgendjemand die Kippenbergers als Bodypacker angeworben haben musste. Man hatte sie ins Ausland geflogen, dort Pakete eingenäht und zurück in Deutschland die Pakete wieder entnommen. Dies erklärte, warum sie einige Zeit aus der Szene abgetaucht waren.

Für den Schmuggel hatten sie ein paar Euros oder auch mehr bekommen. Aus diesem Grund konnten sie sich nach ihrer Rückkehr eine Bleibe suchen und mussten nicht zurück in die Obdachlosenszene. Aber was war dann passiert? Hatten sie zu viel gewusst? Hatten sie vielleicht versucht, noch mehr Geld zu bekommen?

Bohlan stand auf, um sich einen Kaffee aus dem Automaten zu holen. Während der Automat den Kaffee zubereitete, musterte er die Fotos der beiden Toten. Sie waren zu einem Zeitpunkt aufgenommen, als sie noch nicht auf der Straße gelebt hatten. Ein Ehepaar zu Beginn des Rentenalters. Gepflegt, vielleicht ein bisschen spießig. Jürgen Kippenberger hatte ein breites Gesicht und trug eine modische Hornbrille. Die Haare waren ausgedünnt und nach hinten gekämmt. Carola Kippenberger hatte dunkelblonde, gelockte Haare. Für das Foto hatte sie es mit dem Make-up ein wenig übertrieben. Das Rot auf ihren Lippen war ein bisschen zu knallig. Gleiches galt für den Lidschatten. Die beiden machten nicht den Anschein, dass sie irgendwelche Berührungspunkte mit dem Obdachlosenmilieu oder der Drogenszene hatten. In ihrem letzten Lebensjahr musste irgendetwas ihr Leben ordentlich durcheinandergewirbelt haben.

Der Kommissar wollte sich gerade wieder an seinen Platz setzen, als das Telefon läutete. Unschlüssig starrte er auf das Display. Weil es sich um eine polizeiinterne Nummer handelte, nahm er den Anruf entgegen.

»Bohlan, Mordkommission.«

»Tom, super! Ich hatte gehofft, dass noch jemand da ist. Hier Steinbrecher.«

Bohlan wusste einen Moment lang nicht so recht, wie ihm geschah. Wieso rief ihn Walter von einer anderen Dienststelle aus an? Und weshalb klang seine Stimme so ungewohnt. Doch dann fand er des Rätsels Lösung.

»Julian, Mensch. Jetzt hast du mir einen echten Schreck eingejagt.«

»Wieso das denn?«

»Ich dachte, es sei dein Vater. Wieso sitzt du noch an einem Polizeiapparat?«

»Ich hab doch gerade Praxisstation im 12. Revier.«

»Und wie ist es dort, am Puls der Straße?«

»Na ja, geht so. Ist nicht gerade das, was ich mein Leben lang machen will. Die Mordkommission wäre eher was für mich.«

»Dann sieh zu, dass du einen ordentlichen Abschluss machst.«

»Ja, sagt Papa auch immer.«

»Aber deswegen rufst du mich sicher nicht an.«

»Nein, natürlich nicht. Wir haben hier so einen Durchgeknallten, der alle paar Tage mal auftaucht, weil er sich von Schauspielern bespitzelt fühlt.«

»Na, das ist ja mal was. Welche sind es denn?«

»Robert De Niro, Robert Redford und noch ein paar andere.«

Bohlan musste lachen. Die Vorstellung, dass die Frankfurter Polizei versucht, ein paar Hollywoodgrößen zu jagen, amüsierte ihn.

»Lustig ist das nicht. Er ist mit einem Messer auf mich losgegangen. Dann war er ein paar Tage in der Klapse. Jetzt hat er eine Depotspritze bekommen und ist wieder recht friedlich. Jedenfalls hat er die Fotos in der Zeitung gesehen. Von den Kippenbergers, meine ich. Er behauptet, sie zu kennen.«

Bohlan wurde hellhörig. »Wo ist der Kerl jetzt?«

»Sitzt nebenan. Ich hab ihm erzählt, dass ich jemanden kenne, der Spezialist für straffällige Schauspieler ist und sie in die Schranken weisen kann.«

»Kluger Schachzug«, entgegnete Bohlan. Julian Steinbrecher machte ihm Spaß. Der Junge würde sicherlich mal ein guter Kriminalpolizist werden.

81

»Natürlich kann es auch nur irgendeine Geschichte sein, die er sich zusammenreimt.«

»Natürlich«, echote Bohlan. »Halte ihn hin. Ich komme, so schnell es geht.«

***

Emma klagte bereits den ganzen Tag über Kopfschmerzen. Sie war extrem wetterfühlig. Jede Änderung der Wetterlage konnte eine Migräneattacke auslösen. Das Beste in solch einem Fall war, Schmerzmittel in hoher Konzentration einzunehmen und sich schlafen zu legen. Genau das hatte sie vor. Der Einzige, der ihr dabei im Weg stand, war Tilmann, der unbedingt über Lilly reden wollte. Gleich nachdem er nach Hause gekommen war, hatte er ihr Lillys Uhr präsentiert. Er drehte sie wie ein Kettenkarussell um seinen Zeigefinger. Angeblich hatte er die Uhr im Büro der ›Fitness-Box‹ gefunden. Auf dem Sofa, wie er mehrfach betonte. Nun fragte er sich schon den ganzen Tag, wie sie dorthin gekommen war. Tilmann konnte merkwürdig sein. Und aufbrausend. Und überhaupt: Was ging es ihn an, wo Lilly ihre Uhr ablegte oder sich herumtrieb?

»Sonst hast du keine Probleme?«, blaffte Emma.

»Ich frage mich halt nur, was sie in unserem Büro gemacht hat. Sie scheint sich sowieso für alles zu interessieren. Manchmal glaube ich, sie schnüffelt bei uns herum. Vielleicht ist sie in Wahrheit gar keine Studentin.«

Emma musste lachen, obwohl ihr das große Schmerzen verursachte. »Was soll sie denn sonst sein?«

»Vielleicht eine verdeckte Ermittlerin.«

»Du spinnst doch komplett. Lilly ist völlig harmlos. Sie ist ein liebes, nettes Mädchen. Sonst nichts.«

»Das dachte ich auch immer.« Tilmann machte eine Pause. Er ließ die Uhr in seiner Hosentasche verschwinden, bevor er fortfuhr: »Weißt du, ich habe Benno im Verdacht, dass er etwas mit ihr am Laufen hat.«

»Benno und Lilly?«, entgegnete Emma amüsiert.

»Vielleicht treiben sie es in unserem Büro? Und dabei hat sie die Uhr verloren.«

»Ich weiß nicht. Die passen doch gar nicht zusammen. Hast du Benno darauf mal angesprochen?«

»Natürlich.«

»Und?«

»Er streitet ab. Aber ich weiß, dass er total begeistert von ihr ist. Er hat sogar vorgeschlagen, sie als Trainerin einzustellen.«

»Gar keine so schlechte Idee«, sagte Emma.

»Ich weiß gar nicht, was ihr alle an Lilly so toll findet«, polterte Tilmann.

»Du kannst ruhig zugeben, dass du es bist, der scharf auf Lilly ist. Wahrscheinlich hat sie dich abblitzen lassen. Das ist der wahre Grund, warum du dich so echauffierst.«

»Blödsinn.«

Damit war das Gespräch beendet. Tilmann schnappte sich eine Illustrierte, und Emma wusste, dass sie mit ihrer Vermutung recht hatte. Natürlich hätte sie Tilmann auch sagen können, wie Lillys Uhr ins Büro gekommen war. Doch warum sollte sie das tun? Und die Vorstellung, dass Tilmann an ein Techtelmechtel zwischen Benno und Lilly glaubte, amüsierte sie mehr und mehr.

***

Bohlan hatte keine zehn Minuten gebraucht, um vom Polizeipräsidium zum 12. Polizeirevier zu kommen, das in einem Gebäude ›Am Schwalbenschwanz‹ untergebracht war. Er stellte seinen Wagen auf dem Parkplatz vor dem Gebäude ab und betrat das Revier. Ein älterer Polizist wies ihm den Weg in den ersten Stock, wo Julian Steinbrecher auf ihn wartete.

»Gut, dass endlich jemand Kompetentes kommt!« Sven Hagedorn musterte Bohlan neugierig.

»Hauptkommissar Bohlan, von der Mordkommission. Der junge Kollege hier war so freundlich, mich zu informieren.«

Bohlan zeigte auf Julian Steinbrecher, der neben ihm stand. Hagedorn warf ihm einen geringschätzigen Blick zu.

»Er ist noch ein bisschen unerfahren, Ihr Kollege.«

»Kein Grund, mit einem Messer auf ihn loszugehen.«

»Das war ein Fehler. Ich war verzweifelt. Aber jetzt geht es mir besser.« Hagedorn sah Bohlan schuldbewusst an.

Bohlan setzte sich auf einen Stuhl und musterte sein Gegenüber. Der Mann trug eine dunkelbraune Cordhose und ein kariertes Hemd. Ein Parka hing auf der Rückenlehne des Stuhls. Hagedorn war frisch rasiert, die Haare gekämmt. Er machte einen gepflegten Eindruck. Die Depotspritze zeigte Wirkung, dachte Bohlan.

»Mein Kollege sagte, dass Sie Probleme mit Schauspielern haben!?«

»Momentan lassen sie mich in Ruhe. Zum Glück.«

»Das ist gut.« Bohlan wollte sich langsam in das Gespräch tasten. Bloß nichts überstürzen. Schizophrenie ist eine teuflische Krankheit. Man kann sie zwar mit Medikamenten in den Griff bekommen. Dies setzte allerdings deren regelmäßige Einnahme voraus. Bricht der Patient die Behandlung ab, beginnt eine Spirale, die ihn immer weiter in den Abgrund ziehen kann. Depotspritzen sind eine gute Alternative. Die Arztbesuche halten sich in Grenzen. Der Patient fühlt sich nicht so abhängig von der Medizin.

»Aber wegen der Schauspieler bin ich nicht hier«, sagte Hagedorn unvermittelt. »Es geht um die beiden Toten.« Er zeigte Bohlan einen Zeitungsartikel, den er die ganze Zeit in der Hand gehalten hatte.

»Jürgen und Karola Kippenberger«, entgegnete Bohlan.

»Genau. Ich kenne sie.«

Bohlan jubilierte innerlich. Möglicherweise konnte Hagedorn tatsächlich etwas zur Lösung des Falles beitragen. Dann hätte sich der Abend in jedem Fall gelohnt. Nach außen versuchte er, ruhig und nüchtern zu bleiben.

»Woher?«

»Wir haben uns vor ein paar Monaten beim Mittagessen kennengelernt. In der Katharinenkirche. Ein sympathisches Pärchen.«

»Das ist doch die Obdachlosenverköstigung. Was machen Sie denn da?«

Hagedorns Miene verfinsterte sich. Er sah Bohlan missmutig an.

»Ich lebe von Hartz IV. Können Sie sich vorstellen, was das bedeutet?« Hagedorns Stimme wurde laut. »Versuchen Sie mal, mit dreihunderteinundneunzig Euro einen Monat lang zurechtzukommen!«

Bohlan und Hagedorn sahen sich eine Zeitlang in die Augen.

»Dreihunderteinundneunzig! Haben Sie mich verstanden?«

»Ja, habe ich, Herr Hagedorn. Das ist wenig Geld. Das weiß ich.«

Hagedorn nickte. »Die Menschen dort haben ein gutes Herz. Man bekommt wenigstens eine warme Mahlzeit.«

»Und die Kippenbergers?«

»Die waren wirklich obdachlos. Der Vermieter hat sie einfach vor die Tür gesetzt. Nach zwanzig Jahren. Zack, bumm. Dass so etwas geht! Jeder hat doch ein Recht auf eine Wohnung, oder? Wohnungen sollten Allgemeingut sein. So sehe ich das.«

Hagedorns Fuß begann zu vibrieren. Die Ferse zuckte auf und nieder. Der Oberschenkel zitterte. »Aber sie haben eine Möglichkeit aufgetan, an Geld zu kommen. Immer wieder haben sie davon gesprochen. Dann waren sie verschwunden. Ich dachte schon, die sind abgehauen. Ins Ausland oder so. Aber dann habe ich sie wieder getroffen, irgendwo auf der Straße. Erst habe ich sie gar nicht erkannt. Sie sahen so gepflegt aus. Hatten keine Plastiktüten dabei. Sie sprachen mich an und luden mich zu sich nach Hause ein. Das war vielleicht ein Haus, Mannomann! Die müssen wirklich auf eine Goldader gestoßen sein.«

»Was für ein Haus?« Bohlan wurde unruhig. »Wo war das?«

»In Niederursel. Irgend so 'ne kleine Straße, aber das Haus vom Allerfeinsten.« Hagedorn schnalzte mit den Fingern. Bohlan wandte sich an Julian Steinbrecher. Obwohl er selbst vor Tagen versucht hatte, eine Meldeadresse der Kippenbergers zu erfragen, wollte er sichergehen.

»Hast du eine Melderegisterabfrage gestartet?«

Steinbrecher nickte. »Selbstverständlich. Die Kippenbergers sind als obdachlos registriert.«

Bohlan blickte noch einmal den Mann an. »Können Sie mir die Adresse sagen?«

Hagedorn runzelte die Stirn. »Keine Ahnung. Irgendwas mit Markstraße oder so. Ich weiß es nicht.«

»Vielleicht Hohemarkstraße?«, hakte Bohlan nach.

»Möglich.«

»In Niederursel, sagten Sie?«

»Ja, ich bin mit der U-Bahn gefahren und an der Haltestelle ›Niedwiese‹ ausgestiegen.«

»Riedwiese«, verbesserte Bohlan. Hagedorn sah ihn fragend an.

»Die Station heißt Riedwiese.«

»Ja, kann sein.«

»Würden Sie denn das Haus wiedererkennen?«

»Mit Sicherheit.«

Bohlan musterte Hagedorn. Konnte man dem Mann trauen? Immerhin war er vor Kurzem mit einem Messer auf Julian Steinbrecher losgegangen. In bestimmten Situationen schien er zumindest nicht ganz ungefährlich zu sein. Andererseits konnten die Ermittlungen einen gewissen Schub bekommen, wenn er den letzten Wohnort der Opfer herausfand. Bohlan dachte nach. Wenn er Steinbrecher und vielleicht einen weiteren Kollegen mitnahm, dann wäre die Gefahr eines nächtlichen Ausflugs nach Niederursel für alle Beteiligten nicht allzu groß.

»Google Earth«, sagte Julian Steinbrecher in dem Moment, als Bohlan seinen Vorschlag unterbreiten wollte.

»Was?«

»Google Earth«, wiederholte Steinbrecher. »Wir könnten auf Google Earth die Häuser abgehen.«

Bohlan sah Steinbrecher an. Julian starrte nervös zurück. Die Ähnlichkeit zu seinem Vater war nicht von der Hand zu weisen. Und offenbar hatte er auch den Hang zu unkonventionellen Lösungen. Auf solche Ideen musste man erst mal kommen.

»Du bist gut«, sagte Bohlan. »Verdammt gut. Das machen wir.«

Steinbrecher war die Erleichterung anzusehen. Offenbar war er sich nicht sicher gewesen, wie Bohlan seinen Vorschlag aufnehmen würde.

»Junge, was sitzt du noch rum? Starte das Programm!«

***

Nachdem Emma sich ins Schlafzimmer zurückgezogen hatte, schob Tilmann Weisenbach die Illustrierte verärgert zur Seite. Keiner schien ihn ernst zu nehmen. Keiner schien seine Sorgen zu teilen. Wenn weder Emma noch Benno sich einen Reim auf die Sache mit Lillys Uhr machen konnten, gab es zwei Möglichkeiten. Entweder log einer von beiden oder Lilly schnüffelte heimlich im Büro der ›Fitness-Box‹ herum. Aber warum sollte sie das tun? Hatte sie etwas vom Verkauf der Aufputschmittel mitbekommen? Tilmann versuchte, sich die letzten Begegnungen mit Lilly in der ›Fitness-Box‹ in Erinnerung zu rufen. Doch es fiel ihm beim besten Willen keine Situation ein, in der Lilly und die Aufputschmittel gleichzeitig vorkamen. Dafür erinnerte er sich an etwas anderes. Er hatte völlig vergessen, dass er noch Getränke einkaufen musste. Deshalb war er überhaupt nach Hause gefahren. Er wollte sein Auto gegen Emmas Kombi tauschen. Verärgert sah er auf die Armbanduhr. Noch hatte der Großmarkt geöffnet. Er schnappte sich Jacke und Wagenschlüssel und fuhr nach Rödelheim.

Nachdem Tilmann Weisenbach die Kästen im Kofferraum des Kombis verstaut hatte, brachte er den Einkaufswagen zurück. Er schnappte eine Dose Energydrink und setzte sich hinters Lenkrad. Das kalte Getränk befeuchtete den trockenen Mund. Weisenbach schaltete das Radio ein und lehnte sich gegen die Kopfstütze. Was sollte er mit dem angebrochenen Abend anfangen? Wieder nach Hause fahren wollte er nicht. Dort warteten nur die Glotze und Emma, die im Schlafzimmer lag und absolute Ruhe brauchte. Er wollte noch um die Häuser ziehen, etwas erleben. Niederursel war nicht weit. Vielleicht sollte er heute Abend aufs Ganze gehen. Er tastete nach der Uhr, die sich in seiner Jacke befand. Er könnte sie Lilly zurückbringen. Vielleicht würde diese Geste ihn seinen Zielen etwas näher bringen. Er trank die Dose aus und warf sie auf den Beifahrersitz. Dann startete er den Wagen.

***

Als die Türglocke schrillte, sammelte Lilly die Fotos zusammen, die aus dem Album herausgefallen waren. Sie sah auf die Uhr. Beinahe elf. Das war eine außerordentlich unübliche Zeit für Besuch. Es sei denn …

Mit einer Mischung aus Furcht und froher Erwartung näherte sie sich dem Fenster und versuchte, in der Dunkelheit etwas zu erkennen. Doch die Krone der Birke, die vor dem Haus stand, nahm ihr einen Großteil der Sicht. Zudem warfen die Straßenlaternen nur ein diffuses Licht auf die menschenleere Straße. Sie glaubte zu erkennen, dass die Gartentür nur angelehnt war. Derjenige, der geklingelt hatte, musste also bereits vor der Haustür stehen. Unsicher verließ sie das Schlafzimmer und ging in den benachbarten Raum. Sie hatte ihn bislang selten betreten, wusste nur, dass er als eine Art Gästezimmer eingerichtet war. Auch dieser Raum hatte ein Fenster zur Straße hin. Wenn sie es richtig einschätzte, bot das eine bessere Sicht nach draußen. Vorsichtig näherte sie sich dem Fenster, stellte sich seitlich neben die Gardine und lugte nach draußen. Den Platz vor der Eingangstür konnte sie auch von diesem Aussichtspunkt nicht einsehen. Doch das Gartentor war zweifelsohne nur angelehnt. Ihr Blick glitt über die parkenden Fahrzeuge. Nur zwei Autos vom Tor entfernt stand ein Wagen, dessen Anblick ihr Herz schneller schlagen ließ. Sie eilte nach unten und stürmte zur Tür. Bevor sie öffnen konnte, schrillte erneut die Türglocke. Lilly versuchte, ihren Atem zu beruhigen. In den letzten Tagen war sie etwas zickig gewesen, hatte abweisende Antworten gegeben. Sie wollte einfach nicht alles mit sich machen lassen, doch im Grunde genommen sehnte sie sich nach Wärme und Geborgenheit.

***

Als Bohlan den Fernsehturm passierte und den Wagen auf die Autobahn lenkte, war er immer noch wie vor den Kopf gestoßen. Es war mittlerweile fast Mitternacht, die Autobahn ziemlich leer und die Nacht versuchte, die Mainmetropole in Dunkelheit zu tauchen. Doch die tausend Lichter der Großstadt trotzten der Natur. Hier herrschte niemals völlige Dunkelheit. Irgendwo gab es immer ein Licht. Im Radio erklangen die ersten Takte von Lindenbergs altem Song ›Hinterm Horizont geht's weiter‹. Kein Lied hätte passender sein können. Genauso war es. Es geht immer weiter und Bohlan hatte eine Spur. Und zwar eine ziemlich heiße. Die Google-Earth-Session war nicht nur erfolgreich gewesen. Sie hatte auch ein verblüffendes Ergebnis zutage befördert. Jürgen und Karola Kippenberger hatten – wenn man Hagedorns Ausführungen Glauben schenkte – tatsächlich im gleichen Haus gewohnt, in dem jetzt Lilly Ernst nach dem Rechten sah. Das konnte unmöglich ein Zufall sein. Waren die Kippenbergers etwa die ominösen Eigentümer des Hauses? Hatten sie für den Drogenschmuggel so viel Geld bekommen, dass sie sich eine solche Villa leisten konnten? Und warum fand ausgerechnet die Person, die auf das Haus aufpasste, die Eigentümer zerstückelt in zwei Koffern?

Bohlan war zu müde, um sich diesen Fragen zielführend zu nähern. Das verschob er auf den nächsten Tag. Sein Team würde aus allen Wolken fallen, wenn er von diesen Erkenntnissen berichtete. In jedem Fall hatte er neuen Mut gefasst. Irgendwie ging es immer weiter. Der gute alte Udo hatte einfach recht. ›Hinterm Horizont geht's weiter – ein neuer Tag. Hinterm Horizont immer weiter – zusammen sind wir stark.‹ Vielleicht löste sich auch das andere, das private Problem irgendwann.

7.

Am nächsten Morgen traf sich Tom Bohlan mit Julia Will vor deren Haustür. Während sie zu Lilly Ernst' Haus liefen, schilderte er ihr sein Erlebnis mit Sven Hagedorn am Vorabend.

Lilly Ernst stand vor dem Eingang, als die Kommissare das Haus erreichten. Sie wischte sich Schweißperlen von der Stirn und legte das Handtuch um den Hals.

»Guten Morgen, Herr Kommissar. Gibt es Neuigkeiten?«

Die junge Frau hatte gerade ein paar Übungen auf der schmalen Terrasse vor dem Haus absolviert und schien noch ein wenig außer Atem zu sein. Bohlan hatte ihr einen Moment lang zugesehen, bevor er in den Vorgarten getreten war. Julia Will stand an seiner Seite. Er hatte sie gleich nach dem Aufstehen angerufen, damit sie nicht erst ins Präsidium fuhr. Immerhin wohnte sie nur ein paar Meter weiter.

»Sieht anstrengend aus«, erwiderte Bohlan, ohne auf die Begrüßung einzugehen.

»Ein kurzes Aufwärmprogramm. Dann fällt der Start in den Tag leichter.« Lilly Ernst lächelte. Der gestrige Abend steckte ihr noch gewaltig in den Knochen. Er war anders verlaufen als erhofft. Anders, aber durchaus aufschlussreich.

»Was sind das für Übungen?«, fragte Will.

»Das Programm heißt Aphrodite. Ist von der Freeletics App.«

»Von was?«

»Das ist so eine Fitnesscommunity. Man kann sich die Übungsanleitungen herunterladen. Die Basics gibt's kostenlos. Wer mehr will, muss zahlen. Aber mir reichen die Grundübungen. Die Beiträge für die ›Fitness-Box‹ sind teuer genug.« Ernst wischte sich noch einmal mit dem Handtuch übers Gesicht. »Aber deswegen sind Sie bestimmt nicht hier?!«

»Nein. Wollen wir vielleicht reingehen?«

»Natürlich.«

»Wir haben die beiden Leichen identifizieren können«, sagte Bohlan, nachdem sie sich am Esstisch niedergelassen hatten.

Ernsts Gesicht zeigte keine erkennbare Regung. »Es sind Ihre ...« – Bohlan suchte nach dem passenden Wort – »... Auftraggeber.«

»Wie meinen Sie das?« Lilly Ernst sah die beiden Kommissare ein wenig irritiert an.

»Jürgen und Karola Kippenberger.«

Lilly Ernsts Gesichtsausdruck blieb unverändert.

»Die Namen sagen mir überhaupt nichts«, sagte Ernst emotionslos.

»Nein? Das ist aber merkwürdig. Das Ehepaar hat bis vor Kurzem in diesem Haus gewohnt.«

»Hier in diesem Haus?«, fragte Ernst, nunmehr sichtlich irritiert. »Das kann nicht sein.«

»Bei unserem letzten Gespräch sagten Sie uns, dass die Eigentümer für längere Zeit verreist seien und Sie während dieser Zeit auf das Haus aufpassen.«

»Ja, das ist richtig. Aber ich habe die Eigentümer nie kennengelernt.«

»Und wer hat Sie mit dieser Aufgabe betraut?«

»Emma Weisenbach, eine Freundin«, sagte Ernst. »Sie ist Besitzerin der ›Fitness-Box‹. Dort habe ich sie auch kennengelernt. Wir kamen ins Gespräch und sie sagte, dass sie jemanden zum Haus-Aufpassen suche.«

»Emma Weisenbach«, murmelte Bohlan und machte sich einige Notizen. »Haben Sie Adresse und Telefonnummer?«

»Selbstverständlich.«

Lilly Ernst stand auf und verschwand für einen Moment im Flur. Keine Minute später kehrte sie mit einem Flyer in der Hand zurück, den sie Bohlan übergab. Der Kommissar warf einen Blick auf das bunte Papier, das durchtrainierte Athleten zeigte.

»Auf der Rückseite sind die Kontaktdaten.«

»Danke.« Bohlan schob den Flyer in sein Notizbuch. »Kennen Sie Sven Hagedorn?«

»Nein, nie gehört. Wer ist das?«

»Ein Bekannter der Kippenbergers.«

»Nein, wirklich nicht.« Lilly Ernst hob entschuldigend die Schultern. »Wie gesagt, ich hatte mit dem Ehepaar nie etwas zu tun.«

Bohlan kam zu dem Ergebnis, dass sie hier vorerst nicht weiterkamen. Er erhob sich.

»Na gut. Wenn Ihnen noch etwas einfällt, können Sie mich jederzeit anrufen.«

Dann verließen Bohlan und Will das Haus.

»Was meinst du?«, fragte Bohlan. Die beiden Kommissare standen vor Bohlans Wagen.

»Ich bin versucht ihr zu glauben«, entgegnete Will und strich sich die Haare aus dem Gesicht. »Natürlich klingt die ganze Geschichte ziemlich haarsträubend, aber Lilly Ernst wirkte auf mich absolut glaubwürdig. Da war nichts Gespieltes.«

»Geht mir ähnlich«, pflichtete Bohlan ihr bei. »Also müssen wir sehen, ob wir in dieser ›Fitness-Box‹ irgendwelche Anhaltspunkte finden.«

***

Alex Feth war an diesem Morgen spät dran. Normalerweise war er um diese Zeit längst aus dem Haus. Doch heute hatte er als ersten Termin einen Hausbesuch bei einem stadtbekannten Schauspieler und wollte direkt dorthin fahren, ohne vorher in der Praxis vorbeizuschauen. Er war am gestrigen Abend spät nach Hause gekommen und hatte sich, nachdem Julia am Morgen aufgestanden war, noch einmal umgedreht. Als er die Treppe zum Erdgeschoss herunterkam, stieg ihm ein vertrauter Duft in die Nase. Danach zu urteilen wartete in der Küche ein Kaffee auf ihn. Wenn er Glück hatte, gab es sogar frische Brötchen. Doch darauf spekulierte er nicht. Zwei Scheiben Toast reichten ihm allemal. Als er den Fuß von der letzten Stufe nahm, glaubte er ein Krusteln aus dem Keller zu hören. Noch bevor er die Küche betrat, lugte er zum Kellerabgang. Die Tür stand offen und das Licht brannte. Also hatte er sich nicht geirrt. Jemand handwerkte im Keller. Da Julia bereits vor einer Dreiviertelstunde das Haus verlassen hatte, konnte es sich nur um Annegret Will handeln. Was machte Julias Oma um diese Zeit im Keller? Alex beschloss, nach dem Rechten zu sehen.

Annegret Will drehte ihm den Rücken zu, als er im Keller angekommen war. Unter lautem Stöhnen und Ächzen versuchte sie ein Paket anzuheben, was ihr nur mit viel Mühe gelang. Mit schwankenden Schritten arbeitete sie sich mit dem Paket zum hintersten Raum vor – dorthin, wo sie für gewöhnlich die Getränkevorräte einlagerte.

»Um Himmels willen, Annegret«, entfuhr es Alex. »Lass mich das machen.«

Annegret Will schreckte durch Alex' Stimme zusammen und geriet ins Stolpern. Alex kam ihr behänd zu Hilfe und sicherte das Paket, bevor es mit lautem Poltern auf den Boden fallen konnte. Er transportierte es in den Vorratsraum und stellte es dort auf den Boden, wo fünf weitere Pakete standen.

»Danke, Alex«, keuchte Annegret. »Die sind doch ein bisschen schwer für mich, fürchte ich.«

»Was ist denn da drin?«

»Bücher. Alles Bücher.«

»Warum hast du so viele Bücher bestellt?«, fragte Alex.

»Hat dir Julia noch nichts erzählt?«

Alex schüttelte den Kopf.

»Ich kam gestern spät nach Hause und sie hat ja auch wieder viel um die Ohren.«

Will ließ sich auf einen alten Holzstuhl fallen, der neben der Tür des Vorratsraums stand. Mit einem Taschentuch wischte sie sich über die Stirn.

»Die Kisten, die noch im Flur stehen …«, setzte Alex an.

»Auch Bücher.«

»Sollen die auch hier runter?«

Will nickte.

»Okay, du fasst keine Kiste mehr an. Ich erledige das für dich. Aber erst heute Nachmittag.«

Annegret Will, die immer noch erschöpft auf dem Stuhl saß, nickte erneut.

»So, und jetzt gehen wir in die Küche, trinken einen Kaffee und du erzählst mir alles in Ruhe.«

***

Lilly Ernst blieb, nachdem die beiden Kommissare gegangen waren, auf der Treppe der Veranda sitzen. Sie versuchte, die Informationen, die sie gerade erhalten hatte, einzuordnen. Wer waren diese Kippenbergers und warum mussten sie sterben? Hatte das Ehepaar genau wie sie auf das Haus aufgepasst? Hütete das Haus ein düsteres Geheimnis? Und wenn ja, was wusste Emma von alldem? Und wer war dieser Sven Hagedorn?

Lilly zog den Haargummi, der ihren Pferdeschwanz zusammenhielt, ab. Sie schüttelte den Kopf und ließ dabei die Haare um ihr Gesicht fliegen. Die ganze Geschichte wurde immer verworrener. Es gab so viele Dinge, die sie nicht verstand. Eine Menge Fragen warteten auf eine Antwort, doch wo sollte sie anfangen? Im Haus, bei Emma oder bei diesem ominösen Dirk Stricker? Sie entschied sich dazu, einstweilen alle Gedanken zu verdrängen. Sie musste sich auf andere Dinge konzentrieren. Ansonsten würde sie das Lernpensum für die Klausuren nicht schaffen.

***

Obwohl Bohlan regelmäßig Sport trieb, hegte er eine Aversion gegen Fitnessstudios. Er liebte es, durch die Natur zu rennen. Auch stumpfsinniges Bahnenschwimmen fand er noch irgendwie reizvoll. Wenigstens konnte man dabei über viele Dinge nachdenken. Aber sich in einer Fabrikhalle hinter Geräte zu klemmen und die neuesten Sportklamotten zur Schau zu tragen, war seine Sache nicht. Insoweit spürte er wenig Motivation, als sein Wagen auf den Parkplatz am Ende einer Stichstraße rollte. Nachdem er und Will sich von Lilly Ernst verabschiedet hatten, war Julia ins Präsidium gefahren. Die Überprüfung von Ernsts Angaben die Villa betreffend wollte Bohlan alleine übernehmen. Die ›Fitness-Box‹ war in einem ehemaligen Gewerbegebäude in der Heddernheimer Landstraße untergebracht. Der Parkplatz davor war riesig und die U-Bahn-Station nur wenige Meter entfernt. Verkehrsstrategisch war die Lage gut gewählt, wenn man einmal von der Müllverbrennungsanlage wenige Meter weiter absah. Bohlan stieg aus und marschierte schnurstracks auf die Eingangstür zu, über der ein großes Schild mit der Aufschrift ›Fitness-Box‹ prangte. Der Eingangsbereich war eine Ernüchterung. Sichtbeton wechselte sich mit Holzpaneelplatten ab und wurde durch eine Theke aus Stahl und Holz ergänzt. Die Dame, die ihn willkommen hieß, trug ein schwarzes T-Shirt mit silberner Aufschrift: ›Fitness-Box‹ ›Emma‹. Immerhin stieß er gleich auf die richtige Ansprechpartnerin.

»Hallo, was kann ich für dich tun?«

»Guten Tag. Mein Name ist Tom Bohlan. Hauptkommissar.«

»Oh«. Emmas Gesichtszüge spannten sich an. Sie wirkte einige Nuancen härter.

»Sind Sie Emma Weisenbach?«

»Ja, ist irgendetwas passiert?«

Natürlich ist etwas passiert, dachte Bohlan. Wir haben zwei zerstückelte Leichen gefunden. Aber dass sein Kommen etwas mit deren Fund zu tun hatte, wollte er nicht gleich an die große Glocke hängen. Immerhin ging es erst einmal darum, Lilly Ernsts Angaben zu überprüfen.

»Kennen Sie eine Lilly Ernst?«

»Natürlich kenne ich Lilly. Ist irgendetwas mit ihr?«

»Nein, nein. Sie ist wohlauf. Insoweit kann ich Sie beruhigen.«

»Gott sei Dank. Wenn ein Kommissar auftaucht, denkt man immer nur das Schlimmste. Liegt wahrscheinlich daran, dass ich zu viel ›Tatort‹ schaue.«

Bohlan setzte sich auf einen der Barhocker, die vor der Theke standen.

»Also, was ist mit ihr?«, hakte Emma Weisenbach sichtlich beunruhigt nach.

»Sie sagte mir, dass sie hier trainiert.«

»Normalerweise schon, aber heute habe ich sie noch nicht gesehen. Wir haben auch gerade erst aufgemacht.«

»Sie ist Ihnen also persönlich bekannt?«

»Ja, das sagte ich doch bereits.«

»Frau Ernst hat mir gesagt, dass Sie ihr eine Stelle vermittelt haben.«

Emma Weisenbach schaute Bohlan verständnislos an.

»Als Haussitter«, fügte der Kommissar hinzu.

»Ach so«, Emma Weisenbach lachte erleichtert auf. »Ja, sie passt auf mein Haus in Niederursel auf.«

Jetzt war es Bohlan, der überrascht war. »Ihr Haus?«

»Ja, ich habe es von meiner Mutter geerbt. Sie ist letztes Jahr verstorben.«

»Hieß Ihre Mutter Klöppel?«

»Ja, Elvira Klöppel«, bestätigte Emma Weisebach. »Ich kann mich noch nicht entschließen, was ich mit dem Haus machen soll.«

»Wie wäre es mit einziehen?«

»Ja, vielleicht. Aber wir haben selbst eine schöne Wohnung. Im Europaviertel.«

Die Frau hat eindeutig Luxusprobleme, dachte Bohlan. Bei dem Immobilienmarkt in Frankfurt konnte sie es sich leisten, eine Villa, die locker ein bis zwei Millionen Euro wert ist, leer stehen zu lassen.

»Vermieten oder verkaufen!«, schlug Bohlan vor.

»Ja, die andere Möglichkeit. Aber das bringe ich nicht übers Herz. Ich bin einfach noch nicht so weit. Wollen Sie vielleicht einen Kaffee trinken?«

Bohlans Blick fiel auf die edle Kaffeemaschine hinter Emma Weisenbach.

»Zu einem Espresso sage ich nicht nein.«

Weisenbach lächelte Bohlan an, bevor sie sich umdrehte und sich an der Maschine zu schaffen machte. Sie trug eng anliegende Sportkleidung und hatte eine Figur, an der kein Gramm Fett zu sehen war.

»Kennen Sie Jürgen und Karola Kippenberger?«

Weisenbach schraubte gerade den Kaffeehalter an die Maschine und drückte auf den Knopf. Bohlan wusste sofort, dass er einen Fehler gemacht hatte. Er hätte mit der Frage warten müssen, bis Emma Weisenbach ihm wieder Auge in Auge gegenüberstand. Dann hätte er in ihrem Gesicht lesen können. So musste er auf die Worte vertrauen, die sie sprach.

»Nein, noch nie gehört. Sollen die hier auch trainieren?«

»Ich weiß nicht«, sagte Bohlan in einem belanglosen Tonfall.

Der letzte Tropfen Espresso fiel in die Tasse. Weisenbach stellte die Tasse vor Bohlan ab.

»Zucker?«

»Nein, danke. Schwarz. Nicht geschüttelt, nicht gerührt.«

Weisenbach mühte sich ein Lächeln ab. »Ich kann natürlich in unsere Datei sehen. Ich kenne nicht jeden Kunden beim Namen.«

»Ja, machen Sie das.« Natürlich wusste Bohlan, dass Weisenbach nichts in der Datei finden würde. Aber egal. Er beobachte, wie Emma Weisenbach Namen in den Computer tippte. Leider konnte er nicht auf den Bildschirm blicken.

»Kippenberger sagten Sie?«

»Ja, Jürgen und Karola.«

Weisenbach starrte angestrengt auf den Bildschirm. »Nein, tut mir leid.«

»Sie sagten, es sei Ihr Haus«, wechselte Bohlan das Thema.

»Ja, warum fragen Sie noch einmal nach?«

»Lilly Ernst hat mir erzählt, dass es einer Bekannten von Ihnen gehören würde.«

»Da muss sie etwas falsch verstanden haben.«

Bohlan trank den Espresso aus. »Seit wann wohnt Frau Ernst in Ihrem Haus?«

Weisenbach schob die Computertastatur zur Seite und näherte sich Bohlan.

»Vielleicht ein Monat.«

»Und davor?«

»Was meinen Sie?«

»Wer hat davor auf das Haus aufgepasst?«

»Niemand. Es war unbewohnt.«

»Hm …« Bohlan rutschte vom Hocker.

»Wollen Sie sich vielleicht die ›Fitness-Box‹ ansehen?«, fragte Weisenbach. »Als Polizist muss man schließlich auch an seine Fitness denken.«

»Ein anderes Mal gerne. Heute habe ich leider keine Zeit mehr«, log Bohlan, griff sich aber einen der Flyer, die auf der Theke lagen. »Ich nehme mir das mal mit.

»Gerne, die erste Stunde ist in jedem Fall kostenlos.«

***

Eins musste man Emma lassen: Wenn es darum ging, jemanden um den Finger zu wickeln, war sie erstklassig. Dieser Kommissar jedenfalls hatte schon nach kurzer Zeit Kreide gefressen. Benno Cordes stand neben der angelehnten Tür des Büros und spähte nach draußen. Und obendrein sah sie immer noch blendend aus. Manchmal bedauerte er es, dass er damals den Kürzeren gezogen hatte. Gegen Tilmann hatte er einfach keine Chance gehabt. Er war schon immer der Frauenschwarm gewesen. Er hatte das gewisse Etwas, das einen Raum ausfüllte, sobald er ihn betrat. Noch dazu konnte auch er jeden Gesprächspartner innerhalb kürzester Zeit für sich einnehmen. Benno hingegen war eher schüchtern. Er wirkte oft hölzern und unnahbar. Manchmal ertappte er sich bei einem Tagtraum, in dem er sich ausmalte, wie sein Leben verlaufen wäre, wenn er damals mit Emma zusammengekommen wäre. In jedem Fall wäre sie glücklicher, davon war er fest überzeugt. Er würde sie besser behandeln und nicht andauernd betrügen. Seltsamerweise schien Emma das nichts mehr auszumachen. Früher war das anders gewesen. Es hatte regelrechte Eifersuchtsdramen gegeben. Aber seit einiger Zeit schien sie sich mit der Rolle, die das Leben ihr zugewiesen hatte, abgefunden zu haben.

Benno wartete, bis der Kommissar draußen war. Dann stellte er sich hinter Emma und fasste ihr an die Schulter.

***

Tom Bohlan ließ sich in den Sitz seines Wagens fallen und schloss für einen Moment die Augen. Er fühlte sich müde und erschöpft. Selbst der Espresso, den er in der ›Fitness-Box‹ getrunken hatte, zeigte keinerlei Wirkung. Vielleicht sollte er an der nächsten Tanke halten und sich einen dieser koffeinhaltigen Energydrinks gönnen. Kürzlich hatte er in einem Artikel gelesen, dass sie sechsmal so viel aufputschendes Koffein enthalten wie eine Tasse Kaffee. Mechanisch steckte er den Schlüssel ins Zündschloss. Ungefähr gleichzeitig klingelte das Smartphone. Die Nummer, die das Display zeigte, putschte ihn mehr auf, als zehn Energydrinks es vermocht hätten. Hektisch wischte er über das Display.

»Hey, Tamara.«

Er war bemüht, seine Stimme neutral klingen zu lassen, obwohl ihn ihr Anruf in den siebten Himmel versetzte.

»Hey, Tom«, säuselte Tamara durch den Hörer. »Wo steckst du gerade?«

»Ich hatte eine Zeugenvernehmung und bin jetzt auf dem Weg ins Präsidium, und du?«

»Ich bin auf dem Weg zum Flughafen. In einer Stunde geht mein Flieger.«

»Nett, dass du anrufst. Wo geht's denn hin?«

»Ich habe einen geschäftlichen Termin in Frankfurt, und da dachte ich mir …«

Bohlans Herz begann zu wummern. Hitzewellen breiteten sich in seinem Körper aus.

»… wir könnten heute Abend vielleicht zusammen essen gehen.«

»Essen gehen«, stammelte Bohlan. »Ja, natürlich, warum nicht?«

»Super, das freut mich. Suchst du das Lokal aus?«

Auch das noch, dachte Bohlan. Solche Entscheidungen überforderten ihn maßlos. Er war nicht der typische Restaurantgänger. Mit Pizzerien und Dönerbuden kannte er sich weit besser aus. Doch dann hatte er einen Geistesblitz. Vor ein paar Monaten war er anlässlich der Ermittlungen um einen Höchster Galeristen im ›Il Vecchio Muro‹ gewesen. Aurelia, die Besitzerin, hatte ihm damals eine Einladung ausgesprochen. Tamaras Besuch war eine gute Gelegenheit, diesen Gutschein einzulösen.

»Okay«, sagte Bohlan. »Komm um acht zum Boot.« Er verabschiedete sich von Tamara. Gleich im Anschluss wählte er Aurelias Nummer und reservierte einen Tisch. Dann fuhr er ins Präsidium.

***

Dirk Stricker tippte nervös auf die Tastatur seines PCs. Endlich erschien auf dem Bildschirm die Excel-Tabelle, die er so dringend benötigte. Seine Hände zitterten vor Erregung. Sein Herz schlug schneller als gewöhnlich. Er brauchte neuen

Stoff – Kristallstöffche, wie er ihn nannte. Das Problem aber war, dass nicht nur die Vorräte zur Neige gingen. Auch seine finanziellen Möglichkeiten waren nahezu erschöpft. Dank seines alten Kumpels Benno hatte er vor Monaten eine Möglichkeit aufgetan, das magere Gehalt mit einem Nebenjob aufzubessern. Erst gestern war ein neuer Auftrag ins Haus geflattert. Die Arbeit war zwar moralisch zweifelhaft, doch ansonsten nicht schwer. Anfangs hatte er Skrupel verspürt, Menschen, die in eine Notlage geraten waren, anzuwerben. Doch Benno hatte ihm vor Augen geführt, dass er ihnen immerhin zu einem Batzen Geld und einer Beschäftigung verhalf. Was hätten diese Menschen ansonsten für eine Alternative? Bestenfalls wurden sie in einem Hotelzimmer untergebracht. Oder in einer Obdachlosenunterkunft. Ihre Chancen, eine neue Wohnung zu bekommen, waren ziemlich niedrig. Natürlich konnten sie sich beim Amt registrieren lassen. In Anbetracht ihrer persönlichen Situation würden sie ohne Probleme in Dringlichkeitsstufe eins eingruppiert. Dennoch wäre eine neue Wohnung für sie wie ein Sechser im Lotto. Der Markt in Frankfurt war, zumindest was bezahlbaren Wohnraum anging, leer gefegt. Eine Luxusbleibe ließ sich immer finden.

Die Daten ratterten vor seinen Augen entlang. Stricker hatte Mühe, ihnen zu folgen. Doch bereits auf der zweiten Seite wurde er fündig. Er sah sich die Personendaten an. Die Beschwerdeliste schien endlos lang. Der Mieter war nicht besonders alt, schien psychische Probleme zu haben. Alles deutete auf ein Messieproblem oder ähnliche Komplikationen hin. Es hatte bereits ein Gerichtsverfahren gegeben, das Urteil war vollstreckbar und der Gerichtsvollzieher beauftragt. Stricker konnte sein Glück kaum fassen. Alles passte. Der Typ war perfekt. Er notierte sich die Adresse und streckte die Hände zum Himmel.

***

»Emma? Gut, dass ich dich erreiche.«

Lilly brauchte nicht weiterzusprechen. Emma wusste sofort, worum es ging. Trotzdem versuchte sie, möglichst belanglos zu klingen.

»Was gibt's denn? In zehn Minuten beginnt mein Kurs.«

»Heute Morgen war die Polizei bei mir. Weißt du, was die herausgefunden haben?«

»Nein«, log Weisenbach.

»Die haben die Leichen aus dem Park identifiziert. Es handelt sich um ein Ehepaar. Kippenberger oder so ähnlich.«

»Dann macht die Polizei Fortschritte. Ist doch prima.«

Lilly antwortete nicht. Für einen Moment hörte Emma nur ihren Atem. Dann platzte Lilly mit einer Frage heraus: »Kennst du die?«

»Wen?«

»Die Kippenbergers?«

»Nein, ich glaube nicht, warum?«

»Weiß nicht. Ich dachte halt. Vielleicht sind das die Eigentümer des Hauses. Deshalb.«

»Nein, sind sie nicht«, entgegnete Emma. »Da kannst du ganz beruhigt sein. Die sind am Leben. Aber das habe ich dir doch schon erzählt.«

»Das wäre ja auch ein Ding gewesen.« Lilly klang erleichtert.

»Lilly, ich muss jetzt den Kurs geben. Wir können uns heute Nachmittag noch mal darüber unterhalten, okay?«

***

»Verdammt noch mal!« Bohlans Faust knallte auf den Tisch. Der Kommissar war wütend. Nicht auf die Kollegen, nicht auf die Welt, sondern vor allem auf sich selbst. Steinbrecher hatte ihm gerade den Grundbuchauszug vorgelegt. Danach stand eindeutig fest, dass die Kippenbergers zu keinem Zeitpunkt Eigentümer der Villa in Niederursel gewesen waren.

Vielmehr bestätigten Steinbrechers Ermittlungen Emma Weisenbachs Aussagen. Sie war als Eigentümerin eingetragen, und zuvor war es ihre Mutter, Elvira Klöppel, gewesen. Hagedorns Aussage entpuppte sich als ein Irrweg. Ein Fehltritt. Bohlan hatte sich von diesem Besserwisser blenden lassen. Vermutlich hatte der die ganze Geschichte zusammenfantasiert. Er hatte die Artikel in der Zeitung gelesen und vielleicht im Drogenwahn irgendwelche Storys erfunden. Wer weiß.

»Also ist Hagedorn doch nur ein Wichtigtuer.«

»Sieht ganz so aus«, bestätigte Will. »Und dabei warst du heute Morgen noch so guter Dinge.«

»Es hat sich alles so plausibel angehört. Aber ich hätte auf der Hut sein müssen, als mir Julian die Sache mit der Messerattacke erzählt hat.«

»Was für eine Messerattacke?« Walter Steinbrecher war hellhörig geworden.

»Dieser Hagedorn ist mit einem Messer auf deinen Filius los. Wusstest du das nicht?«

»Nein, wann soll das gewesen sein?«

»Vor ein paar Tagen. Es ist aber nichts Gravierendes passiert. Kannst beruhigt sein.«

»Wieso hat mir der Kerl nichts davon erzählt?«

Bohlan zuckte mit den Schultern. »Vielleicht wollte er dich nicht beunruhigen.«

»Ja, vielleicht«, murmelte Steinbrecher. Doch Bohlan spürte, dass das Nichtwissen ihn verletzte.

»Ich würde gerne jemanden von euch in die ›Fitness-Box‹ einschleusen«, sagte Bohlan.

»Warum denn das?«, fragte Will.

»Nur so ein Gefühl. Irgendetwas ist da komisch, aber fragt mich nicht, was.«

»Dir ist aber schon klar, dass du nicht einfach auf Verdacht eine Undercover-Aktion fahren kannst!?«, wandte Will ein.

»Häng die Sache doch nicht so hoch. Ich will nur, dass sich da mal jemand umsieht. Mich würde zum Beispiel interessieren, was für eine Rolle Lilly Ernst dort spielt. Warum passt gerade sie auf Weisenbachs Haus auf?«

»Was ist denn das für ein Fitnessstudio?«, wollte Steininger wissen.

Bohlan kramte den Flyer aus der Tasche, strich das Papier glatt und reichte es seinem Kollegen. Dieser musterte es interessiert.

»Ganz schön gesalzene Preise!« Steininger pfiff durch die Zähne. »Hundertfünfzig Euro im Monat, und dafür hängen ein paar Ringe von der Decke.«

»Zeig mal her«, sagte Will und griff den Flyer. »Sieht nach ›Crossfit‹ aus.«

»›Crossfit‹, was ist denn das?«

»Eine Mischung aus Turnen, Gewichtheben und Ausdauer. Ein in Deutschland neuer Trend aus den USA.« Will blickte in die sprachlosen Gesichter ihrer Kollegen. »Guckt nicht so. Hat mir Alex vor ein paar Tagen erzählt. Übrigens wird es in Amerika auch für Polizei, Feuerwehr und Streitkräfte angeboten.«

»Also ich würd's machen«, preschte Steininger vor. »Natürlich nur, wenn die Sache mit den Kosten geklärt ist.«

»Das dürfte kein Problem sein«, entgegnete Bohlan und sah auf den Notizzettel, den er vor sich liegen hatte. »Trotzdem möchte ich die Sache mit den Kippenbergers noch nicht ganz ad acta legen«, fuhr er fort. »Julia, könntest du dich in deiner Nachbarschaft umhören? Vielleicht hat noch jemand die beiden dort gesehen?«

***

Lilly Ernst fuhr früher als gewöhnlich in die ›Fitness-Box‹. Normalerweise trainierte sie nachmittags oder abends, doch heute stand ein Testspiel ihrer Fußballmannschaft auf dem Programm. Deshalb war sie bereits nach dem Mittagessen zum Training aufgebrochen. Den Vormittag hatte sie zum Lernen für die Klausuren verwendet, die in wenigen Wochen auf dem Programm standen. Doch es war ihr schwergefallen, sich zu konzentrieren. Die Fragen des Kommissars beschäftigten sie mehr als gedacht. Kippenberger. Der Name schwirrte durch ihre Gedanken. Was war das für ein Ehepaar? Außerdem ging ihr die Begegnung mit diesem merkwürdigen Typen im Homburger Hof nicht aus dem Sinn. Immerhin hatte sie es an dem Abend geschafft, sich halbwegs schadlos aus der Affäre zu ziehen. Doch sie wusste, dass sie sich noch mal mit ihm treffen musste. Er war vielleicht der Schlüssel für die Lösung anderer Fragen, die sie sich seit Wochen stellte. Sie war immer tiefer in die Materie eingedrungen und stand nunmehr vermutlich vor dem entscheidenden Schritt. Dieser konnte sie vollends in den Morast führen.

»Hey, Lilly.« Emma Weisenbach kam aus dem Büro und lächelte sie an. »Du bist früh heute.« Die beiden Frauen umarmten sich kurz und küssten sich auf die Wangen.

»Ja, heute Abend ist ein Spiel auf dem Sportplatz, deswegen.«

»Du hättest kurz durchklingeln können, dann hätte ich mir Zeit eingeplant. Jetzt muss ich leider los.« Emma sah auf ihre Uhr. Sie wirkte gehetzt und das schien ihr wirklich leidzutun.

»Aufgeschoben ist ja nicht aufgehoben«, entgegnete Lilly und setzte ein Lächeln auf.

»Hast recht. Und wir sind auch keine Teenager mehr«, flötete Emma. »Also bis dann.«

»Warte noch einen Moment«, sagte Lilly, als sich Emma bereits umgedreht hatte. »Wem gehört das Haus, in dem ich wohne?«

Emma blieb stehen und drehte sich langsam um.

»Das weißt du doch«, entgegnete sie.

Lilly hätte Emma gerne in die Augen gesehen. Doch die Sonnenbrille auf Emmas Nase verhinderte dies.

»Es ist mein Haus«, sagte Emma. »Was dachtest du denn?«

»Deins?«, erwiderte Lilly überrascht. »Ich dachte …«

»Was denn?«

»Hast du mir nicht gesagt, dass ich es für ein Ehepaar hüten soll, das sich zurzeit im Ausland aufhält?«

»Nein, da musst du etwas falsch verstanden haben. Es ist mein Elternhaus. Ich habe es geerbt und kann mich nicht entscheiden, was ich damit machen soll.

»Wie wär's mit einziehen?« Lilly sagte den Satz in einer Art Reflex, ohne nachzudenken. Manchmal ist die einfachste Lösung die komplizierte, zuckte es ihr durch den Kopf, nachdem die Worte ihren Mund verlassen hatten.

»Daran habe ich auch schon gedacht«, entgegnete Emma. »Aber dazu müsste ich mir über meine Zukunft im Klaren sein.«

Lilly ließ den Satz unkommentiert, obwohl auch sie Emmas Zukunft sehr interessierte. Stattdessen brachte sie das Gespräch auf einen anderen Punkt.

»Die Polizei war heute Morgen bei mir. Sie haben mich nach einem Ehepaar gefragt, das vor mir in dem Haus gewohnt hat.«

»Und, was hast du denen erzählt?«

»Nichts. Ich kenne keine Kippenbergers. Also was soll ich denen erzählt haben?«

»Dann ist doch alles in Ordnung, oder?« Emma sah noch einmal auf ihre Armbanduhr. »Ich muss jetzt wirklich los, Schätzchen. Ich melde mich später.«

»Moment, warte!«

Lilly setzte an, um Emma hinterherzustürzen. Im gleichen Moment kam ihr Tilmann Weisenbach entgegen und stand unvermittelt zwischen den beiden Frauen.

»Was ist denn hier los?«, fragte er mit lauter Stimme.

»Geh mir aus dem Weg.« Lilly versuchte, sich an Tilmann vorbeizudrängeln. Doch dieser hielt sie am Arm fest.

»Lass gut sein, Tilmann«, sagte Emma. »Es ist alles okay. Lilly ist etwas durch den Wind, wegen der Leichenteile im Park. Vielleicht machst du ihr einen Kaffee. Ich muss los, sonst schaffe ich das mit den Einkäufen nicht mehr.«

Emma hatte die Tür erreicht und verließ die ›Fitness-Box‹. Lilly stampfte wütend mit dem Bein auf den Boden, konnte sich aber nicht von Tilmann losreißen.

»Komm, Kleines!«, sagte Tilmann anzüglich. »Ich mach uns einen Kaffee, und dann erzählst du mir in Ruhe, was die Polizei von dir wollte.«

***

Julia Will stieg in ihr Auto und knallte die Tür zu. Das mittägliche Treffen mit ihrer Großmutter hatte die Vermutung zur Gewissheit werden lassen, dass Annegret Will einem Betrüger aufgesessen war. Unmittelbar nachdem sie am Morgen das Präsidium betreten hatte, hatte Alex sie angerufen und von seiner Begegnung im Keller berichtet. Julia hatte sofort ihre Oma angerufen und sich für den Mittag verabredet. Das Fiasko mit Omas Büchern war größer als zunächst angenommen. Die Investition von ein paar Tausend Euro in das Buchprojekt würde Annegret Will zwar nicht in den Ruin treiben. Doch die Tatsache, dass man sie übers Ohr gehauen hatte, kratzte an ihrer Seele. ›Abgezockt. Für dumm verkauft‹. Das waren Omas Worte gewesen, als sie mit ihr zu Mittag gegessen hatte. Offensichtlich wurde sie von Selbstzweifeln geplagt und hatte Angst vor dem Älterwerden. Sie fürchtete den geistigen Verfall. Julia hatte auf sie eingeredet, dass so etwas schließlich jedem passieren könne. Auch viele junge Leute fielen auf Betrüger herein und ließen sich mit allerlei Versprechungen Geld aus der Tasche ziehen. Selbst raffinierte Geschäftsleute gingen zuweilen Betrügern auf den Leim. Mit Mühe hatte sie ihre Oma moralisch wieder aufgebaut und ihr hoch und heilig versprochen, beim Verkauf der Bücher zu helfen. Gegen den Vertrag selbst war wohl nichts zu machen. Dr. Blechschmidt, ein ehemaliger Anwalt und Lokalpolitiker, der in Niederursel wohnte, hatte das Machwerk auf Herz und Nieren geprüft. Immerhin hatte Annegret Will ihrer Enkelin versprochen, keine Bücherkisten mehr durch die Gegend zu schleppen.

Um sie auf andere Gedanken zu bringen, hatte Julia dann das Thema gewechselt und ausführlich über den Fortgang der Ermittlungen berichtet. Sie hatte sich sogar dazu verleiten lassen, mehr Interna als gewöhnlich auszuplaudern. Zu guter Letzt hatte sie ihrer Oma noch einmal von Weisenbachs Haus erzählt und ein Foto der Kippenbergers präsentiert.

Annegret hatte das Bild in die Hände genommen und die beiden eingehend betrachtet. Und dann hatte sie zu Wills Überraschung gesagt, dass sie die beiden kenne. Julia wäre beinahe aufgesprungen. Immerhin hatte ihre Oma vor ein paar Tagen, als Julia ihr schon einmal das Foto gezeigt hatte, das glatte Gegenteil behauptet. Doch in Anbetracht der besonderen Umstände war Julia ruhig und sachlich geblieben. Annegret war die Widersprüchlichkeit ihrer Aussagen selbst aufgefallen und hatte sich ausschweifend dafür entschuldigt. Sie gelobte hoch und heilig Besserung. Gemeinsam waren sie von Tür zu Tür gezogen und hatten zahlreiche Gespräche in der Nachbarschaft geführt. Das Ergebnis war ziemlich eindeutig. Jetzt musste sie das alles nur noch Tom erklären.

***

Jan Steininger verfluchte sich selbst. Warum hatte er sich freiwillig zu diesem Einsatz gemeldet? Allzu gerne hätte er seinen Chef oder Walter Steinbrecher an diesen Stangen und Ringen schwitzen gesehen. Das Training dauerte gerade mal eine Viertelstunde und er war fix und fertig.

»Noch vierzig Sekunden. Los. Schlappmachen gilt nicht«, donnerte eine Stimme aus dem Hintergrund, die locker die laute Musik aus den Boxen übertönte. Sie gehörte dem Chef-Coach, der eine Stoppuhr in der Hand hielt. Steininger kniete in der Hocke und musste einen Medizinball in die Luft werfen und wieder fangen. Seine Beine waren schwer, die Hände rutschig vom Schweiß. Er schnaufte.

»Und Schluss«, rief endlich der Coach. »Na also, geht doch!« Steininger fühlte sich an seine Jugend in der Schule erinnert. Damals hatten sie einen jugoslawischen Sportlehrer, der ähnliche Übungen machen ließ und mindestens genauso brüllen konnte.

»Gut, dass du durchgehalten hast«, sagte ein durchtrainierter Athlet neben ihm. »Ich habe keine Lust, wegen dir eine Strafrunde zu machen.« Der Typ grinste. Steininger war sich nicht sicher, ob der Kerl das im Ernst meinte oder nur Spaß machte. Auf Nachfrage erwiderte der Kerl, dass die ganze Gruppe eine Extra-Einheit aufgebrummt bekomme, wenn einer vorzeitig abbreche.

»Keine Sorge, ich gebe mein Bestes. Will ja nicht der Arsch sein«, entgegnete Steininger daraufhin.

»Schon gut, beim ersten Training hat man noch Greenhorn-Status. Ich bin übrigens Tim.« Tim streckte Steininger die Hand entgegen.

»Und ich Jan, hallo. Wie lange machst du das schon?«

»Ein halbes Jahr. Es ist aber nur mein Ausgleichssport. Normalerweise spiele ich Rugby.«

Steininger wollte noch etwas erwidern, doch eine dröhnende Stimme neben seinem Ohr ließ ihn zusammenzucken.

»Hey, gelabert wird jetzt nicht. Auf geht's zur nächsten Übung.«

Steininger warf einen Blick auf die Tafel. Sie stellte das Heiligtum einer jeden Trainingseinheit dar. Der Coach schrieb zu Beginn des Trainings die Übungen auf, die zu absolvieren waren. Allerdings half dies Steininger in der jetzigen Situation nicht unbedingt weiter. Er las ›Ring-Holds Knee 20DU/40SU‹, und mit dieser Angabe konnte er überhaupt nichts anfangen. Die anderen standen bereits an den Klimmzugstangen, also begab sich Steininger auch dorthin.

»Dranhängen, Beine in Vorhalte, zwanzig Sekunden«, flüsterte Tim.

»Alles klar«, erwiderte Jan.

Eine halbe Stunde später war Steininger mit sich und der Welt am Ende. Er hatte zum Schluss einen Circuit aus Seilspringen, Beine-über-den-Kopf-Schwingen, Liegestützen und Sprüngen auf einen Kasten absolvieren müssen. In halbwegs aufrechter Haltung schleppte er sich zur Bank, wo er seine Sporttasche abgestellt hatte.

»Respekt«, donnerte der Coach. »Für die erste Trainingseinheit war das wirklich gut.« Der Coach fletschte die Zähne und gab ihm einen Klaps auf die Schulter. »Ich hoffe, du kommst wieder.«

»Klar, hat wirklich Spaß gemacht.«

»Dann melde dich am besten gleich bei Emma an. Und denk dran: Dreimal die Woche solltest du schon kommen.«

Steininger wandte sich wieder seiner Sporttasche zu. Endlich konnte er etwas trinken. Er kramte die Wasserflasche hervor und setzte sie gierig an seinen Mund.

»Na, das war ein halber Ritterschlag. So viel Lob hab ich von ihm selten gehört.« Tim stand neben Steininger. »Ah, jetzt kommen die Cracks.«

Circa zehn Personen begannen mit dem Aufwärmprogramm. Wenn Steininger die richtigen Bilder im Kopf hatte, dann war Lilly Ernst dabei.

»Wenn du es in die Gruppe schaffst, bist du echt tough. Die haben ein Stipendium und trainieren für Wettkämpfe.«

»Crossfit gibt es auch als Wettkampf?«

»Ja klar, ist aber nichts für mich. Da jage ich lieber einem Ball hinterher.«

»Wer ist denn die Frau da?«, fragte Steininger.

Tim folgte Steiningers Blick.

»Das ist Lilly. Die ist total strong. Eine wirkliche Granate.«

Tim grinste breit.

»Wie meinst du das?«

»Die hat's echt drauf. Sportlich meine ich.«

»Ach so, ich dachte schon …«

»Im Bett bestimmt auch. Aber schlag dir das aus dem Kopf, soweit ich weiß, hat sie was mit dem Chef am Laufen.«

»Ach ja, erzähl mal!«

»Genaues weiß ich auch nicht, aber neulich stand die Tür hinter der Theke ein bisschen offen. Ich wollte mir noch etwas zu trinken kaufen, aber es war niemand da. Ich stand vielleicht zwei Minuten dort, dann habe ich es nicht mehr ausgehalten. Es gab so lautes Gestöhne, wenn du verstehst, was ich meine.« Tim grinste vielsagend.

»Und woher weißt du, dass es Lilly war?«

»Weil ihre Tasche direkt neben der Tür stand. So eine grellgelbe Adidas-Tasche hat nur sie.

»Aber wirklich gesehen hast du nichts?«

»Du bist aber ganz schön neugierig.«

»Na ja, sie sieht schon sehr attraktiv aus«, erwiderte Steininger. »Wenn sie noch nicht vergeben ist, könnte ich es mal versuchen.«

»Wenn du mir nicht glauben willst, versuch dein Glück. Aber mach mir keinen Vorwurf.«

***

Dirk Stricker wollte bereits aufgeben, als sich ein Mann dem Haus näherte, der seiner Vorstellung entsprach. Stricker hatte bereits über eine Stunde gewartet. Zum Glück hatte er einen Parkplatz in unmittelbarer Nähe des Hauses gefunden. So musste er nicht die gesamte Zeit draußen herumlungern. Er wollte unter keinen Umständen auffallen. Stünde er viele Stunden vor dem Hauseingang, würde sich bei Befragungen durch die Polizei mit ziemlicher Sicherheit jemand an ihn erinnern. Obwohl in den meisten Wohnblocks Anonymität herrschte und sich die Mieter nicht sonderlich für die anderen interessierten, gab es immer jemanden, der über alle anderen

Bescheid wusste. Je größer ein Mietshaus war, desto wahrscheinlicher war es, einen selbst ernannten Blockwart zu finden.

Als Stricker vor über einer Stunde angekommen war, war er gleich an die Klingel gestürmt und hatte geläutet. Natürlich war keine Reaktion erfolgt. Wer sich in einer solchen Situation befand wie seine Zielperson, öffnete nicht beim ersten Klingeln. Viel zu groß war die Sorge, dass jemand vom Amt oder der Gerichtsvollzieher vor der Tür stand. Stricker hatte sich nach zweiminütiger Wartezeit auf den Weg zur Wohnung gemacht. Er hatte sich im Archiv einen Schlüssel für sämtliche Zwischentüren besorgt, musste diesen aber nicht verwenden, da die Türen allesamt unverschlossen waren. Als er vor der Wohnungstür stand, bemerkte er den beißenden Geruch einer Messiewohnung. Der Gestank suchte sich seinen Weg durch die Türritze nach draußen. Stricker hatte ihn schon oft bei seinen Missionen wahrgenommen. Kein Wunder, dass es zu Beschwerden aus der Nachbarschaft gekommen war. Stricker drückte auch hier auf die Klingel. Zu seiner Verwunderung hörte er das Läuten. Er hätte seinen Hintern darauf verwettet, dass die Klingel abgestellt war. Trotzdem öffnete niemand. Stricker drückte noch zweimal auf den Knopf, klopfte dann und lehnte sein Ohr gegen die Tür, konnte aber keinerlei Geräusche vernehmen. Die einzige Veränderung war, dass er den Gestank, der aus der Wohnung kam, stärker wahrnahm.

Stricker verharrte eine Zeitlang in dieser Position, bis er sicher war, dass sich niemand in der Wohnung befand. Dann ging er wieder nach unten. Er rauchte vor dem Haus eine Zigarette und betrachtete dabei die Briefkästen. Nach kurzer Zeit fand er die Beschriftung S. H. Der Kasten machte von außen einen eher unauffälligen Eindruck. Stricker griff in den Schlitz und konnte ein paar Zeitungen und Werbezettel ertasten. Ein Anzeichen dafür, dass der Mieter den Briefkasten nicht jeden Tag leerte. Aber er war nicht voll genug, um da-

von auszugehen, dass er seit Tagen oder gar länger nicht ge-
leert worden war. Nachdem Stricker die Zigarette zu Ende
geraucht hatte, ließ er den Rest auf den Boden fallen und zer-
trat die Glut. Dann setzte er sich ins Auto, schaltete das Radio
ein und wartete. Jetzt wurde seine Ausdauer belohnt.

***

Tamara klingelte pünktlich. Bohlan hatte sich geduscht,
frisch rasiert und in Schale geworfen, was bei ihm hieß, dass
er frisch gewaschene Jeans und ein weißes Hemd trug. Als er
die Tür öffnete und Tamara ihm über den Steg hin mit we-
hendem Haar entgegenkam, fühlte er sich wie im siebten
Himmel. Tamara schien eher engelsgleich zu schweben als zu
laufen. Diese Frau war einfach der Hammer. Doch gleichzeitig fühlte Bohlan sich wie betäubt und brachte kaum ein Wort
heraus. Der Umstand, dass er einen Tisch im ›Il Vecchio
Muro‹ reserviert hatte, kam ihm jetzt sehr entgegen. So
musste er Tamara nicht aufs Boot bitten. Sie konnten am Ufer
des Mains entlangschlendern, frische Luft und die Aussicht
genießen. Tamara babbelte, was das Zeug hielt. Sie hatte sich
nach der Landung in Frankfurt mit dem Makler getroffen
und war allerbester Laune. Für ihr Elternhaus ließ sich ein
weitaus höherer Kaufpreis erzielen als ursprünglich gedacht.
Als sie die Gasse hinauf zum Marktplatz nahmen, hakte sie
sich bei Tom ein und legte ihren Kopf auf seine Schulter. Wenig später erreichten sie das Restaurant. Aurelia hatte einen
kleinen Tisch direkt an der alten Stadtmauer reserviert, die
dem Restaurant seinen Namen gab. Früher schützte sie
Höchst vor Eindringlingen. Jetzt verlief ein Teil von ihr direkt
durch das Restaurant. Aurelia brachte einen Prosecco und die
Karte. Bohlan stellte das Menü zusammen und Tamara plau-
derte weiter ohne Punkt und Komma. Obwohl Bohlan nichts
weiter tat, als ab und zu ein Stichwort zu geben, vermittelte
Tamara ihm das Gefühl, der Mittelpunkt des Geschehens zu

sein. Zum Nachtisch servierte Aurelia heiße Schokoladenküchlein. Sie waren ein Gedicht. Bohlan und Tamara tranken einen Espresso und verabschiedeten sich gegen elf. Die Zeit war vergangen wie im Flug. Leicht angeheitert vom guten italienischen Wein, liefen sie den gleichen Weg zurück, den sie gekommen waren. Diesmal hakte sich Tamara gleich bei ihm ein.

»Wo hast du dein Zimmer genommen?«, fragte Bohlan, als sie die Uferpromenade erreichten.

»Auf einem Hotelschiff«, antwortete Tamara.

»Auf dem ›Schlott‹? Im Ernst?«

»Natürlich nicht. Es ist eher eine kleine, inhaberbetriebene Pension«, sagte Tamara amüsiert und fügte hinzu. »Mit einem sehr attraktiven Chef.«

***

Lilly Ernst näherte sich dem ›Merianbad Café‹ mit einem mulmigen Gefühl im Bauch. Sie hatte keine konkrete Vorstellung davon, wie der Abend verlaufen sollte. Wie weit musste sie gehen, um hinter Strickers Geheimnis zu kommen? Und wie gefährlich war dieser Mann? Immerhin dealte er mit Drogen. So weit war sie sich sicher. Er musste also mit allen Wassern gewaschen sein. Auch hatte er beim ersten Aufeinandertreffen auf eine gewisse Art und Weise labil gewirkt. Die Sitzplätze auf dem Merianplatz waren alle belegt. Lilly hielt nach Stricker Ausschau, konnte ihn aber nicht entdecken. Sie entschloss sich, im Café nach ihm zu sehen. Sie betrat das Oktogon, das im neunzehnten Jahrhundert als Volksbrausebad erbaut worden war. Der schlichte, etwas gedrückt wirkende Bau mit Renaissance-Charakter war vor einigen Jahren in ein Café umfunktioniert worden. Stricker saß tatsächlich an einem der Tische direkt am Fenster. Vor ihm stand ein halb gefülltes Cocktailglas.

Ein Lächeln huschte über sein Gesicht, als er Lilly erblickte.

»Es freut mich außerordentlich, dass du gekommen bist.«
Lilly reichte ihm die Hand und kam so seinem Drang entgegen, ihr auf die Wange zu küssen. Sie setzte sich.

»Na gut, also dann«, stammelte Stricker. »Was willst du trinken? Die Cocktails hier sind sehr zu empfehlen. Geht natürlich auf meine Rechnung.«

Lilly nahm die Karte in die Hand. »Ich nehme einen Cuba Libre«, sagte sie nach einiger Zeit und fügte hinzu: »Aber ich zahle selbst.«

»Natürlich.« Stricker sah Lilly an. Sein Grinsen wirkte wie eine Maske. Das Treffen begann einen anderen Verlauf zu nehmen als erhofft.

»Du hast also Interesse an meinem Kristallstöffche?«

»Ja, habe ich. Aber vorher interessiert mich, was es genau ist.«

»Guter Stoff«, entgegnete Stricker. »In jedem Fall. Und besser als Ebbelwei. Es macht dich weder besoffen noch schlägt es dir auf den Magen. Kein Durchfall, kein Geblubber.«

Stricker lachte laut auf. Er freute sich erkennbar über seine Werbesprüche.

»Das klingt schon mal gut, und sonst?«

In Strickers Gesichtsausdruck legte sich eine Mischung aus Verschwörung und Verheißung.

»Es gibt dir ein supergutes Gefühl. Alles fällt dir leichter, du siehst klarer, kannst mindestens zwei Tage wach bleiben. Echt guter Stoff.«

»Und was ist der Preis?«, fragte Lilly, ohne eine Miene zu verziehen. Stricker antwortete nicht sogleich, sondern tat so, als müsse er überlegen. Dann sagte er mit gesenkter Stimme: »Ich kann dir ein gutes Kennlernangebot machen. Vielleicht auch ohne Geld, sozusagen gegen Naturalien, wenn du verstehst. Ich habe einen guten Tag heute.«

Die Bedienung stellte den Cuba Libre auf den Tisch. »Sehr zum Wohl.«

Lilly zog das Glas zu sich heran und sog an dem Strohhalm. Dabei machte sie einen lasziven Augenaufschlag zu Stricker, dem das sichtlich gefiel.

»Kennlernangebot klingt gut. Weißt du eigentlich, wer ich bin?«

Stricker rutschte etwas nervös auf seinem Stuhl hin und her.

»Eine sehr attraktive Frau jedenfalls. Bist du etwa bei der Polizei?«

»Nein, nein. Da brauchst du keine Angst zu haben. Aber vielleicht sagt dir der Name Niklas Ernst etwas. Ich bin nämlich seine Schwester.«

Strickers Gesicht wirkte für einen Moment wie versteinert. Es dauerte etwas, bis er reagierte.

»Niklas, mein Gott.«

»Hast du ihm damals auch Kristallstöffche verkauft, bevor er tot umfiel?«

»Nein, nein. Um Gottes willen.« Stricker hob abwehrend beide Hände. »Das gab's damals noch gar nicht.«

»Dann eben ein anderes Mittelchen. Steckt Benno Cordes auch mit drin?«

»Benno Cordes? Wie kommst du jetzt darauf?«

»Nur so ein Gefühl. Ihr habt damals die Mannschaft trainiert. Jetzt vertickt ihr Drogen. Das liegt doch auf der Hand.«

Stricker, nun sichtbar nervös, nahm sein Glas und trank es bis auf den letzten Tropfen aus. Dann beugte er sich weit nach vorne über den Tisch.

»Das mit Niklas war ein schrecklicher Unfall. Das musst du mir glauben. Er hat einfach zu viel von dem Zeug genommen. Das war unvorsichtig. Lilly, er stand damals mächtig unter Druck. Hatte eine Verletzung hinter sich. Trotzdem musste er schnell wieder auf die Beine kommen. Immerhin befand er sich kurz vor dem Vertragsabschluss für die Bundesliga.«

»Ihr hättet das verhindern müssen.« Lilly hatte Mühe, sich zu beherrschen. Ihre Stimme war lauter geworden.

»Lilly, er hat um das Zeug gebettelt. Er war volljährig. Er wusste, was er tat.«

»Dann hättet ihr ihn warnen müssen. Wahrscheinlich wusste er nicht, was das für Nebenwirkungen hat.«

Stricker zuckte mit den Schultern. »Das wusste niemand, wir auch nicht. Das musst du mir glauben.«

Lilly standen die Tränen in den Augen.

»Mein Gott. Wir waren mit ihm befreundet. Glaubst du im Ernst, wir wollten, dass er stirbt?«

Stricker stand auf und setzte sich neben Lilly. Er legte einen Arm um ihre Schultern, um sie zu trösten.

»Lass dass«, fauchte sie und rutschte zur Seite.

»Ich hatte auch lange daran zu knabbern, hatte Schuldgefühle und so.« Stricker setzte sich wieder auf seinen Platz. Eine Zeitlang betrachtete er Lilly, die wie ein Häufchen Elend wirkte.

»Pass auf. Ich lass dir ein Tütchen da. Du musst das nicht bezahlen und ich will auch keine Gegenleistung. Ansonsten vergessen wir einfach, was passiert ist.«

Lilly griff nach dem Tütchen und steckte es in ihre Tasche.

»Okay«, stammelte sie schließlich.

***

»Ist das dein Ernst?« Bohlan blickte Julia Will fassungslos an. Seine Kollegin hielt seinem Blick stand. Die beiden saßen im Präsidium. Draußen war es längst dunkel.

»Mir ist nicht nach Scherzen zumute. Einige Nachbarn haben die Kippenbergers zweifelsfrei erkannt. Selbst meiner Oma kamen die Gesichter bekannt vor. Angeblich sind die beiden wochenlang in Emma Weisenbachs Haus ein und aus gegangen. Aber weiter kann niemand etwas dazu sagen. Sie haben wohl sehr zurückgezogen gelebt, mit niemandem gesprochen. Deshalb ist es auch keinem aufgefallen, als sie plötzlich wieder verschwunden waren. Sie waren so etwas wie eine vorübergehende Erscheinung.«

»Aha, und die Zeitung hat auch niemand gelesen?«, grantelte Bohlan. »Immerhin war das Bild der beiden doch überall abgedruckt.«

Will zuckte mit den Schultern. »Offensichtlich nicht. Jedenfalls scheint niemand den Rückschluss auf die beiden seltsamen Bewohner gezogen zu haben.«

Bohlan fuhr sich mit der Hand über den Kopf. Die Ermittlungen hatten nun wieder einen Punkt erreicht, an dem sie schon einmal gescheitert waren. Bohlan musste an Sven Hagedorns Aussage denken, die nun durch Wills Befragungen in der Nachbarschaft bestätigt wurden. Bohlan hatte Hagedorn nicht geglaubt und auf Emma Weisenbachs Aussage vertraut. Das war ein Fehler gewesen.

»Was denkst du?«

Bohlan schreckte aus seinen Gedanken hoch. Will sah ihn fragend an.

»Wir sollten uns morgen noch einmal mit Hagedorn unterhalten. Immerhin scheint er doch nicht nur in Halluzinationen zu leben.«

»Vielleicht«, entgegnete Will, »aber was ist mit Emma Weisenbach? Wir sollten sie mit den Aussagen der Nachbarn konfrontieren.«

»Eins nach dem anderen. Natürlich machen wir das. Aber ich habe das Gefühl, dass Hagedorn uns noch ein paar Informationen mehr liefern kann. Außerdem ist Jan in der ›Fitness-Box‹ zugange.«

»Wenn du meinst«, entgegnete Will. Ihr war deutlich anzusehen, dass sie mit Bohlans Vorgehensweise nicht einverstanden war. Bohlan selbst konnte auch nicht erklären, warum er noch einmal mit Hagedorn sprechen wollte. Immerhin hatte dieser bereits alles zu seinem Treffen mit den Kippenbergers zu Protokoll gegeben. Was sollte er verschwiegen haben? Bei genauerem Nachdenken war sich der Kommissar nicht mehr so sicher, ob er tatsächlich die richtige Entscheidung getroffen hatte. Doch er vertraute dem Grundsatz, dass es manchmal das Beste ist, dem ersten Gedanken zu vertrauen. Noch ahnte Bohlan nicht, wie recht er haben sollte.

***

Dirk Stricker hatte die ganze Nacht nicht geschlafen. Die Begegnung mit Lilly Ernst hatte ihn mehr aus der Bahn geworfen als gedacht. Nachdem er das ›Merianbad Café‹ verlassen hatte, war er zunächst ziellos die Berger Straße hoch- und runtergelaufen. Zwischendurch versuchte er vergeblich, Cordes zu erreichen, was ihm nach mehreren Versuchen auch gelang. Benno hatte – wie gewohnt – die Ruhe bewahrt. Er ließ sich das ganze Gespräch bis ins letzte Detail schildern und versicherte dann, dass Stricker beinahe alles richtig gemacht habe. Alles, bis auf ein winziges Detail. Für das Überlassen eines Tütchens bekam Stricker einen Rüffel und den Auftrag, es sofort zurückzuholen. Cordes befürchtete, dass Lilly damit zur Polizei laufen könnte, und das sollte unter allen Umständen verhindert werden. Als Cordes am ›Merianbad Café‹ zurück war, fand er den Platz am Fenster verlassen vor. Eine Nachfrage beim Kellner ließ seine Befürchtung zur Gewissheit werden. Lilly war kurz nach ihm gegangen. Taumelnd verließ er das Café und betrat den Merianplatz. Suchend sah er sich um, Schweißperlen standen auf seiner Stirn. Nervös tastete er mit zitternden Händen seine Jackentasche ab. Wo hatte er nur das verdammte Handy? Es dauerte einige Zeit, bis er es in der Hosentasche fand. Mit zittrigen Händen wählte er Weisenbachs Nummer.

***

Lilly Ernst hatte, nachdem Stricker das Café verlassen hatte, die Rechnung beglichen. Ohne Hast und Eile schlenderte sie zu ihrem Fahrrad und fuhr zurück nach Niederursel. Es war ein angenehmer Abend. Nicht mehr so heiß, aber immer noch warm. Müde und erschöpft bog sie eine halbe Stunde später

120

von der Niederurseler Landstraße in die Hohemarkstraße ab. Schon von Weitem sah sie das Auto vor der Tür. Ihr Herz machte einen gewaltigen Sprung. Die trüben Gedanken, denen sie beinahe den ganzen Tag nachgehangen hatte, wichen der Vorfreude auf eine Liebesnacht. Sie stieg vom Rad, drückte die Gartentür auf und hievte das Rad die Treppe nach oben zur Eingangstür. Voller Erwartung schloss sie auf und lehnte das Rad im Flur gegen die Wand. Aus dem Wohnzimmer drangen Stimmen und ein wechselndes Farbenspiel in den Flur. Letzteres spiegelte sich an den Wänden. Lilly betrat das Wohnzimmer.

»Hey, das ist ja eine schöne Überraschung.« Sie küsste ihren Besuch auf den Mund. »Ich dusche mich schnell, dann komme ich wieder runter.«

»Gut, der Prosecco ist bereits im Kühlschrank."

Beschwingt stieg Lilly die Treppe hinauf. Der Tag nahm also doch noch ein versöhnliches Ende. Unter der Dusche dachte sie darüber nach, ob sie von den Entdeckungen berichten sollte, die sie gemacht hatte? Eigentlich sprach nichts dagegen. Die Vergangenheit von Cordes und dessen Verbindung zu Stricker konnte auch für ihren Besuch interessant sein. Nachdem sie fertig geduscht hatte, sprühte sie ein paar Tropfen Parfüm auf ihren Körper und schlüpfte in einen Bademantel.

Als sie ins Wohnzimmer zurückkehrte, war der Fernseher ausgeschaltet. Stattdessen spielte leise Musik. Auf dem Tisch stand die Prosecco-Flasche nebst zwei vollen Gläsern. Lilly wurde mit einem Lächeln empfangen. Sie nippten am Prosecco und gingen ohne großes Vorgeplänkel dazu über, Zärtlichkeiten auszutauschen. Lilly ließ sich innerlich fallen und genoss jede Sekunde. Von diesen Momenten gab es viel zu wenige in ihrem Leben. Das Feuer der Leidenschaft überrannte sie. Irgendwann gingen sie nach oben und verbrachten den Rest der Nacht im Schlafzimmer. In den Pausen ihres Liebesspiels erzählte Lilly von den Ereignissen des Tages.

8.

Sven Hagedorn fühlte sich so gut wie lange nicht mehr. Der gestrige Tag war wie ein Sechser im Lotto gewesen, obwohl er ganz anders begonnen hatte. Der Gerichtsvollzieher war zurückgekehrt und hatte Verstärkung mitgebracht. Nach einigen Diskussionsversuchen musste Hagedorn einsehen, dass er keine Chance hatte. Hektisch suchte er die wichtigsten Dinge zusammen und stopfte sie in eine alte Sporttasche. Dann verließ er seine Wohnung.

Als er den kleinen Platz vor dem Eingang erreicht hatte, trat ein Mann auf ihn zu. Zuerst reagierte Hagedorn reserviert. Der Mann hatte eine entfernte Ähnlichkeit mit einem dieser jungen neuen Schauspieler. Doch der Name war ihm nicht eingefallen. Aber der Mann wollte ihm nichts Böses. Im Gegenteil. Er war ein Engel, der ihn von all seinen Problemen erlösen konnte. Er bot ihm einen Job an. Das hatte das Jobcenter in den letzten zehn Jahren nicht geschafft. Und die Bezahlung war auch nicht von schlechten Eltern. Hagedorn war schon drauf und dran, das Angebot anzunehmen. Doch dann fiel ihm ein, dass er dringend eine neue Unterkunft benötigte. Für den Mann schien das kein wirkliches Problem zu sein. Er bot ihm ein paar Nächte in einem Hotel an und für die Zeit nach seinem Auslandseinsatz eine komfortable neue Bleibe. Hagedorn fuhr mit dem Mann zu einem Hotel in Flughafennähe, wo er ein schönes Zimmer bezog. Hier hatte er nach einem üppigen Abendessen die Nacht verbracht und so gut geschlafen wie lange nicht mehr. Wenn er den Mann richtig verstanden hatte, sollte er ins Ausland gebracht werden, um dort eine wichtige Mission gegen die Geheimdienste der Welt zu unterstützen. Hagedorn war glücklich. Endlich gab es jemanden, der die Lage durchschaute und genauso dachte wie er. Der Widerstand gegen die Herrschaft der Geheimdienste war endlich auf ihn aufmerksam geworden. Es gab also weitaus mehr Menschen, die alles durchschaut hatten und die daran arbeiteten, das System zu stürzen. Schon oft hatte er von Theorien gelesen, wonach der CIA hinter allen möglichen Anschlägen steckte. Der Anschlag auf das World Trade Center am 11. September 2001 war nur ein – vielleicht das bekannteste – Beispiel dafür. Aber niemals hätte Hagedorn geglaubt, dass der Widerstand tatsächlich so gut organisiert war. Es gab also noch Hoffnung. Und er konnte nun Teil dieser Bewegung sein. Der Gedanke erfüllte ihn mit einem gewissen Stolz. Hagedorn entschloss sich dazu, das Frühstück aufs Zimmer zu ordern und den Fernseher einzuschalten.

***

Bohlan lenkte den Wagen mechanisch durch die Straßen. In Gedanken hing er immer noch an dem gestrigen Abend und der Nacht. Es war die zweite Nacht hintereinander, die er mit Tamara verbracht hatte. Alles war wieder so wie früher. Es fühlte sich gut und richtig an. Tamara war leidenschaftlich, umgarnte ihn und vermittelte ihm das Gefühl, der einzige Mann in ihrem Leben zu sein. Er hatte sich auf ihr Spiel eingelassen, alle Bedenken beiseitegeschoben und keinerlei Nachfragen gestellt. Nun tauchten für einen kurzen Augenblick Zweifel auf, doch diese verbannte er in die hinterste Ecke seines Gehirns.

»Hier muss es sein«, sagte Bohlan und deutete auf ein Mehrfamilienhaus in der Hügelstraße. Julia Will, die auf dem Beifahrersitz saß, nickte zustimmend. Er parkte vor einer Garageneinfahrt. Bohlan und Will stiegen aus und liefen in Richtung Eingang, vorbei an überfüllten Mülltonnen und einer Unmenge abgestellter Fahrräder, von denen allenfalls die Hälfte noch funktionsfähig war. Am Klingelbrett und an den

Briefkästen herrschte heilloses Durcheinander. Jeder klebte offenbar drauf, was er wollte: ganze Namen, Initialen, mehrere Namen, Werbung verboten, Werbung erwünscht. Ergebnislos suchten die Kommissare nach Hagedorns Namen oder einer Beschriftung, die seinem Namen nahekam. Schließlich drückte Bohlan auf mehrere Klingelknöpfe. Wenig später summte der Türöffner.

Nach einigem Durcheinander im Hausflur und Gesprächen mit Mietern stellte sich heraus, dass Hagedorns Wohnung am Tag zuvor unter enormem Aufwand zwangsgeräumt worden war. Den Berichten zufolge waren Polizei und Ordnungsamt zugegen gewesen, ebenso jemand vom Sozialamt, Abteilung Verhinderung von Obdachlosigkeit. Nach anfänglichem Gebrüll und einigem guten Zureden hatte Hagedorn jeden Widerstand aufgegeben und war mit einer Sporttasche und zwei Plastiktüten ausgezogen. Den Rest der Wohnung hatte eine Entrümpelungsfirma leer geräumt und in Containern entsorgt. Der Mann vom Sozialamt hatte Hagedorn ein Hotelzimmer im Rotlichtmilieu angeboten, das dieser dankend abgelehnt hatte. Lieber wolle er im Park schlafen, hatte Hagedorn geantwortet. Die Räumungsaktion stellte für die meisten Hausbewohner das Highlight des Tages dar. Entsprechend ausführlich und detailgenau schilderten sie das Ereignis. Es gab Worte des Bedauerns für den armen Herrn Hagedorn. Doch die meisten waren froh darüber, dass die Wohnung nun grundlegend saniert werden konnte. Die Geruchsbelästigung sei erheblich gewesen und die Angst vor Ungeziefer und Maden groß. Der Gestank von Fäkalien und miefiger Luft hing noch immer im Treppenhaus. Die Kommissare notierten sich die Adresse der Vermietungsgesellschaft und begaben sich zurück zu ihrem Fahrzeug.

***

Lilly hätte am liebsten einfach weitergeschlafen, doch irgendetwas hielt sie davon ab. Benommen tastete sie mit der

Hand zur Seite, aber der Körper, nach dem sie suchte, war verschwunden. Der Platz neben ihr war leer. Die Matratze strahlte keinerlei Wärme aus. Hatte sie den gestrigen Abend nur geträumt? War die wundervolle Liebesnacht nur eine Halluzination gewesen? Lilly versuchte ihre Gedanken zu sortieren. Was war am gestrigen Abend passiert? Ein schrecklicher Gedanke durchfuhr sie. War die Nacht nur erträumt gewesen? Ein Drogenwahn? Dabei fiel ihr das Tütchen ein, das sie von Stricker erhalten hatte. Sie überlegte, wo sie es hingelegt haben könnte. Panisch durchsuchte sie die Kleidung, die sie am Abend zuvor getragen hatte, fand jedoch nichts. Ein schrecklicher Verdacht keimte in ihr auf. Hatte sie das Kristallstöffche probiert? Nein, das konnte nicht sein. Das durfte nicht sein! Vermutlich gab es für all das eine ganz einfache Erklärung.

Wahrscheinlich war ihr nächtlicher Besuch einfach früh aufgewacht und hatte sich um das Frühstück gekümmert. Sie wollte sich in den Bademantel hüllen, doch nach einiger Suche fiel ihr ein, dass sie diesen am Abend im Wohnzimmer gelassen hatte. Nackt, wie sie war, ging sie die Treppen nach unten. Eine merkwürdige Ruhe herrschte im Haus. Kein Radio, kein Fernseher war zu hören. Immerhin lag ein leichter Kaffeeduft in der Luft. Ein starkes Indiz dafür, dass in der Küche ein leckeres Frühstück auf sie warten könnte. Sie bog ins Wohnzimmer ab, hüllte sich in den Bademantel und betrat voller Vorfreude die Küche. Doch alles, was sie dort fand, war ein Zettel auf dem Tisch.

***

Die Hauptverwaltung der Frankfurter Wohnungsholding lag in der Elbestraße. Bohlan und Will betraten das Gebäude. Am Empfang saß ein glatzköpfiger Mann um die sechzig mit dunkelbrauner Hornbrille. Er war gerade dabei, Kaffee aus einer Thermoskanne in eine Tasse zu gießen. Bohlan wartete, bis der Mann seine Tätigkeit beendet hatte und fragte dann nach dem zuständigen Sachbearbeiter für die Hügelstraße. Der Mann tippte umständlich auf der Tastatur des vor ihm stehenden Computers und schickte die Kommissare in den dritten Stock. Dort angekommen, klopfte Bohlan an die Tür von Dirk Stricker, vernahm als Antwort aber nur ein dumpfes Brummen. Zudem schien die Tür in regelmäßigen Abständen zu vibrieren. Ansonsten folgte keine Reaktion.

Nach einiger Zeit drückte der Kommissar die Klinke nach unten. Für einen Moment glaubte er sich in der Tür geirrt zu haben. Das Zimmer glich eher einem botanischen Garten als dem Büro eines Sachbearbeiters der städtischen Wohnungs-holding. Der Raum war vollgestellt mit Pflanzenkübeln, Palmen und anderem Grünzeug. Zudem schallte laute Musik aus den Lautsprechern einer Musikanlage. Im Dickicht der Palmen erblickte Bohlan einen Mann, der auf der Computertastatur klimperte und dabei auf den Bildschirm starrte. Vermutlich vergnügte er sich mit einem Computerspiel.

»Guten Tag, Herr Stricker!«, donnerte Bohlan in einer Lautstärke, die Julia Will zusammenzucken ließ.

Der Mann am Computer hingegen nahm in aller Seelenruhe die Finger von der Tastatur und drehte sich gemächlich um.

»Womit kann ich Ihnen dienen?«, fragte er in der gleichen Lautstärke zurück.

»Vielleicht sollten Sie erst mal die Musik leiser stellen.«

Stricker tippte sich zuerst an die Stirn und dann auf die Fernbedienung der Musikanlage. Plötzliche Stille kehrte ein. Bohlan hielt seinen Dienstausweis nach oben.

»Wir sind von der Kriminalpolizei.«

»Wunderbar!«, entgegnete Stricker, als sei der Besuch der Polizei das Normalste auf der Welt. »Wollen Sie sich vielleicht setzen?«

Bohlan versuchte, im Pflanzendickicht so etwas wie eine Sitzgelegenheit zu erahnen.

»Wie viele Personen sind Sie?«, fragte Stricker.

»Zwei.«

»Das passt. Hier sind noch genau zwei Stühle frei.«

»Haben Sie vielleicht so etwas wie eine Machete?«, erwiderte Bohlan. Die ganze Situation schien ihm derart unwirklich, dass er einfach so einen blöden Satz sagen musste.

»Wenn Sie ganz außen an der Wand entlanglaufen, kommen Sie ohne Probleme durch. Nach der Yucca dann rechts.«

Bohlan warf einen Blick zu Will. Diese bedeutete ihm, voranzugehen. »Pass auf, dass nicht irgendwo eine Schlange lauert«, zischte sie.

Tatsächlich gelangten die Kommissare ohne weitere Zwischenfälle zum Schreibtisch.

Dirk Stricker war hager und sah alles andere als gesund aus. Sein Gesicht wirkte ausgemergelt und blass. Unter den tief liegenden Augen zeichneten sich dunkle Schatten ab. Die halblangen schwarzen Haare waren mit Gel streng nach hinten gelegt. Stricker trug ein braunes T-Shirt mit gelber Aufschrift. Die Haut an seinen Armen war übersät mit roten Flecken und Kratzspuren.

Bohlan und Will ließen sich auf zwei Besucherstühlen nieder.

»Nun?«, fragte Stricker.

»Es geht um Sven Hagedorn …«, begann Bohlan. Da Stricker lediglich begann, sich über den linken Unterarm zu kratzen, fuhr der Kommissar fort: »Hagedorn war Mieter in der Hügelstraße. Das Haus wird von der städtischen Wohnungsholding verwaltet. Sie sind der zuständige Sachbearbeiter.«

»Stimmt, das Haus gehört zu meinem Revier. Wie, sagten Sie doch gleich, war der Name?«

»Sven Hagedorn.«

»Ja, Moment. Ich schaue mal ins System.«

Stricker zog die Tastatur wieder in die Mitte des Tisches und tippte auf die Tasten. Dabei sah er auf den Bildschirm. Seine Augen flogen nervös hin und her.

»Momentchen, Momentchen. Gleich hammers.«

Bohlan warf Will einen genervten Blick zu.

»Ah ja, hier. Hagedorn, Sven. Hm, hm. Mir dämmert es langsam.« Wieder klimperten die Tasten. »So, jetzt bin ich im Bilde.« Stricker schob die Tastatur von sich und sah die Kommissare erwartungsvoll an. Bohlan war kurz davor, zu platzen.

»Und?«, fragte Bohlan

»Was und?«, antwortete Stricker.

»Was ist mit Hagedorn?«

»Ach so, keine Ahnung. Der ist ausgezogen.«

Bohlan sprang auf und baute sich direkt vor Stricker auf. In leicht gebückter Haltung mit auf den Tisch gestützten Händen polterte er los.

»Ausgezogen trifft die Sache nicht so ganz. Er wurde zwangsgeräumt.« Um die Wirkung seiner Worte zu unterstreichen wiederholte Bohlan:

»ZWANGSGERÄUMT!!!«

»Mein Gott, Herr Kommissar. Jetzt beruhigen Sie sich mal wieder. Wenn Sie das schon wissen, was fragen Sie dann so blöd?«

»Das will ich Ihnen gerne verraten. Ich kann extrem ungemütlich werden, wenn ich mich veralbert fühle. Und genau das ist das Gefühl, das ich gerade habe. Ich kann Sie auch gerne ins Präsidium vorladen, wenn Ihnen das lieber ist. Dann muss ich auch nicht in einem gottverdammten Dschungel sitzen!«

»Also gut«, erwiderte Stricker, deutlich kleinlauter. Wieder musste er sich kratzen. Bohlan setzte sich zurück auf seinen Stuhl.

»Warum wurde er geräumt? Hatte er Mietschulden?«

»I wo! Die Miete hat das Sozialamt bezahlt. Hagedorn ist eine arme Haut, hat psychische Probleme. Deswegen hat er auch nicht arbeiten können. Irgendwelche Halluzinationen oder so. Er war nicht in der Lage, seine Wohnung sauber zu halten. Es kam zu Geruchsbelästigungen und Ungeziefer. Deshalb die Kündigung.«

Obwohl Bohlan dies bereits von den Nachbarn gehört hatte, machte er sich einige Notizen in sein Heft. Will nutzte die Chance zu ein paar Nachfragen.

»Und deshalb wird gleich geräumt?«

»Von wegen gleich. Die ganze Story dauert schon etliche Jahre. Wir haben wirklich alles versucht, Herrn Hagedorn zu helfen. Er war mehrfach in der Klinik. Jedes Mal haben wir die Wohnung auf unsere Kosten säubern lassen. Es gab handfeste Absprachen – und jedes Mal kam es zum Rückfall. Irgendwann mussten wir die Reißleine ziehen.«

»Haben Sie den Namen von diesem Sozialarbeiter?«

»Äh ja, Moment.«

Stricker sah auf den Bildschirm, kratzte sich über die Arme. Klimperte auf den Tasten. »Ah hier. Ich schreib es Ihnen auf.«

Will wartete, bis Stricker fertig war, dann setzte sie zur nächsten Frage an. »Es gibt da noch einen anderen Fall, der uns interessiert.«

Sie machte eine kurze Pause und musterte Stricker, der sie erwartungsvoll ansah.

»Jürgen und Karola Kippenberger.«

Stricker blieb einen Moment lang regungslos sitzen und starrte geistesabwesend an Will vorbei auf die dahinter stehende Palme.

»Herr Stricker! Ist alles in Ordnung mit Ihnen?«, fragte Bohlan nach einiger Zeit. Strickers Blick löste sich von der Palme und flackerte ziellos hin und her. Wieder kratzte er sich über die Arme.

»Haben Sie meine Kollegin verstanden?«

»Ja, ja, selbstverständlich. Entschuldigen Sie bitte. Kippenberger sagten Sie? Moment. Ich schaue nach.«

Erneut machte sich Stricker am Computer zu schaffen.

»Hier, tatsächlich, Jürgen und Karola Kippenberger. Sie wurden auch zwangsgeräumt. Das war am … warten Sie … 28. Januar. Wegen Mietschulden.«

»Wissen Sie, wohin das Ehepaar gezogen ist?«

Stricker kniff die Augen zusammen und starrte wieder auf den Bildschirm.

»Nein, tut mir leid. Auch hier war das Sozialamt involviert. Also vermutlich ein Hotel oder so.«

»Sie sprachen von Mietschulden. Versuchen Sie denn nicht, diese im Nachhinein einzutreiben?«

»Normalerweise schon. Das macht unsere Rechtsabteilung. Aber in solch einem Fall ist das doch eher aussichtslos. Man kann einem Nackten nicht in die Tasche greifen.«

***

Nachdem Bohlan und Will das Gebäude der städtischen Wohnungsholding verlassen hatten, schlenderten sie in Richtung Konstablerwache. Der Kommissar hatte Hunger und beabsichtigte diesen auf dem dortigen Wochenmarkt zu stillen. Schon von Weitem drang der Geruch von Gegrilltem in Bohlans Nase. Menschenmassen schoben sich die Zeil entlang. Zielgerichtet steuerte der Kommissar den Stand einer Vogelsberger Landmetzgerei an. Der Duft von panierten Schnitzeln und gebratenen Zwiebeln überlagerte alle anderen Gerüche.

»Was gibt's denn hier?«, fragte Will.

»Das beste Zwiebelschnitzel weit und breit«, entgegnete Bohlan. »Willst du auch eins?«

Will reckte den Hals, um einen Blick auf die riesigen Fleischlappen, die im Butterschmalz brieten, zu erhaschen.

»Okay. Falls ich es nicht schaffe, isst du den Rest.«

»Kein Problem. Wenn du magst, kannst du am Stand nebenan zwei Apfelsaft organisieren.«

»Wird gemacht, Chef.«

Für einen Moment war Bohlan irritiert. »Chef« nannte Will ihn eigentlich nie. War das jetzt ironisch gemeint oder sollte sie tatsächlich nach über sechs Jahren seine Autorität uneingeschränkt anerkennen? Bohlan blieb keine Zeit, länger darüber nachzudenken.

»Was darf's denn sein?«, fragte die Bedienung, eine ältere Dame mit zentimeterdicker Schminke im Gesicht, rauchiger Stimme und dickem Modeschmuck um den Hals.

»Zweimal Zwiebelschnitzel«, beeilte sich Bohlan zu sagen. Die Marktfrau schwang bedrohlich mit einer riesigen Gabel. Blitzartig drehte sie sich um und piekte einen Haufen Fleisch auf, um ihn auf zwei Teller zu verteilen. Danach kam die dicke Zwiebelschicht oben drauf. Bohlans Magenknurren wurde immer lauter.

»Na, da hat aber jemand Hunger«, frotzelte die Marktfrau. »Brot oder Brötchen?«

»Brot.«

»Das macht dann sieben Euro vierzig.«

Bohlan zahlte und trug die beiden Pappteller zur Biertischgarnitur, wo Will bereits mit dem Apfelsaft wartete.

»Guten Appetit«, sagte Bohlan und platzierte einen der beiden Teller vor Will. »Was hältst du denn von diesem Stricker. Merkwürdige Type, oder?«

»Das kannst du laut sagen. Dass sein Chef so etwas mitmacht. Die ganzen Pflanzen und so weiter.« Will war bemüht, mit dem Plastikmesser ein Stück vom Schnitzel abzuschneiden.

»Städtischer Arbeitgeber eben. Da ticken die Uhren anders«, sagte Bohlan und schob sich eine Portion Schnitzel mit Zwiebeln in den Mund.

»Hoffentlich hast du heute kein Date mehr«, sagte Will. »Wegen der Zwiebeln, meine ich.«

»Keine Sorge. Tamara ist heute zurück nach Berlin geflogen. Keine Ahnung, wann ich sie wiedersehe, und Barbara … na ja, du weißt schon.«

Will nickte mitfühlend, fragte dann aber doch noch einmal nach: »Heißt das, dass Tamara hier war?«

»Ja, ganz spontan. Sie hat bei mir übernachtet.«

»Ach was, wie kam es denn dazu?«

»Sie hatte einen Notartermin wegen dem Hausverkauf.«

Will war versucht, Bohlans Grammatik zu korrigieren, unterließ es aber. Sie wusste, dass er darauf gereizt reagierte. Außerdem war die richtige Verwendung von Genetiv und Dativ momentan nicht das dringendste Problem. »Ihr habt also die Nacht zusammen verbracht?«

Bohlan nickte, während er das letzte Stück Schnitzel in zwei Teile schnitt. »Kann man so sagen.«

»Verrenn dich bloß nicht in etwas«, sagte Will.

»Ich weiß, dass ich mich zum Narren mache, aber ich kann nicht anders. Wenn ich sie sehe, bin ich hin und weg. Mir ist völlig klar, dass es mir am nächsten Tag nicht gut geht. Aber das schiebe ich einfach zur Seite. Es ist wie eine Droge, glaub mir.«

Will ließ Bohlans Satz unkommentiert.

»Alex wird sich aber freuen«, sagte Bohlan nach einiger Zeit. »Wegen der Zwiebeln«, schob er hinterher, nachdem Will ihn fragend ansah.

»Da muss er durch.«

»Dieser Stricker gefällt mir ganz und gar nicht«, wechselte Bohlan das Thema. »Er wirkte so fahrig. Richtig unkonzentriert. Hast du die Haut an seinen Armen gesehen? Alles rot und aufgekratzt.«

»Typische Anzeichen für Drogenkonsum, wenn du mich fragst.«

»Meinst du wirklich? Könnte auch eine Allergie sein oder Neurodermitis.«

»Klar, könnte das sein, glaube ich aber nicht. Konstanze hat mir neulich Bilder von Crystal-Usern gezeigt. Die hatten die gleichen Symptome.«

»Crystal Meth? Meinst du wirklich?«

»Ja, ich bin mir da relativ sicher.«

»Hm, interessanter Aspekt. Das wirft natürlich ein paar Fragen auf.«

»Welche?«

»Zum Beispiel, wie er den Konsum finanziert. Die Welt wird er in diesem Job nicht verdienen.«

»Da könntest du recht haben. Interessant ist übrigens auch, dass sowohl Hagedorns Wohnung als auch die der Kippenbergers in seinen Zuständigkeitsbereich fallen. Wo doch die Kippenbergers 'ne Ladung Crystal im Bauch hatten.«

Bohlan ließ sich Wills Gedanken durch den Kopf gehen. Wenn Stricker wirklich drogenabhängig war, erschien die Geschichte des Ehepaars, das erst die Wohnung verlor, um dann als Drogenkuriere unterwegs zu sein, in einem ganz anderen Licht. Aber was hatte dies mit einem Schizophrenen zu tun, der sich von amerikanischen Schauspielern belästigt fühlt und jetzt verschwunden war? Spontan fiel Bohlan dazu nichts ein. Die neuen Einsichten mussten sich in seinem Kopf erst setzen. Der Kommissar wandte sich einer anderen Frage zu. Zur Abwechslung wollte er am Nachmittag noch einer handfesteren Spur nachgehen.

***

»Du musst den Einsatzplan umstellen.« Tilmann Weisenbach sah Benno Cordes ernst an.

»Wieso, was ist denn passiert?«

»Emma fällt die nächsten Tage aus.«

»Migräne?«

»Nein, es gab Komplikationen.« Weisenbach sah Cordes in die Augen. Benno wollte mehr wissen. Er war immer an jedem Detail interessiert. Aber Weisenbach konnte ihm nicht mehr sagen. Er kannte schließlich die Hintergründe selbst nicht so genau. Es ärgerte ihn, dass er die Nacht nicht zu Hause gewesen war. »Mach dir keine Sorgen. Sie bekommt das wieder hin.«

»Hoffen wir's. In letzter Zeit gibt es einfach zu viele Komplikationen.«

»Es kommen wieder bessere Zeiten.« Weisenbach versuchte zuversichtlich zu wirken. Es fiel ihm schwerer als gedacht.

***

Pünktlich um dreizehn Uhr betrat Jan Steininger das ›Akropolis‹. Das griechische Restaurant, in unmittelbarer Nähe zum Landgericht gelegen, war ein beliebter Treffpunkt für Anwälte und Richter. Steininger sah sich suchend um, entdeckte zwei, drei unbesetzte Tische. Von Staatsanwältin Maurer indes fehlte jede Spur. Unschlüssig blieb er stehen.

»Für wie viele Personen?«, fragte ein junger Mann, dem die griechische Herkunft ins Gesicht geschnitzt war. Jedenfalls hätte er absolut glaubwürdig die Rolle des jungen Sokrates in einem Hollywoodstreifen besetzen können.

»Zwei«, antwortete Steininger.

»Dann vielleicht dort.« Der Mann deutete auf einen kleinen Tisch an der hinteren Wand. Ein Platz am Fenster wäre Steininger lieber gewesen, doch die Tische, die dort standen, waren für mehr als zwei Personen eingedeckt. Schicksalsergeben lief Steininger zu dem ihm zugewiesenen Platz. Als er sich umdrehte und setzen wollte, sah er, wie sich draußen einige Gäste erhoben.

»Ich glaube, ich würde lieber draußen sitzen.«

Der Grieche sah nun ebenfalls zu den Tischen, die auf dem Bürgersteig standen. »Selbstverständlich.«

Steininger ließ sich ein Wasser bringen und blätterte in der Speisekarte, als sich Felicitas Maurer, wie immer im engen Kostüm, aber mit offenen Haaren, näherte. Der junge Kommissar legte die Karte beiseite und stand auf, um Maurer zu begrüßen. Er wollte ihr einen Kuss auf den Mund geben, doch sie drehte ihm im letzten Moment die Wange zu. Steininger, ein wenig irritiert, drückte seine Lippen auf die Schminke.

»Hier sind so viele Leute. Man wird schnell zum Tagesgespräch«, erklärte Maurer und setzte sich. Steininger glaubte, den Anflug eines Bedauerns in ihrem Gesicht zu erkennen.

»Ich dachte, die Sache mit uns hätte sich bereits herumgesprochen«, erwiderte er.

»Im Präsidium vielleicht«, sagte Maurer schnippisch und griff nach der Karte. »Hast du dir schon etwas ausgesucht?«

»Nicht wirklich«, entgegnete Steininger. »Ich schwanke zwischen Fisch und Lamm.«

»Beides gut. Das Lammfilet ist einzigartig.«

»Wenn du es empfiehlst, nehme ich das«, sagte Steininger.

Als der Grieche kam, um die Bestellung aufzunehmen, glaubte Steininger eine gewisse Irritation in seinem Blick zu erkennen, als dieser auf Felicitas fiel.

»Hey, Alexis«, sagte Maurer in diesem Moment und erhob sich. Der Grieche begrüßte die Staatsanwältin überschwänglich.

»Darf ich dir Kommissar Steininger vorstellen?«, sagte Maurer. »Wir arbeiten an einem gemeinsamen Fall.«

»Sehr erfreut«, erwiderte Alexis. »Habt ihr schon gewählt?«

Maurer und Steininger bestellten zweimal Lamm und einen halben Liter Rotwein.

»Erzähl, was gibt's Neues?«

Steininger berichtete in knappen Worten über den Fortgang der Ermittlungen. Maurer sah ihm dabei tief in die Augen und fuhr beim Nippen am Rotweinglas sinnlich mit der Zunge über die Lippen. Sie schien sich einen Spaß daraus zu machen, den Kommissar mit ihren Gesten aus der Ruhe zu bringen.

»Und was macht mein lieber Freund Tom?«, fragte sie, als Steiningers Bericht zu Ende war.

»Tom?«, fragte Steininger.

»Ja, ich hatte dich darum gebeten, ein besonderes Augenmerk auf ihn zu haben.«

»Ich weiß. Aber mir ist wirklich nicht ganz wohl bei der Sache.«

»Hast du etwa Skrupel?« Maurer streifte sich einen Schuh ab und legte ihren Fuß unter dem Tisch auf Steiningers Schoß. »Die solltest du ganz schnell beiseiteschieben.«

Als Bohlan und Will in der ›Fitness-Box‹ auftauchten, war es bereits sechzehn Uhr. Nachdem sie ihre Schnitzel fertig gegessen hatten, waren sie ins Präsidium zurückgekehrt und hatten mit den Stones eine Lagebesprechung abgehalten. Dabei erregte weniger Steiningers Bericht über seine erste Trainingseinheit Bohlans Interesse. Dieser Bericht über die eigenen Glanzleistungen bei diversen Kraft- und Ausdauerübungen geriet ein wenig zu ausschweifend. Vielmehr stutzte Bohlan über den Hinweis auf eine mögliche Affäre zwischen Lilly Ernst und Tilmann Weisenbach. Die Rolle der jungen Studentin begann immer undurchsichtiger zu werden. Zum einen hegte sie eine Freundschaft zu Emma Weisenbach, was sie aber nicht davon abzuhalten schien, mit deren Ehemann ins Bett zu gehen. Bohlan schlug die Tür seines Wagens zu und stapfte über den Parkplatz zur Eingangstür. Will folgte ihm. Das Kreischen der über die Schienen fahrenden U-Bahn schreckte die beiden für einen Moment auf. Unmittelbar danach stürmten zwei Kinder an ihnen vorbei und rissen die Eingangstür auf. Bohlan sah sich verwundert um, bemerkte dann aber eine Frau im mittleren Alter, die mit der Fernbedienung ihren SUV mit Bad Homburger Kennzeichen verriegelte. Wahrscheinlich die Mutter der beiden Rabauken, dachte Bohlan. Früher wurden die Kinder in den nächstgelegenen Sportverein geschickt, heute fuhr man sie mit dem Auto ein paar Kilometer ins Fitnessstudio. Bohlan blieb stehen und tastete seine Jacke ab. Will wäre fast von hinten gegen ihn gerannt.

»Was ist los, Tom?«

»Moment. Ich suche etwas«, entgegnete der Kommissar und kramte jetzt in einer Jackentasche. Die Mutter lief, eine Parfümspur hinter sich herziehend, an ihnen vorbei. Sie trug enge Jeans und ein tailliertes Poloshirt mit Glitzerapplikationen.

»Tu das deinen Kindern bloß nicht an«, sagte Bohlan, nachdem die Frau durch die Eingangstür verschwunden war. Er hatte offenbar gefunden, was er gesucht hatte und steckte eine Zigarette in den Mundwinkel. Will sah ihn entsetzt an.

»Welche Kinder? Und seit wann rauchst du?«

Ratsch! Der Streichholzzündkopf flutschte über die Reibe. Die Flamme loderte hinter Bohlans Hand.

»Eins nach dem anderen«, erwiderte Bohlan. Die Flamme näherte sich der Zigarette, die wenig später zu glühen begann.

»Das ist immer noch die erste Packung. Wenn ich sie zu Ende geraucht habe, ist wieder Schluss.« Bohlan blies den Rauch gegen den Himmel. »Zu deiner zweiten Frage: Da du demnächst mit Alex zusammenziehst, wird das mit den Kindern nicht mehr lange dauern, oder?«

Will wusste nicht, was sie antworten sollte. Sie hatte lange über die Sache mit der gemeinsamen Wohnung nachgedacht. Den Gedanken an Kinder hatte sie bislang immer verdrängt. Warum eigentlich? Früher hatte sie immer welche haben wollen. Aber wie sollte sie Kinder mit ihrem Job in Einklang bringen? Morgens Verbrecher jagen und sich im Zweifelsfall abknallen lassen und nachmittags die liebe Mama spielen?

»Immer an die biologische Uhr denken!«, ermahnte Bohlan.

»Du hast gut reden«, zischte sie zurück.

»Wie auch immer.« Bohlan ließ die halbe Zigarette zu Boden fallen und zertrampelte die Glut. »Wenn's so weit ist, sei bloß keine Helikoptermama. Kinder brauchen ihren Freiraum.«

»Na, du musst es ja wissen.«

»Guck dir doch die Mamas an. Die Kinder mit dem SUV ins Fitnessstudio fahren. Das ist doch Wahnsinn. Hast du gesehen, was die Kinderkurse hier kosten?«

»Nur das Beste für den Nachwuchs, oder?«

»Die Welt wird immer dekadenter. Komm, wir nehmen uns die Weisenbach vor.«

Bohlan marschierte los. Er war voller Elan und hatte einen genialen Plan. Erst ein wenig plaudern, dann einen Espresso schnorren und zu guter Letzt die Katze aus dem Sack lassen. Er freute sich richtig auf die kleine Unterhaltung. Seine Vorfreude bekam allerdings einen ersten Dämpfer, als er den Empfangsraum betrat.

»Guten Tag«, sagte Bohlan.

»Hallo«, entgegnete eine junge Frau, die damit beschäftigt war, auf ihrem Handy herumzutippen. Immerhin ließ sie von dem Smartphone ab und sah den Kommissar an. Sie hatte glatte schwarze Haare, ein blasses Gesicht und eine Sonnenbrille auf der Stirn. Das Schild auf ihrem Shirt wies sie als Nina aus. Sie war allenfalls zwanzig.

»Bohlan, Kriminalpolizei. Ich möchte gerne mit Emma Weisenbach sprechen.«

Die junge Frau schluckte kurz, bevor sie antwortete.

»Die ist nicht da.«

»Wann kommt sie denn?«

»Dazu kann ich nichts sagen.« Nina zuckte mit den Schultern. Das Handy piepste. Ihr Blick glitt nach unten. Offensichtlich war eine wichtige Nachricht eingegangen.

»Leg gefälligst das Ding zur Seite, wenn ich mit dir rede«, fauchte Bohlan lauter als nötig. Der Kommissar war aus zweierlei Gründen sauer. Erstens, weil sein Plan, Emma auf den Zahn zu fühlen, nicht aufzugehen schien. Und zweitens, weil er die Unsitte hasste, dass Handys wichtiger wurden als reale Gesprächspartner.

Nina warf das Handy erschrocken zur Seite.

»Also, was ist mit Emma Weisenbach?«

»Ich kann Ihnen dazu wirklich nichts sagen. Der Chef hat mich heute Morgen angerufen und gefragt, ob ich Zeit habe. Normalerweise helfe ich nur am Wochenende aus.«

»Mit Chef meinen Sie vermutlich Tilmann Weisenbach«, schaltete sich Julia Will in das Gespräch ein. Sie erinnerte sich, dass das Studio dem Ehepaar Weisenbach und einem Benno Cordes gemeinsam gehörte. Natürlich käme auch Cordes in

Betracht, den das Handelsregister als weiteren Miteigentümer auswies.

»Ja«, antwortete Nina knapp. Wieder irrte ihr Blick in Richtung Handy.

»Dann wollen wir Tilmann Weisenbach sprechen.«

»Tja, Moment, ich weiß nicht, ob das gerade geht.«

Bohlan trommelte ungeduldig mit den Fingern auf dem Tresen herum. Soweit er sich erinnerte, lag das Büro direkt hinter der Theke. Die Tür war diesmal geschlossen.

»Hätten Sie vielleicht die unheimliche Güte, einmal nachzusehen. Oder muss ich das selbst erledigen?«, donnerte der Kommissar.

»Äh, also gut.« Nina drehte sich langsam um, machte zwei, drei Schritte auf die geschlossene Tür zu und klopfte zaghaft gegen das Holz. Es war kaum etwas zu hören.

»Sie müssen schon fester klopfen, sonst wird das nichts!«, polterte Bohlan.

Nina klopfte noch einmal, diesmal etwas stärker. Dennoch war nur ein leichtes Scharren zu hören.

»Ich glaube, der Chef telefoniert gerade.« Ninas Stimme war unsicher und leise.

»Muss man denn hier alles selbst in die Hand nehmen!?« Bohlan stapfte um die Theke herum und hämmerte gegen die Tür. »Herr Weisenbach. Kriminalpolizei. Wir müssen Sie dringend sprechen.«

Ohne auf eine Antwort zu warten, drückte Bohlan die Klinke nach unten und öffnete die Tür.

Der Mann, der vermutlich Tilmann Weisenbach war, saß hinter seinem Schreibtisch und hielt einen Telefonhörer in der Hand. Weisenbach war ein gepflegter Mann mit leicht gewellten, nach hinten gekämmten Haaren. Er trug ein graues T-Shirt mit dem Firmenlogo. In der anderen Ecke des Raums saß die Frau, die die beiden Kinder zum Training gebracht hatte, auf einer Couch. Sie zog ihren Lippenstrich nach und sah dabei angestrengt in einen Handspiegel. Ihre Schuhe lagen auf dem Boden vor ihr. Bohlans Blick wanderte von der

Frau zu Weisenbach und zurück. Daher weht also der Wind, schlussfolgerte er. Während die Kinderchen sich in der Halle austoben und der Mann die Kohle verdient, vergnügt sich die Mama mit dem Fitnesscoach. Kein schlechter Zeitvertreib.

»Was kann ich für Sie tun?«, fragte Weisenbach, der das Telefon zur Seite gelegt hatte.

Bohlan räusperte sich. »Ähm. Guten Tag. Bohlan, Hauptkommissar. Das ist meine Kollegin Will. Wir müssen mit Ihnen sprechen. Alleine.«

»Kein Problem. Karin?« Weisenbach sah zu der Frau und gab ihr zu verstehen, dass sie den Raum zu verlassen habe. Sie lief barfuß nach draußen und zog hinter sich die Tür zu. Bohlan wartete, bis die Tür ins Schloss gefallen war, bevor er sich wieder Weisenbach zuwandte.

»Wir sind auf der Suche nach Ihrer Frau«, begann er.

»Da haben Sie Pech. Sie ist für einige Zeit verreist.« Weisenbach lehnte sich zurück und verschränkte die Hände hinter dem Kopf. Die muskulösen Oberarme kamen gewaltig zur Geltung.

»Wohin?«

»Hat sie mir nicht verraten. Ich vermute mal Mallorca oder so.« Weisenbach war offenbar nicht so leicht aus der Ruhe zu bringen. Kaum ist die Katze aus dem Haus, tanzen die Mäuse auf dem Tisch, dachte Bohlan. Doch dann fiel ihm ein, dass dies im vorliegenden Fall nicht ganz stimmte. Die Maus schien hier immer auf dem Tisch zu tanzen. Zumindest, wenn Steiningers Informationen stimmten. Immerhin sagte er Weisenbach eine Affäre mit Lilly Ernst nach. Diese Gedanken verleiteten den Kommissar zu einer herausfordernden Feststellung.

»Sie scheinen eine merkwürdige Vorstellung der Institution Ehe zu haben.«

Weisenbach zog die Hände hinter dem Kopf hervor und verschränkte die Arme nunmehr vor seinem Bauch.

»Weil ich meine Frau alleine in den Urlaub fahren lasse?«

»Unter anderem.«

»Ich will Ihnen mal etwas sagen. Meine Frau und ich führen eine offene Beziehung. Jeder lässt dem anderen gewisse Freiräume. Bislang sind wir damit ganz gut gefahren.«

»Jeder so, wie er mag«, entgegnete Bohlan.

»So ist es. Was wollten Sie denn von meiner Frau?«

»Es geht um das Haus in Niederursel.«

»Damit habe ich nichts zu tun«, erwiderte Weisenbach schroff. »Das hat meine Frau geerbt. Da muss sie selbst mit klarkommen.«

Merkwürdige Reaktion, dachte Bohlan. Immerhin stellte das Haus einen beträchtlichen Wert dar. So etwas konnte man in keiner Ehe vernachlässigen. Es sei denn, man hat Geld bis zum Abwinken. Aber betrieb man dann ein Sportstudio?

»Sie sagen das so abwertend. Immerhin handelt es sich um eine sehr schöne – um nicht zu sagen: wertvolle – Immobilie.«

»Kennen Sie sie?«

»Ja, ich war vor ein paar Tagen dort. Sehr reizvoll.«

»Wollen Sie sie etwa mieten?«

»Sie überschätzen die finanziellen Möglichkeiten eines Polizeibeamten.«

»Ja, es ist ein schönes Haus. Aber es hängen auch belastende Erinnerungen daran. Doch das soll Ihnen meine Frau selbst erzählen. Warum interessieren Sie sich eigentlich so für das Haus?«

»Eine junge Frau wohnt zurzeit dort. Lilly Ernst, falls Ihnen der Name etwas sagt. Sie hat die Leichenteile gefunden, die seit Tagen durch die Gazetten geistern.«

»Ja, ich habe davon gelesen. Stimmt mit Lilly etwas nicht?«

»Nein, alles in Ordnung. Allerdings finden wir es etwas merkwürdig, dass sie dort wohnt, ohne Miete zu zahlen. Sie könnten doch locker ein paar Tausend Euro verlangen – bei der Wohnungssituation in Frankfurt.«

»Vielleicht. Aber wie gesagt: Ich häng mich da nicht rein. Das ist Sache meiner Frau. In einem Punkt stimme ich ihr allerdings zu. Es ist besser, jemand wohnt dort, als dass die Villa leer steht.«

Damit hatte Weisenbach natürlich recht. Bohlan musste einsehen, dass er hier und heute nicht weiterkam.

»Wann kommt Ihre Frau denn zurück?«

Weisenbach zuckte mit den Schultern. »Keine Ahnung. Kann ein paar Wochen dauern.«

»Ein paar Wochen?!« Bohlan war fassungslos. Damit hatte er nicht gerechnet. Mit anderen Worten, die Spurensuche endete einstweilen in einer Sackgasse. »Kann man sie denn irgendwie erreichen?«

»Sie können es gerne versuchen.« Weisenbach kritzelte etwas auf einen Zettel. »Hier, Handynummer und E-Mail-Adresse. Aber erwarten Sie nicht zu viel. Normalerweise liebt sie absolute Ruhe, wenn sie weg ist.«

Bohlan und Will standen auf. Weisenbach streckte ihnen den Zettel entgegen.

»Falls sie sich bei mir meldet, soll ich ihr etwas ausrichten?«

»Ja, sie soll sich schnellstens bei mir melden. Ach übrigens, bei der Gelegenheit: Sagen Ihnen die Namen Jürgen und Karola Kippenberger etwas?«

Weisenbach senkte kurz den Blick. Für einen Augenblick schien es Bohlan, als würde der Mann zum ersten Mal nervös. Doch dieser Zustand dauerte nur wenige Sekunden. Dann sah Weisenbach Bohlan wieder an. »Nein, nie gehört.«

***

Am späten Nachmittag war es immer noch ziemlich warm. Bohlan riss sämtliche Fenster im Kommissariat auf, um die stickige Luft zu bekämpfen. Draußen schien die Sonne. Dass der Herbst näher rückte, merkte man bislang noch nicht. In den letzten Jahren war es immer offensichtlicher geworden, dass sich die Jahreszeiten verschoben. Meist war das Frühjahr sehr warm, der Sommer verregnet und der Herbst schön. Selbst auf den Winter war kein Verlass mehr. Wenn der Schnee kam, dann im Februar oder März. Weiße Weihnachten gab es schon lange nicht mehr. Bei dem Gedanken an Schnee, der Bohlan bei den Temperaturen doch recht deplatziert vorkam, musste er an seinen alten Kumpel Peter Wengen denken. Wenn ein bisschen Luft war, sollte er sich bei ihm mal wieder melden. Vielleicht ergab sich im kommenden Winter die Möglichkeit auf einen Skitrip in die Alpen.

»Hast du schon gehört, die Maurer ist im Anmarsch!«

Bohlan sah erschrocken auf. »Woher weißt du das?«

»Hat mir Jan gerade geschrieben«, antwortete Will, die ihm gegenübersaß.

»Es wundert mich eh, dass sie uns so lange in Ruhe gelassen hat.« Bohlan griff sein Notizbuch und blätterte die letzten Seiten durch. Die Staatsanwältin würde mit Sicherheit jede Menge Fragen stellen. Dann war es besser, gut vorbereitet zu sein. Leider verblieb Bohlan nicht mehr allzu viel Zeit. Er hatte gerade zwei, drei Seiten gelesen, als die Stones das Kommissariat betraten. Keine fünf Minuten später war auch Felicitas Maurer zugegen. Wie immer im Businesslook und doch auf ihre Art sexy.

»Ich wollte mir mal ein kleines Update beschaffen. Die Stadt wird langsam unruhig. Irgendwas sollten wir liefern.«

»Irgendwas oder fundierte Fakten?«, fragte Julia Will keck. Maurer schickte ihr einen Blick, der spitz wie ein Giftpfeil war.

»Sie wissen genau, was ich meine. Für Spekulationen ist die Boulevardzeitung zuständig. Was haben Sie denn bislang herausgefunden?«

Julia Will wollte zu einer Gegenrede ansetzen, doch Bohlan kam ihr mit einem Räuspern zuvor.

»Ich fasse das mal kurz und knapp zusammen«, begann er. »Zunächst sind da die beiden Toten. Das Ehepaar Kippenberger. Einst wohnten sie in der Langweidenstraße. In einem Hochhaus in Frankfurt-Hausen. Aufgrund von Mietschulden wurden sie zwangsgeräumt und landeten auf der Straße. Sie lebten einige Zeit in verschiedenen Obdachlosenunterkünften und verkehrten auch in dieser Szene. Leider verliert sich da ihre Spur, bis sie – in Teile zerstückelt – wieder in der Nordweststadt auftauchen.« Bohlan stand am Whiteboard und deutete mit dem Finger auf die Stelle der Landkarte, wo der Martin-Luther-King-Park eingezeichnet war. »Die Zeit dazwischen ist nebulös. Es gibt den Zeugen Sven Hagedorn, der dazu etwas sagen kann. Da er an Schizophrenie und Verfolgungswahn leidet, ist seine Glaubwürdigkeit allerdings zweifelhaft. Er hat die Kippenbergers bei der Frankfurter Tafel kennengelernt. Dort verkehrt er regelmäßig, wenn ihm das Geld ausgeht. Also meistens gegen Mitte des Monats. Hagedorn selbst behauptet, die beiden Opfer ein paar Wochen vor ihrem Tod in einer Villa in Niederursel besucht zu haben.«

Dass diese Aussage in der Zwischenzeit von einigen Nachbarn dort bestätigt worden war, verschwieg Bohlan einstweilen. Stattdessen malte er einen weiteren Kreis auf die Landkarte und markierte die Weisenbach-Villa. »Die Villa selbst gehört Emma Weisenbach. Sie betreibt mit ihrem Mann und einem weiteren Kompagnon die ›Fitness-Box‹ in der Heddernheimer Landstraße. Das ist hier.« Bohlan deutete erneut auf die Landkarte.

»Ist das nicht der Laden, in dem du neuerdings trainierst?«, entfuhr es Maurer. Sie sah zu Steininger, dem dies sichtlich unangenehm war. »Das ist doch kein Zufall, oder?« Maurers Blick glitt von einem zum anderen. »Führen Sie etwa eine verdeckte Ermittlung durch, von der ich nichts weiß?«

Will und die Stones sahen betreten zur Seite. Bohlan behielt als Einziger die Ruhe und entgegnete. »Nein, es gibt keine verdeckte Ermittlung im eigentlichen Sinn. Ich habe Jan von dem Trainingskonzept erzählt und er war hin und weg. Ist doch nicht schlimm, wenn er dabei die Augen offen hält.«

Maurer schaute skeptisch, doch Steininger nickte eifrig.

»Wo liegen denn die Ermittlungsschwerpunkte?«

»Da ist zunächst einmal Lilly Ernst.« Bohlan deutete auf Ernsts Foto.

»Die junge Frau, die die beiden Koffer im Park gefunden hat?!«

»Genau. Das Merkwürdige ist, dass sie jetzt in dem Haus wohnt, von dem Sven Hagedorn behauptet, dort die Kippenbergers besucht zu haben.«

»Wollen Sie damit sagen, dass die Finderin der Leichenteile die Opfer gekannt haben könnte?«

»Das muss nicht sein. Sie ist erst vor Kurzem dort eingezogen. Angeblich arbeitet sie als Haussitter. Sie war der Auffassung, dass sich die Eigentümer zurzeit im Ausland befinden.«

»Sagten Sie nicht eben, dass das Haus den Weisenbachs gehört?«

»Ja, aber das wusste Lilly Ernst nicht. Sie behauptet, Emma Weisenbach hätte ihr den Job nur vermittelt.«

»Was sagt Emma Weisenbach dazu?«

»Sie hat bestätigt, dass es ihr Haus ist. Außerdem konnten wir das zwischenzeitlich über das Grundbuchamt verifizieren. Sie bestreitet allerdings, die Kippenbergers gekannt zu haben.«

Es folgte ein wenig Geplänkel, bis Maurers Handy piepste. Die Staatsanwältin warf einen kurzen Blick auf das Display und verließ das Kommissariat eilig.

»Danke, Tom«, sagte Steininger, nachdem Maurer weg war.

»Wofür?«

»Dass du nicht verraten hast, dass ich verdeckt ermittle. Felicitas versteht bei so etwas nämlich keinen Spaß.«

»Habt ihr etwa Stress?«

»Nein«, druckste Steininger kleinlaut. »Ich will aber auch keinen bekommen.«

»Trotzdem war dein Manöver riskant«, gab Will zu bedenken.

»Mach dir da mal keine Sorgen. Die hat momentan ganz andere Probleme«, sagte Bohlan und lächelte spitzbübisch.

»Was weißt du, was wir noch nicht wissen?«

»Das kann ich noch nicht sagen. Ist aber eher privat.«

Bohlan vermied es, Steininger anzusehen, und dieser hielt ebenfalls den Blick gesenkt.

»Was haltet ihr denn von den neuesten Entwicklungen? Hat Tilmann Weisenbach seine Frau verschwinden lassen oder steckt am Ende Lilly Ernst dahinter?« Es war ein Schuss ins Blaue. Bohlan waren beide Überlegungen gekommen, als er die Bilder der Beteiligten noch einmal näher betrachtet hatte. Natürlich war auch ein ganz anderer Hintergrund denkbar. Aber einfach vom Tisch wischen ließen sich die beiden Theorien nicht. Wenn Tilmann Weisenbach tatsächlich eine Affäre mit Lilly Ernst hat, dann gäbe es sowohl für ihn als auch für Lilly Ernst ein Motiv, Emma Weisenbach aus dem Weg zu räumen. Das würde aber noch nicht die Leichenteile in den Koffern erklären. Hier sah Bohlan keinen wirklichen Zusammenhang. Außerdem war Emma Weisenbachs Verschwinden auch kein Fakt. Sie könnte tatsächlich aus freien Stücken verreist sein.

Bohlan kam aber nicht mehr dazu, sich weitere Gedanken darüber zu machen, da in diesem Augenblick das Telefon klingelte. Bohlan nahm den Anruf selbst entgegen. Die Nachricht, die ihn erreichte, ließ alles andere aus seinem Blickfeld verschwinden.

9.

Für Bohlan und Will war es der zweite Besuch bei der städtischen Wohnungsholding innerhalb kürzester Zeit. Sie waren auf das Dschungelzimmer vorbereitet, ganz im Gegensatz zu den Stones, die mit ungläubigem Gesichtsausdruck auf das Grün starrten. Allerdings hatte sich ein wesentliches Detail zum ersten Besuch verändert. Dirk Stricker saß nicht mehr hinter seinem Schreibtisch. Er spielte auch keine Computerspiele mehr. Dirk Stricker hatte eine Position erreicht, in die er sich zu Lebzeiten nur durch den Konsum harter Drogen versetzen konnte. Er schwebte über den Dingen. Ein Strick um den Hals verband ihn zwar mit der Decke, aber seine Füße waren vom Boden losgelöst. Bohlan betrachtete den leblosen Körper. Strickers Mund stand offen, Speichel war über Lippen und Kinn gelaufen, Blut aus Nase und Ohren gequollen. Der Schreibtischstuhl lag umgekippt auf dem Boden. Der PC hatte sich längst in den Stand-by-Modus verabschiedet.

Alles, was Stricker der Nachwelt hinterlassen wollte, lag in einem verschlossenen Umschlag auf dem Schreibtisch unter ihm.

Bohlan zog sich Plastikhandschuhe über und ergriff den Umschlag. Dann drängte er seine Kollegen wieder nach draußen. Während Will mit Dr. Spichal telefonierte, öffnete der Kommissar den Briefumschlag. Bereits beim Lesen der ersten Zeilen wurde ihm schwindlig. Der Boden schien sich unter seinen Füßen zu öffnen. Die Welt begann sich zu drehen, und es fiel ihm schwer, die vor ihm tanzenden Buchstaben zu sinnvollen Wörtern zusammenzusetzen.

»Was hast du?«, fragte Steinbrecher.

»Was steht denn drin?«, wollte Steininger wissen.

Bohlan lehnte sich mit dem Rücken zur Wand, was ihm die Standfestigkeit zurückbrachte. Dann las er Strickers Abschiedsbrief zu Ende.

»Um es kurz zu machen«, begann Bohlan. »Stricker war abhängig von Crystal. Die Kosten des Konsums überstiegen bei Weitem das Gehalt eines Sachbearbeiters. Deshalb trat er in die Dienste der Drogenmafia. Das Zeug kommt aus China und wird dort in kleinen Tüten sogenannten Bodypackern in den Bauch genäht. Diese besteigen ein Flugzeug, fliegen nach Deutschland. Hier wird die Bauchdecke wieder aufgeschnitten und die Schmuggelware entnommen und verkauft. Für diesen Schmuggel werden Obdachlose angeworben. Ihnen wird das große Geld für die Dienste versprochen. Natürlich bekommen sie auch etwas, aber keine Millionen. Wer auf der Straße lebt und nichts hat, ist ein williges und billiges Opfer. Stricker wusste, wann und wo Zwangsräumungen anstanden. Es war für ihn ein Leichtes, Kuriere zu rekrutieren. Für die Vermittlung bekam er Geld, mit dem er seinen eigenen Drogenkonsum finanzieren konnte. Und jetzt ratet mal, mit wem er zusammengearbeitet hat?«

Bohlan ließ das Papier sinken und sah in die Augen seiner Kollegen, die ihn ungläubig anstarrten. Da keiner etwas erwiderte, fuhr er fort: »Tilmann Weisenbach und Benno Cordes.«

»Nein!«, entfuhr es Will. »Das glaube ich nicht.«

»Steht hier aber so drin. Und jetzt fügen sich auch ein paar Puzzleteile zusammen.«

»Stimmt, Tom. Du hast recht. Die beiden Toten im Park waren obdachlos. Es wurden Reste von Crystal unter ihrer Bauchdecke nachgewiesen, obwohl sie keine User waren«, sagte Steinbrecher.

»Und sie wohnten in einem Haus, das Weisenbachs Frau gehört«, ergänzte Will. »Jetzt passt plötzlich eins zum anderen.«

Nachdem Rechtsmediziner Dr. Andreas Spichal einen ersten Blick auf Strickers Leiche geworfen hatte, gesellte er sich zu den Ermittlern.

»Was sagt uns die Rechtsmedizin?«, fragte Bohlan, wohlwissend, dass Dr. Spichal vermutlich keine wirklich neuen Details präsentieren konnte. Aber ein paar medizinische Hintergründe konnten nie schaden.

»Klarer Fall von Erhängen.«

»Ach was?«, polterte Steinbrecher dazwischen. »Das haben wir selbst gesehen.«

»Sie waren also dabei?«, erwiderte Dr. Spichal im ruhigen Tonfall. Der groß gewachsene Rechtsmediziner verlor in den seltensten Fällen die Ruhe, schon gar nicht nach unsachgemäßen Bemerkungen einzelner Kommissare.

»Nur dass jemand an der Decke baumelt, bedeutet noch lange nicht, dass er sich selbst erhängt hat. Es sind vielfältige Konstellationen denkbar«, begann Steininger. »Zum Beispiel könnte er betäubt und dann in die Schlinge gelegt worden sein. Möglich wäre aber auch, dass er erwürgt und erst dann an die Decke gehängt wurde, um einen Selbstmord vorzutäuschen.«

»Da stimme ich zu«, sagte Steinbrecher. »Möglich wäre das durchaus. Dagegen spricht aber der Abschiedsbrief, den wir auf dem Schreibtisch gefunden haben.«

Dr. Spichal verdrehte die Augen, dann entgegnete er: »Das ist in der Tat ein Indiz für Suizid. Sie sollten aber auch die Möglichkeit bedenken, dass man einen Brief fälschen kann.«

»Oder unter Zwang schreiben lassen kann«, fügte Steininger hinzu.

»Auch das. Aber es spricht nicht viel dafür, dass es so war. Erhängen ist eine Form der Strangulation, die häufig zum Zwecke des Selbstmordes benutzt wird. Dabei entsteht ein Druck auf die Carotiden. Das sind die beiden wichtigsten hirnversorgenden Blutgefäße. Dieser Druck führt innerhalb von circa zehn Sekunden zur Bewusstlosigkeit. Wenn das Opfer Glück hat, bricht das Genick, bevor es erstickt.«

»Wie war es bei Stricker?«

»Ich gehe davon aus, dass er Glück gehabt hat.« Ein kurzes Lächeln flog über Spichals Gesicht. »Die Strangfurche befindet sich in der Mitte des Nackens. Das heißt, dass er tatsächlich erst durch das Wegkippen des Schreibtischstuhls zum Hängen kam. Hätte man ihn vorher gewürgt oder im Sitzen erdrosselt, wäre dieser Punkt seitlich verschoben oder am vorderen Halsbereich.«

»Danke für die umfangreichen Ausführungen«, sagte Bohlan zufrieden. Insgeheim war er froh, keinen weiteren Mordfall aufklären zu müssen.

»Bitte, gern geschehen. Der ausführliche Bericht folgt wie immer schriftlich.«

***

Cordes nahm die Kurznachricht, die ihm ein Mitarbeiter der städtischen Wohnungsholding gerade geschickt hatte, mit Genugtuung zur Kenntnis. Stricker war tot. Damit war ein wichtiger Mitwisser, der mehr und mehr zum Sicherheitsrisiko geworden war, aus dem Weg geräumt. Das Beste an der ganzen Sache war, dass Stricker das selbst erledigt hatte. Ein klein wenig Druck hatte ausgereicht. Stricker war schon immer eine labile Persönlichkeit gewesen. Der zunehmende Drogenkonsum hatte dies noch verstärkt. Zum Glück hatte Stricker noch vor seinem Ableben eine neue Lieferung organisiert. Der Mann hatte erst vor wenigen Tagen seine Wohnung verloren und wohnte seitdem einsatzbereit in einem Hotel am Flughafen.

***

»Wieso wurde ich nicht über den Leichenfund informiert?!«
Felicitas Maurer sah Jan Steininger mit giftigem Blick an. Zornesröte stieg in ihr Gesicht.

»Es ging alles sehr schnell.« Steininger stand vor der Staatsanwältin wie ein begossener Pudel. »Wir waren gerade dabei, Ideen zu sammeln, da klingelte das Telefon. Tom ging ran. Dann beorderte er uns in den Wagen.« Steininger stammelte die Sätze abgehackt und mit gesenktem Blick.

»Die Fahrt vom Präsidium zur Wohnungsholding hat bestimmt über zehn Minuten gedauert. Genug Zeit, mich zu informieren.«

»Ja, du hast recht. Ich dachte, dass Tom das übernimmt. Ich wollte mich nicht vordrängen.«

»Ach, hör auf, die Schuld bei anderen zu suchen. Ich bin sehr enttäuscht von dir. Du weißt, was das bedeutet.«

»Ja«, druckste Steininger hervor.

»Wie bitte? Das war mir zu leise. Und es hat auch etwas gefehlt.«

»Ja, Frau Staatsanwältin«, wiederholte Steininger mit lauter Stimme und fügte hinzu: »Es gibt übrigens interessante Neuigkeiten.«

»Ich höre!«

»Es geht um Drogenschmuggel. Wahrscheinlich Designerdrogen, die durch ein perfides System nach Deutschland gelangen. Die Organisation wirbt Obdachlose an, fliegt sie ins Ausland, wo ihnen Drogenpakete in den Bauch eingenäht werden. So kann das Zeug sicher über die Grenze geschmuggelt werden. Das Akquirieren der Obdachlosen war die Aufgabe von Stricker, der damit den eigenen Drogenkonsum finanzierte. Er wusste durch seinen Job, wer von Obdachlosigkeit bedroht ist und dringend Geld benötigt.«

»Wisst ihr schon etwas über die Hintermänner?«

Steininger hielt den Kopf gesenkt. Er wollte nicht noch mehr verraten. Das war er Bohlan schuldig. Und sich selbst natürlich auch. Schließlich wollte er nicht, dass die Sache mit der ›Fitness-Box‹ aufflog. Sie hatten im Team vereinbart, dass sie am Montagmorgen Cordes und Weisenbach in die Mangel nehmen wollten. Das Wochenende davor hatten sie sich redlich verdient. »Leider noch nicht. Aber sobald es Neuigkeiten gibt, wirst du die Erste sein, die sie erfährt.«

»Das will ich hoffen. Es sei dir verziehen, aber nur, wenn du die Nacht über zu meiner Verfügung stehst.«

***

Als Bohlan an diesem Abend nach Hause kam, fühlte er sich schlaff und abgekämpft. Ein ereignisreicher Tag lag hinter ihm, der allerdings nur der Höhepunkt einer harten Woche gewesen war. Der Kommissar öffnete die Tür zum Deck und ließ sich erschöpft auf das Sofa fallen. Die hereinströmende Luft, die den typischen fischigen Geruch hatte, tat ihm gut. Er streckte die Beine aus und verschränkte die Arme hinter seinem Kopf. Endlich hatte er ein paar Tage zum Durchatmen. Immerhin stand das Wochenende vor der Tür. In Anbetracht des aktuellen Falls hätte er gute Gründe, einfach weiterzuarbeiten. Doch er zweifelte daran, dass dies die richtige Entscheidung wäre. Besser wäre es, die Seele baumeln zu lassen und sich nicht allzu viele Gedanken über Crystal Meth, Fitnesswahn und Drogenschmuggel zu machen. Wenn er sich recht erinnerte, dann hatte er noch eine Tiefkühlpizza im Gefrierfach. Er musste nur aufstehen und sie in den Ofen schieben. Dazu könnte er sich den letzten Rest Dornfelder genehmigen, der in einer Flasche in der Küche seit zwei Tagen ein klägliches Dasein fristete.

Er hatte gerade die Pizza in den Backofen geschoben, als das Telefon klingelte. Ohne auf das Display zu schauen, nahm er das Gespräch an.

»Hallo, Tom.« Es war Tamara, die berichtete, dass sie gut in Berlin gelandet war. Anschließend säuselte sie ihm vor, wie sehr sie ihn bereits jetzt vermisse und dass sie gerne länger geblieben wäre. Tom wollte zunächst in reservierte Abwehrstellung gehen, scheiterte aber an der Lieblichkeit, die Tamaras Stimme ausstrahlte.

»Vermisst du mich denn auch?«, fragte sie.

Hätte Bohlan eine ehrliche Antwort gegeben, müsste er zugeben, dass er tatsächlich zwei, drei Mal am Tag an sie gedacht hatte. Ansonsten aber war er im Dienste der Tätersuche unterwegs gewesen. Stattdessen säuselte er »Ich musste jede Sekunde an dich denken« in den Hörer und fühlte sich dabei wie ferngesteuert.

»Das klingt gut. Ich würde dich jetzt so gerne bei mir haben.«

»Das wäre sehr schön«, entgegnete Bohlan, der allerdings momentan ein größeres Verlangen nach der Pizza, dem Wein und der Glotze hatte.

»Was ist denn mit deinem Mann?«, fragte er.

»Du bist aber unromantisch«, erwiderte Tamara. »Der ist für ein paar Tage verreist. Ich bin hier ganz alleine.«

Das war also der springende Punkt, dachte Bohlan. Sie fühlte sich einsam, konnte ihren Mann nicht erreichen, deshalb rief sie ihn an.

Wie zur Bestätigung sagte Tamara: »Ich hatte das total vergessen. Hätte ich daran gedacht, wäre ich länger in Frankfurt geblieben. Dann hätten wir mehr Zeit füreinander gehabt.«

Der Käse auf der Pizza begann, weich zu werden – ein Umstand, der dazu führte, dass Bohlans Magen laut knurrte. Der Kommissar stand in gebückter Haltung vor dem Backofen und kontrollierte die Pizza Quattro Stagioni. Lecker.

»Tja, da haben wir wohl Pech gehabt«, sagte er lakonisch.

»Ist einfach blöd gelaufen. Was machst du denn am Wochenende?«

Bohlan überlegte einen Moment, was er antworten sollte. Um Tamaras Stimmung nicht noch weiter absinken zu lassen, sagte er dann. »Wahrscheinlich arbeiten. Wir hatten heute einen weiteren Toten.«

»Schade.«

»Wie soll ich das verstehen?«

»Dass du arbeiten musst. Andernfalls hättest du mich in Berlin besuchen können. Ich habe ja wie gesagt sturmfreie Bude.«

Bohlan öffnete den Backofen und nahm die Pizza heraus. Sollte er auf Tamaras Vorschlag eingehen? Immerhin hatte er vor wenigen Minuten beschlossen, sich am Wochenende etwas Freizeit zu gönnen. Was sprach also dagegen, dies wirklich in die Tat umzusetzen? Wenn er sich in den nächsten ICE nach Berlin setzte, gäbe es kein Zurück mehr. Dann wäre sichergestellt, dass er wirklich nicht ins Präsidium fuhr. Er könnte zwei unbeschwerte Tage mit Tamara in Berlin verbringen, über den Ku'damm schlendern, am Wannsee spazieren oder was auch immer. Am Montag säße er wieder entspannt am Schreibtisch und könnte Cordes und Weisenbach auf den Zahn fühlen.

»Tom, bist du noch da?«

»Ja, ich musste nur kurz das Blech aus dem Ofen holen. T'schuldigung.« Bohlan ließ die Pizza auf einen Teller gleiten und versuchte dabei das Telefon zwischen Schulter und Kinn zu balancieren. Allerdings hatte er vergessen, einen Topflappen oder etwas Ähnliches zu verwenden und das heiße Blech brannte in seinen Händen wie Feuer. Reflexartig ließ er los. Das Blech prallte mit einem lauten Scheppern auf den Boden. Zum Glück war die Pizza vorher auf dem Teller gelandet.

»Ist etwas passiert?«

»Nein, nein. Alles okay«

»Na, dann ist ja gut. Ich mach dir mal einen Vorschlag. Du isst erst mal in Ruhe zu Abend und meldest dich später noch mal. Mit leerem Bauch fällt man nur schlechte Entscheidungen.«

»Einverstanden«, grummelte Bohlan und drückte das Gespräch weg. Er hielt sich die Hände unter den Wasserhahn. Während das kalte Wasser seine Finger kühlte, dachte er über Tamara nach. Sie schien tatsächlich damit zu rechnen, dass er sich das mit dem Wochenende noch einmal überlegte. Kannte sie ihn so gut? Oder war sie einfach nur gewohnt, dass sie nur mit den Fingern schnippen musste und er kam angetanzt?

Bohlan war hin- und hergerissen. Die blonde Versuchung wartete in Berlin. Die andere Versuchung, die nach Käse duftete, drohte kalt zu werden. Tamara hatte recht. Er musste unbedingt etwas essen, bevor er weitere Entscheidungen traf.

***

Benno Cordes lag nackt mit geschlossenen Augen auf dem Bett und genoss die zarten Hände, die seinen Rücken kneteten. An der Wand gegenüber befand sich ein riesiger Spiegel, auf der anderen Seite ein schwarzes Ledersofa, dessen Armlehnen ziemlich abgewetzt waren. Aus den Lautsprechern dudelte ein aktueller Hit. In den letzten Tagen hatte sich so viel ereignet, dass er einen Abend Ablenkung brauchte. Er hatte der vollbusigen Frau für den Service ein paar Hundert Euro gegeben, eine lohnende Investition. Dafür machte sie keine Zicken und tat alles, was er wollte.

Natürlich war es tragisch, dass Stricker nicht mehr lebte. Nicht dass er ein besonders guter Freund gewesen wäre, aber sie hatten sich lange gekannt. Und er hatte immer gute Bodypacker aufgetan, die willig waren und keine Fragen stellten. Es musste unbedingt ein Nachfolger für ihn her, der ähnlich gute Kontakte hatte. Wenigstens hatte er noch einen letzten Flug organisiert. Was Cordes viel größere Sorgen bereitete, war, dass Lilly drauf und dran war, das Spiel, das er trieb, zu durchschauen. Sie war auf Stricker gestoßen und hatte ihn auch als ehemaligen Trainer ihres Bruders wiedererkannt. Es würde nicht mehr lange dauern, bis sie eins und eins zusammenzählte – wenn sie es nicht schon getan hatte. Lilly konnte ihm gefährlicher werden als jeder andere. Doch Cordes konnte sie nicht einschätzen. Neigte sie dazu, zur Polizei zu rennen? Oder war sie jemand, der versuchte, Kapital

155

aus ihrem Wissen zu schlagen? Er hatte im Kopf bereits einige Szenarien durchgespielt. Zu einem zufriedenstellenden Ergebnis war er noch nicht gekommen. Lilly hatte so etwas Unberechenbares an sich. Sie war einfach nicht richtig einzuschätzen. Dass sie sich mit Emma blendend verstand, machte die Sache nicht einfacher. Es war sowieso eine merkwürdige Beziehung, die die beiden miteinander verband. Emma und Lilly kannten sich erst seit ein paar Monaten, und doch lag da eine tiefe Vertrautheit zwischen den beiden Frauen. Sie war nicht immer sichtbar. In Gesellschaft gingen sie eher förmlich miteinander um, aber wenn sie sich unbeobachtet fühlten, war es ganz anders. Cordes hatte sie zwei, drei Mal beobachtet. Man hätte glatt glauben können, die beiden hätten eine Affäre miteinander. Aber das war natürlich ausgeschlossen. Emma stand nicht auf Frauen, das wusste Cordes. Das wäre ihm schon in der Vergangenheit aufgefallen. Er hatte überlegt, Tilmann darauf anzusprechen. Doch er wollte sich nicht lächerlich machen.

Die Hände, die die ganze Zeit seine Schultern massiert hatten, wanderten den Rücken entlang.

»Willst du dich nicht wieder umdrehen?«, fragte eine weibliche Stimme in gebrochenem Deutsch. Cordes spürte seine Manneskraft wieder erwachen. Langsam drehte er sich auf den Rücken. Die Frau lächelte und setzte ihre Massage fort. Cordes schob die Gedanken in seinem Kopf zur Seite und trank von dem Champagner, der auf dem Nachttisch stand.

***

Es war bereits zweiundzwanzig Uhr, als Tom Bohlan zum Telefon griff und Tamaras Nummer wählte. Er hatte, nachdem er die Pizza verdrückt hatte, lange hin und her überlegt und war fast an seiner eigenen Wankelmütigkeit verzweifelt. Mal wollte er nach Berlin, mal wollte er nicht. So ging es immer hin und her. Doch dann war sein Blick auf den Flyer des

Hochseilgartens gefallen, der am Kühlschrank prangte. Und dabei war ihm eingefallen, dass er am Samstagnachmittag mit seinen Kollegen verabredet war. Julia hatte den Termin schon vor Wochen ausgemacht.

Nach dreimaligem Läuten nahm Tamara ab. Bohlan teilte ihr mit blumigen Worten mit, dass er leider auf gar keinen Fall aus Frankfurt weg könne. Er sei untröstlich et cetera pp. Danach plauderten sie mehr als eine halbe Stunde über Gott und die Welt, um sich dann gegenseitig eine gute Nacht zu wünschen. Bohlan blieb nach dem Telefonat auf dem Sofa sitzen und schlief dort ein. Erst mitten in der Nacht wankte er ins Schlafzimmer, wo er sich in sein Bett fallen ließ. Im Traum erschien ihm ein blonder Engel, der über dem Himmel Berlins schwebte.

10.

Bohlan wurde vom Klingeln seines Telefons geweckt. Draußen war es längst hell und die Ruderer waren schon einige Zeit auf dem Main unterwegs. Bohlan schleppte sich zum Telefon. Es war Julia, die ihn lediglich an das Klettern am Nachmittag erinnern wollte. Das Telefonat dauerte nicht lange. Bohlan überlegte, ob er sich unter die Decke verkrümeln sollte. Doch da draußen die Sonne schien und er nun schon einmal wach war, entschloss er sich zu einer Joggingrunde. Er zog Sportklamotten und Laufschuhe an, steckte die Kopfhörer in die Ohren und lief los. Er wählte die kleine Runde, die ihn über die Brücke zur Wörthspitze führte und dann weiter den Main entlang bis zu den beiden Ruderclubs. Dort drehte er um. Auf dem Rückweg bog er nach rechts ab, lief am Bolongaropalast vorbei und kaufte auf der Königsteiner Straße zwei Brötchen und ein Croissant. Zurück am Hausboot nahm er die neueste Ausgabe der ›Höchster Zeitung‹

aus dem Briefkasten. Seit dem letzten Jahr kam er jeden Morgen in den Genuss einer Gratisausgabe. Bohlan hatte den Chefredakteur bei seinen Ermittlungen um ein verschwundenes Manuskript kennengelernt. Heiko Vomhaus versorgte ihn seitdem mit der Zeitung. Doch unter der Woche schaffte Bohlan allenfalls die Überschriften. Heute aber würde er jeden Artikel lesen. Der Kommissar war bester Stimmung. Ein Liedchen pfeifend kochte er Kaffee, setzte sich dann auf das Deck und genoss die Sonne.

***

Emma Weisenbach hatte alles in die Wege geleitet. Zufrieden schlenderte sie durch die Straßen und betrachtete die Schaufenster. Eigentlich könnte sie wieder nach Hause fliegen, doch sie genoss die Zeit mit sich selbst. Es gab einige Dinge, über die sie nachdenken musste. Ihr Leben war in den letzten Wochen etwas durcheinandergeraten. Sie war immer eine Frau gewesen, die alles unter Kontrolle hatte. Ohne ihre Mitwirkung würde die ›Fitness-Box‹ nicht annähernd so profitabel laufen, wie sie es tat. Benno war zwar ein wirklich guter Trainer, von Betriebswirtschaft verstand er jedoch überhaupt nichts. Und Tilmann war ein Hallodri, der ein Geschäft führen konnte, aber das verdiente Geld auch mit beiden Händen wieder ausgab.

Sie hingegen vereinte beide Eigenschaften. Sie verstand etwas von Trainingslehre und Ernährungswissenschaften, hatte zudem eine Zusatzausbildung als Sportpsychologin. Gleichfalls hatte sie aber auch ein abgeschlossenes BWL-Studium hinter sich. Obwohl sie Tilmann und Benno überlegen war, hatte sie dies in all den Jahren, die sie zusammenarbeiteten, nicht gestört. Im Gegenteil – sie war froh, dass alles so gut harmonierte. Benno hatte längst verschmerzt, dass sie ihn damals zurückgewiesen und Tilmann ihm vorgezogen hatte. Er hatte auch in all den Jahren nie den Versuch unternommen, es noch einmal bei ihr zu probieren. Eigentlich hätte alles so weiterlaufen können. Doch vor Monaten waren plötzlich schwarze Wolken am Horizont aufgezogen und hatten den Himmel nach und nach verdunkelt. Nur durch Zufall war ihr aufgefallen, dass Benno und Tilmann eine weitere Einnahmequelle erschlossen hatten. Sie verkauften in ihrem Studio unter der Hand aufputschende Substanzen. Sie war von einem der Sportler aus der Wettkampfgruppe darauf angesprochen worden und hatte sein Ansinnen, leistungssteigernde Mittel zu bekommen, resolut zurückgewiesen. Daraufhin war der Sportler ausfallend geworden und hatte sie beschuldigt, andere zu bevorzugen. Am Abend erzählte sie Tilmann von dem Vorfall. Dieser beichtete ihr, was er und Benno verkauften. Emma war daraufhin wütend geworden und hatte Tilmann angeschrien. Sie sah alles in Gefahr, was sie sich in den vergangenen Jahren aufgebaut hatten. Um sie zu beruhigen, zeigte Tilmann ihr eine Aufstellung der Einnahmen und Ausgaben aus dem Verkauf. Die Zahlen waren zweifelsohne atemberaubend. Trotzdem konnte der Handel das ganze Geschäft ruinieren, wenn die Polizei davon Wind bekam.

In den folgenden Wochen war es des Öfteren zu Streitereien zwischen den dreien gekommen. Benno und Tilmann wollten unter keinen Umständen das Geschäftsmodell aufgeben. Emma drohte sogar mit einem Ausstieg aus der gemeinsamen Firma, doch auch diese Drohung zog nicht. Schweren Herzens entschloss sie sich zum Bleiben – eine Entscheidung, die sie später bereuen sollte.

Tilmann erklärte ihr, wie das System funktionierte. Der Verkauf der Mittel war nämlich nur die eine Seite der Medaille. Die andere war, dass die Substanzen irgendwie nach Deutschland geschafft werden mussten. Das geschah mittels sogenannter Bodypacker, Menschen, die Drogenpakete in ihren Eingeweiden nach Deutschland schmuggelten. Ein sehr gefährlicher Job. Es war gar nicht so einfach, Menschen zu finden, die sich dazu bereit erklärten. Doch Benno hatte einen

Weg gefunden. Ein Freund aus Jugendtagen arbeitete bei der städtischen Wohnungsholding. Er wusste genau, wer von Obdachlosigkeit bedroht war. In dieser Situation willigten die meisten in alles ein. Emma war entsetzt. Doch auf der anderen Seite zeugte dieses Konstrukt auch von einer gewissen Genialität. Es gab allerdings eine große Schwachstelle im System und die hieß Dirk Stricker. Sie hatte sich mit ihm getroffen und war sehr schnell dahintergekommen, dass er drogenabhängig und unberechenbar war.

***

Bohlan zog den Sicherheitsgurt an und stellte sich in den Kreis neben Steinbrecher. Die Kommissare waren seit zehn Minuten im Kelkheimer Hochseilgarten. Die Sonne bollerte vom Himmel, aber im Wald war es angenehm. Die hohen Bäume hielten die Wärme ab. In der Mitte des Kreises standen ein Mann und eine Frau, beide vielleicht Mitte zwanzig. Sie erklärten, worauf unbedingt zu achten war. »Helm auf, der Sicherheitsgurt muss richtig sitzen«, hörte Bohlan, der in Gedanken noch bei ganz anderen Sachen war. Dann wurden die beiden Karabinerhaken erklärt, die in jedem Fall an der Sicherheitsleine einzuhaken seien. Bohlan hörte nur mit halbem Ohr zu. Bevor es endlich losgehen konnte, musste jeder Teilnehmer einen kleinen Probeparcours unter den strengen Augen der Instruktoren bewältigen. Anschließend wurde der Sitz von Helm und Gurt noch einmal überprüft. Dann endlich konnte es losgehen. Will stürmte voran, die Stones folgten. Bohlan bildete den Schluss. Zuerst musste eine steile Strickleiter erklommen werden, die zu einer Plattform in drei bis vier Metern Höhe führte. Als der Kommissar unter Mühen oben ankam, überquerte Will bereits an Tauen freischwingende Holzplanken.

»Geile Sache, oder?!«, sagte Steininger. Es war mehr eine Feststellung als eine Frage. Bohlan wischte sich Schweißtropfen von der Stirn. Julia war am Ende der Übung angekommen und stand auf der nächsten Plattform. Steinbrecher hakte sich in die rote Sicherheitsleine ein und marschierte los. Die Holzplanken schwankten hin und her. Bohlan schaute sich um. Die drei, die mit ihnen die Einweisung absolviert hatten, erklommen gerade einen anderen Baum. Der Dicke hatte einige Mühe, sich nach oben zu ziehen. Den Kommissar beschlich ein ungutes Gefühl. Mittlerweile war auch Steinbrecher auf der anderen Seite angekommen. Steininger hakte sich ein und stürmte voran. Er war deutlich schneller unterwegs als die beiden anderen. Das Fitnesstraining schien sich auszuzahlen. »Die beiden Karabiner gegenläufig an das rote Seil.« Bohlan rief sich die Worte des Instruktors ins Gedächtnis. Bei der Geschwindigkeit, die Jan vorlegte, war er jede Sekunde an der Reihe.

»Der Nächste!«, schallte es durch den Wald. Bohlan hakte die Karabiner ein und schloss für einen Moment die Augen. Dann setzte er den rechten Fuß auf das freischwingende Holz. Erstaunlicherweise verlor er in dem Moment die Angst, im dem er das Brett betrat und sich mit beiden Händen an den Seilen links und rechts festhielt. Natürlich war er bei jedem Schritt nach vorn konzentriert, doch der Zweifel an der eigenen Leistungsfähigkeit war wie weggeblasen. Jeder Schritt war eine Befreiung. Es war wie ein Schweben. So ging es von Übung zu Übung voran. Bis als krönender Abschluss der Strecke die Seilbahn wartete. Hier musste zusätzlich zu den beiden Karabinern eine Seilrolle eingehängt werden. Bohlan stieß sich mutig von der Plattform ab und flog, nur im Gurt hängend und die Hände auf dem Seil liegend, zum nächsten Baum. Bohlan hätte vor Glück laut aufschreien können, unterdrückte dies aber. Stattdessen kam der Schrei von wo anders.

»Hilfe!«, schallte es durch den Wald, »Hilfe!«

Bohlan stemmte die Beine nach vorne. Die Hände drückten auf das Seil. Der Baum kam mit irrer Geschwindigkeit näher. Bohlan zog den Griff um das Seil fester und drosselte die Geschwindigkeit.

»Hilfe!« – nun schon zum dritten Mal. Der Schrei schien näher zu kommen. Bohlan hängte die Seilrolle aus. Will und die Stones standen als Empfangskomitee neben dem Baum.

»Und?«, fragte Will.

»Einmalig«, entgegnete der Kommissar. »Wunderbar. Ich hätte niemals gedacht, dass mir das solchen Spaß macht.«

Bohlan löste die Karabiner und stellte sich zu den anderen. »Was ist denn da eigentlich los?«

Will zuckte mit den Schultern. Wahrscheinlich hängt irgendwo jemand fest. Oder traut sich nicht mehr weiter.«

»Hilfe!« Eine Frau rannte an den Ermittlern vorbei. Ihr Gesicht war angstverzerrt. Sie stürmte in Richtung Eingang. Bohlan erkannte sie als eine der drei Personen, die mit ihnen die Einweisung absolviert hatten.

»Vielleicht ist es doch ernster?«, gab Steinbrecher zu bedenken.

»Einer der Instruktoren ist doch schon hin«, erwiderte Steininger.

»Kommt, lasst uns mal nachschauen«, schlug Will vor.

Die vier stapften durch den Wald, in die Richtung, aus der die Frau gekommen war. Keine zwanzig Meter weiter offenbarte sich ihnen das ganze Dilemma. Der Dicke aus ihrer Einführungsgruppe hing kopfüber am Seil und sagte kein Wort. Es schien, als sei er zu einer Salzsäule erstarrt. Direkt unter ihm stand ein Mann mit auseinandergebreiteten Armen. Irgendwie musste er es geschafft haben, sich um die eigene Körperlängsachse zu drehen. Dann hatte sich vermutlich der Bauchgurt gelockert und war über Po und Oberschenkel bis zu seinen Beinen gerutscht, wo er sich zum Glück festgezurrt hatte. Die Schockstarre, in die der Dicke gefallen war, war gut. Nur ein kleinster Ruck konnte ausreichen und der Bauchgurt würde auch das letzte Stück nach oben rutschen. Der Absturz wäre unvermeidlich. Und bei dieser Gelegenheit würde auch der Helfer, der immer noch mit ausgebreiteten Armen unter ihm stand, durch die Newton'schen Kräfte zerdrückt.

»Da, Rettung naht!«, sagt Steinbrecher ein wenig lauter als gewöhnlich. Es war auch als Beruhigung für die beiden Männer gedacht.

Tatsächlich war einer der Instruktoren über den Hochseilweg im Anmarsch. Jeden Moment erreichte er die Plattform, von der der Dicke hing.

»Wie hat der es nur geschafft, sich auf den Kopf zu drehen? Das ist doch eigentlich völlig unmöglich!«, philosophierte Steininger und fügte zur Bekräftigung hinzu: »Das geht doch gar nicht.«

»Offensichtlich geht's doch«, knurrte Steinbrecher zurück.

Der Instruktor kniete jetzt auf der Plattform und zog den Verunglückten näher zu sich, was ohne große Mühe ging. Dann versuchte er ihn auf die Plattform zu ziehen. Dies stellte sich aber als unmöglich heraus. Der Mann war einfach zu schwer. Außerdem verhinderte die Schockstarre, dass er auch nur ein klein wenig mithelfen konnte. Die Bauchwinde rutschte ein paar Millimeter weiter in Richtung Fuß. Der Instruktor, der bislang die Ruhe in Person war, geriet ins Schwitzen. Panisch sah er in die Richtung, aus der er gekommen war. Tatsächlich schien er in der Entfernung eine Bewegung wahrzunehmen. Er blickte wieder nach unten.

»Nicht bewegen. Ganz ruhig bleiben.« Dann sah er wieder in die andere Richtung und schrie: »Beeil dich. Los, schneller!«

Die nächste Minute kroch quälend langsam dahin. Der zweite Instruktor arbeitete sich auf dem Seil voran. Der erste hielt den Verunglückten am Bein fest und dieser wiederum hing wie eine Puppe mit ausgestreckten Armen nach unten. Der Mann unter ihm bewegte sich ebenfalls keinen Millimeter. Endlich erreichte der zweite Instruktor die Plattform. Gemeinsam zerrten sie an dem Dicken, der es tatsächlich schaffte, Arme und Oberkörper ein wenig nach oben zu heben. Ohne weitere Komplikationen, aber unter Aufwendung

ihrer ganzen Kraft, zogen die beiden den Dicken auf die Plattform. Schließlich kam er dort kreidebleich zum Sitzen.

***

Die Augen des alten Mannes waren ganz dicht vor Emmas
Gesicht. Sie lagen in tiefen Höhlen. Die Hautpartien um sie
herum waren faltig und grau. Seine Stimme zitterte, als er
sprach: »Ich habe viel erlebt in meinem Leben. Aber das war
die Hölle. Das Flugzeug schwebte über den Wolken. Ich war
nervös, betete den ganzen Flug über zu Gott, dass er mich am
Leben lässt. Ich saß in diesem gottverdammten Sitz und versuchte, mich so wenig wie möglich zu bewegen. Jede falsche
Bewegung könnte tödlich enden. Wenn nur einer der zehn
Kondome in meinem Bauch platzte, wäre ich tot.«
      Die Stimme brach ab. Die wenigen Sätze hatten sie heiser
und brüchig werden lassen. Emma konnte in seinen Augen
die Angst sehen, die er gehabt haben musste. Jetzt waren sie
feucht. Der Ausdruck, der in ihnen lag, berührte Emma. Sie
fühlte sich ergriffen und sprachlos. Sie suchte nach Worten,
die sie sagen konnte, doch es fielen ihr keine ein. Stattdessen
hörte sie eine zweite Stimme.
      »Und das alles für die paar Tausend Euro. Ist es das, was
wir noch wert sind?«, krächzte eine Frau. Sie saß neben dem
Alten. Ihr Gesicht war genauso faltig und verbraucht. »Ich er-
warte nicht mehr viel vom Leben. Aber ich fordere unsere
Würde zurück. Nie im Leben hätten wir uns auf dieses Geschäft einlassen dürfen.«
      Emma wusste nicht, wie ihr geschah. Die beiden Alten
rüttelten an ihrem Herz. Nein, ein Leben auf der Straße hatten
sie nicht verdient. Nicht am Ende ihres Lebens. Die beiden
erregten ihr Mitleid und sie spürte, dass sie schwach werden
würde, und sie wusste, dass es falsch war.
      Dann fuhr sie nach oben. Die beiden waren weg, das Ho-
telzimmer dunkel. Sie schaltete das Licht ein. Zum Glück
hatte sie auf dem Nachttisch ein Glas Wasser stehen. Gierig

trank sie es in einem Zug aus. Sie würde diesen Traum nie mehr loswerden, da konnte sie machen, was sie wollte. Die beiden Alten würden sie jede Nacht besuchen. Jede verdammte Nacht, bis zu ihrem Tod.

***

Am Abend bekam Bohlan Besuch von Klaus Gerding. Der Kommissar ahnte, dass sein Freund und Chef nicht zum vergnüglichen Männerabend vorbeischaute. Noch immer stand das Thema Nachfolge auf der Agenda. Gerding wurde allmählich unruhig und Bohlan konnte sich nicht ewig um eine klare Aussage herumdrücken. Bislang hatte er sich immer mit dem Verweis auf die schwierigen Ermittlungen aus der Affäre gezogen. Doch ihm war klar, dass er diese Strategie nicht mehr lange fahren konnte. Ermittlungen gab es schließlich meistens, und Frankfurts Verbrecher würden nicht innehalten, damit die Polizei ihr Personal neu sortieren konnte. Bohlan bat Gerding nicht hinein, sondern schleppte ihn die Promenade entlang zur ›Schiffsmeldestelle‹. Trotz besten Wetters gab es noch einige freie Plätze. Sie entschieden sich für zwei Liegestühle direkt am Wasser. Bohlan organisierte zwei Ebbelwei.

»Wie weit seid ihr mit den Ermittlungen?«, tastete sich Gerding langsam an das brisante Thema heran.

Bohlan zuckte mit den Schultern. »Wir nähern uns der Mitte des Spinnennetzes. Ich glaube, wir sind auf einem guten Weg.«

Gerding nahm einen tiefen Schluck aus dem Gerippten. Man sah ihm an, dass er sich dabei die Worte zurechtlegte.

»Dann kann ich also demnächst mit deiner Entscheidung rechnen?!«, sagte er dann, ohne den Blick vom Main zu nehmen.

»Wenn nicht noch ein Mord passiert, sitz ich wohl in der Falle«, sagte Bohlan.

»Du kannst die Entscheidung nicht ewig vor dir herschieben.«

»Ich weiß. Und es tut mir auch leid, dass ich dich so hinhalte.«

Die beiden schwiegen eine Zeitlang. Möwen kreischten über dem Wasser. Im Hintergrund dudelte Popmusik, die das Gebrabbel der anderen Gäste nur mäßig übertönte.

»Die Maurer scheint im Hintergrund Stimmung gegen dich zu machen«, sagte Gerding dann.

»Die Maurer? Was hat die denn damit zu tun?«

»Sie ist wie eine Spinne, die ihre Fäden überall zieht.«

»Merkwürdig. Ich dachte, wir hätten so eine Art Burgfrieden geschlossen«, erwiderte Bohlan.

»Der scheint nicht länger zu halten. Sie hält dich für nicht stabil. Angeblich hast du Beziehungsprobleme, die dich daran hindern, deine Arbeit ordentlich zu machen.«

»Ich habe was?!« Während Gerding das Glas beinahe zerdrückte, verschüttete Bohlan einen Teil des Inhalts über seine Hose, als er es auf dem Boden abstellen wollte. Fluchend sprang er auf.

»Verdammter Mist«, schimpfte er und wischte sich über den Oberschenkel. »Dass Barbara Schluss gemacht hat, ist ja wohl ein alter Hut. Und das Techtelmechtel mit einer verheirateten Frau beeinträchtigt ja wohl kaum meine Arbeitsleistung. Wo leben wir denn eigentlich!« Der Kommissar ließ sich wieder in den Liegestuhl fallen. »Und du glaubst den ganzen Mist?«

»Beruhig dich, Tom. Davon war doch überhaupt nicht die Rede. Ich gebe nur das weiter, was ich von dritter Seite gehört habe.«

Gerdings Stimme hatte einen besonders sanften Klang angenommen. »Ich wollte dich nur darüber in Kenntnis setzen, was Staatsanwältin Maurer über dich verbreitet. Mehr nicht.«

»Und überhaupt, was hat mein Sexleben mit meiner Arbeit zu tun?«

»Nichts, Tom, überhaupt nichts. Die Zeiten, in denen ein Beamter für so was die Zustimmung seines Dienstherrn benötigte, sind lange vorbei. Willst du noch ein Glas?«

Gerding erhob sich aus dem Stuhl und war bereits auf dem Weg zur Theke, als Bohlan sagte: »Dieser verdammte Steininger muss sich verquasselt haben.«

Gerding machte noch einmal kehrt und blieb vor Bohlan stehen. »Was meinst du damit?«

»Steininger hat seit einiger Zeit eine Affäre mit Maurer. Mein Verdacht ist, dass sie dies ganz bewusst ausnutzt, um Interna aus unserem Team zu erfahren.«

»Interessant. Das verändert in der Tat einiges.« Gerding machte ein ernstes Gesicht und drehte sich wieder um.

»Klaus, was meinst du damit?«

Der Chef der Mordkommission war bereits einige Schritte enteilt, als Bohlan ihm die Worte hinterherrief.

Bohlan griff nach dem Glas, das er neben dem Stuhl abgestellt hatte, und trank die letzten Tropfen aus. Sein Blick glitt über das Wasser, das im Licht der Lampen und Kerzen schimmerte. Was spielte Maurer für ein Spiel? Was waren ihre Intentionen? Und wie stark war Steininger darin verstrickt? Diese Fragen schossen Bohlan durch den Kopf. Er konnte sich nicht vorstellen, dass Jan gegen ihn arbeitete. In den vergangenen Jahren hatte er sich stets loyal verhalten und sich immer besser ins Team eingefügt. Klar saß er zwischen den Stühlen. Er liebte die attraktive Staatsanwältin, und doch wollte er seine Kollegen nicht hintergehen. Es war durchaus eine Zwickmühle, in der er steckte. Maurer war in der Lage, eine solche Situation auszunutzen, davon war Bohlan überzeugt. Genauso war er überzeugt davon, dass sie irgendwelche Leichen im Keller hatte. Ihre berufliche Vergangenheit war ein Buch mit sieben Siegeln. Niemand wusste, warum sie von Hamburg nach Frankfurt gewechselt hatte.

Wenig später kam Gerding mit zwei weiteren Gerippten im XXL-Format zurück. Sie prosteten sich zu und Bohlan setzte Gerding über seine Sicht der Dinge in Kenntnis. Je weiter der Abend vorankroch, desto mehr verhedderten sich die beiden in alle möglichen Theorien über die Vergangenheit der Staatsanwältin. Als sie einigermaßen angetrunken den Weg zurück zum Boot nahmen, stand für Gerding der Entschluss fest, die Sache in Hamburg aufzuklären.

***

»Wir sollten die nächsten Monate etwas leisetreten«, sagte Tilmann Weisenbach und nippte an einem Whiskey-Glas. Benno Cordes sah ihn ernst an. Die beiden saßen an der Theke des ›Oosten‹, zu Füßen des neuen Hochhauses der Europäischen Zentralbank, an der Weseler Werft gelegen. Durch die riesigen Scheiben hatte man einen hervorragenden Blick auf den Main und die Frankfurter Skyline. Die Lichter der Hochhaustürme leuchteten in die Nacht.

»Wie meinst du das?«

»Wir müssen unsere Aktivitäten herunterfahren, bis Gras über die Sache gewachsen ist. Nach Strickers Tod wird mit Sicherheit die Polizei wieder auftauchen.«

»Es war Selbstmord, Tilmann. Was sollen die bei uns? Bisher ist doch alles ruhig.«

»Ja, trotzdem. Wer weiß, was die in Strickers Wohnung alles ausgraben. Auch für Drogenhandel kommt man ins Gefängnis.«

»Mag sein, aber was hat das mit uns zu tun? Stricker muss nicht mehr ins Gefängnis.«

»Schon klar, aber was, wenn es bei ihm irgendwelche Hinweise auf uns gibt. Schon mal daran gedacht?«

Cordes kratzte sich über das Kinn. Darüber hatte er sich bislang keine Gedanken gemacht. Möglicherweise war Tilmanns Sorge nicht ganz unbegründet.

»Wie sehen die Vorräte aus?«, fragte Weisenbach.

»Ne Kiste haben wir noch. Und dann kommt nächste Woche die neue Lieferung. Die letzte, die Stricker in die Wege geleitet hat.«

»Okay, das ist überschaubar. Wir sollten sie woanders lagern. Die ›Fitness-Box‹ ist zu gefährlich.«

»Ich kümmere mich drum. Was ist eigentlich mit Emma?«

Weisenbach sah Cordes verärgert an. Er mochte es nicht, wenn Cordes sich in seine Privatangelegenheiten einmischte.

»Was soll mit ihr sein?«

»Wann kommt sie wieder?«

»Bald.«

»Es ist nicht so, dass ich ihr nicht mehr vertrauen würde …«, begann Cordes, »… aber die Sache mit Lilly macht mir Sorgen.«

»Was für eine Sache mit Lilly?«

»Für meine Begriffe hängen Emma und Lilly zu viel miteinander herum. Meinst du nicht auch?«

Emma und Lilly? Tilmann zog die Stirn in Falten. Was bezweckte Benno mit dieser Andeutung? Natürlich war ihm nicht entgangen, dass seine Frau einen besonderen Draht zu Lilly hatte. Die beiden Frauen verstanden sich prächtig, hielten manchen Schnack. Lilly war für Emma so etwas wie die kleine Schwester, die sie nie gehabt hatte. Außerdem schien Lilly eine zuverlässige Person zu sein. Ansonsten hätte Emma sie niemals in ihrem Haus wohnen lassen.

»Erinnerst du dich an Lillys Uhr, die du neulich in unserem Büro gefunden hast?«, setzte Benno nach.

Tilmann konnte sich nur allzu gut daran erinnern, hatte er doch vergeblich versucht herauszufinden, wie sie dorthin gekommen war.

»Du hast mir unterstellt, mit Lilly eine Affäre zu haben.«

»Stimmt.«

»Hast du Emma die gleiche Frage gestellt?«

»Welche Frage?« Tilmann verstand nicht, worauf Benno hinauswollte.

»Ob sie etwas mit Lilly hat?«

»Emma und Lilly?!« An solch einen Gedanken hatte Tilmann bislang in der Tat keine Zeit verschwendet. Emma war, seit er sie kannte, immer nur an Männern interessiert gewesen. Und auch Lilly hatte bislang auf ihn nicht den Eindruck gemacht, lesbisch zu sein. Im Gegenteil. Tilmann trank sein Glas aus, dann sagte er: »Nein, habe ich nicht.«

***

Tom Bohlan bemühte sich, einen Koffer mit Leichenteilen aus dem Gebüsch zu ziehen. Der Koffer war schwer, verdammt schwer. Nur mit Mühe schaffte er es, ihn aus dem Gebüsch auf den schmalen Fußweg zu wuchten. Es musste geregnet haben, denn er versank zunehmend im Matsch. Um ihn herum war es dunkel. Er hatte vergessen, wo er sich befand. Irgendjemand musste ihm einen Schlag auf den Kopf versetzt haben. Er versuchte sich zu erinnern, doch es wollte ihm partout nicht einfallen, was in den letzten Stunden vorgefallen war. Das Letzte, an das er sich erinnerte, war, dass er zusammen mit Klaus Gerding von der ›Schiffmeldestelle‹ nach Hause gelaufen war. Danach verlor sich jede Spur in seiner Gedankenwelt. Hatte ihm jemand eins über den Schädel gezogen und hierher geschleppt? Oder war er selbst unter Missachtung seines Alkoholpegels hierhergefahren? Er wusste es leider nicht genau. Und wo war er überhaupt? Es roch nach Tannennadeln, Wald und Erde. Er fühlte sich schmutzig und verzweifelt. Und was war das für ein Koffer, den er aus dem Unterholz zog? Hastig versuchte er, den Verschluss zu öffnen, und brach sich dabei zwei Fingernägel ab. Bohlan fluchte laut. Er betrachtete seine Hände: Sie waren völlig verdreckt, braune Matscherde klebte an den Fingern. Doch da war noch etwas. Es war rot und schmierig. Handelte es sich um Blutreste? Er machte sich noch einmal über den Koffer her, rüttelte an den Verschlüssen, versuchte die kleinen Hebel abwechselnd zu drücken und zu ziehen. Irgendwann musste sich doch etwas bewegen. Oder war der Koffer am

Ende abgeschlossen? Diese Überlegung führten ihn zum nächsten Problem: Wo befand sich der Schlüssel?

Er tastete seine Hosentaschen ab, doch sie schienen leer zu sein.

»Suchst du etwa das hier?«

Bohlan sah sich erschrocken um. Woher kam die Stimme? Er konnte in der Dunkelheit nichts erkennen. Die Stimme war weiblich, so viel war klar.

»Hier drüben, Herr Kommissar!«

Bohlan schaute nach rechts und kniff die Augen zusammen. Tatsächlich stand abseits des Weges, an einen Baum gelehnt, eine weibliche Gestalt. Sie trug einen schwarzen Lederrock und ein eng anliegendes Oberteil. Die Haare waren zu einem strengen Zopf gebunden. Das Gesicht wirkte farblos, beinahe weiß, abgesehen von dem knallroten Mund. Zweifelsohne handelte es sich um Staatsanwältin Felicitas Maurer. Sie hielt einen kleinen metallenen Gegenstand in die Höhe. Vermutlich war es das, wonach Bohlan suchte. Der Schlüssel für den Koffer.

»Komm her, hol dir den Schlüssel!«

***

Als Emma Weisenbach den Koffer vom Gepäckband nahm, wurde sie von einem Mann angerempelt. Erschrocken sprang sie zur Seite.

»Entschuldigung, ich wollte Sie nicht erschrecken.« Der Mann lächelte freundlich, wandte sich den Koffern zu, die aufgereiht an ihnen vorbeifuhren.

»Keine Ursache«, murmelte Emma, doch der Mann hörte es nicht mehr.

Emma war seit dem Abflug in Gedanken versunken. Es musste sich in ihrem Leben etwas ändern. So viel war klar. Aber sie war sich unklar darüber, welchen Weg sie einschlagen sollte. Sicher war nur, dass es so nicht weitergehen konnte. Die letzten Wochen hatten sich als die reinste Hölle entpuppt. Benno und Tilmann hatten aus der ›Fitness-Box‹ einen Umschlaglatz für Drogen und Aufputschmittel gemacht. Offensichtlich war ihnen nicht bewusst, dass sie alles aufs Spiel setzten, was sie zu dritt in vielen Jahren harter Arbeit erreicht hatten. Das an sich war schon ein großes Problem. Doch viel schlimmer wog, dass sie selbst bei dem Versuch, alles irgendwie in geordnete Bahnen zu lenken, das Chaos noch vergrößert hatte. Mit ihren Rettungsaktionen hatte sie sich in strafbares und unsicheres Gewässer begeben. Und das Dilemma wollte einfach kein Ende nehmen.

***

Bohlan wollte ein paar Schritte auf die Staatsanwältin zugehen, doch er schaffte es nicht. Seine Schuhe schienen auf merkwürdige Weise mit dem Waldboden verbunden zu sein. Er versuchte mit aller Kraft, einen Schritt nach vorne zu machen. Doch es war vergeblich. Der Waldboden hielt ihn fest.

»Na komm schon oder hast du Angst vor mir? Die brauchst du nicht zu haben. Ich beiße nicht.«

Da kam dem Kommissar der rettende Einfall. Er musste sich die Schuhe ausziehen. Er bückte sich und zog an den Schnürsenkeln, kam dabei aus dem Gleichgewicht und stürzte.

»Na gut, wenn du es nicht schaffst, zu mir zu kommen, dann bring ich dir, was du haben willst.«

Felicitas Maurer trat nun ebenfalls auf den Waldweg. Ihr schien der Boden nichts anzuhaben. Sie setzte mit einer Leichtigkeit einen Fuß vor den anderen, dass es Bohlan nur wunderte. Warum konnte sie, was er nicht vermochte? Sie hielt immer noch den Arm nach vorne ausgestreckt und präsentierte den Schlüssel. Als sie keine fünf Meter von Bohlan entfernt war, der immer noch auf dem Boden kniete, erklang eine Sirene. Oder war es das Martinshorn eines Polizeiwagens? Bohlan zuckte zusammen. In was für eine Situation war er da nun wieder hineingeraten?

Immerhin hatte die Sache etwas Gutes. Die Sirene schien den Waldboden genauso erschreckt zu haben wie ihn selbst. Jedenfalls gab Mutter Erde ihn frei. Er konnte die Knie vom Boden lösen und richtete sich auf. Felicitas Maurer schien der Schreck ins Gesicht geschrieben. Sie sah völlig entgeistert den Weg entlang in die Richtung, aus der die Sirene zu kommen schien. Dann drehte sie sich plötzlich um und rannte davon.

Die Sirene wandelte unvermittelt ihre Klangfarbe und ging in ein Klingeln über.

Bohlan warf den Kopf hin und her und fuhr nach oben. Mit einem Mal sah er klarer. Er saß kerzengrade in seinem Bett. Das Klingeln kam vom Telefon. Draußen war es schon hell. Benommen stand er auf und suchte den Hörer.

»Hab ich dich etwa geweckt?«

Es war Klaus Gerding. Im Gegensatz zu Bohlan schien er hellwach.

»Kann man so sagen. Mitten aus einem Alptraum.«

Bohlan ließ sich auf das Sofa fallen.

»Was hast du denn Schlimmes geträumt?«, hakte Gerding nach.

Bohlan streckte die Beine auf den Couchtisch aus und starrte durch das Fenster auf das Wasser, während er das Telefon ans Ohr gedrückt hielt.

»Eine Menge, und das durcheinander. Eigentlich nicht der Rede wert«, log der Kommissar und versuchte die Bilder von der winkenden Felicitas Maurer aus dem Kopf zu verbannen.

»Na ja, ist auch egal. Ich habe heute Morgen meine Kontakte nach Hamburg spielen lassen. Und es gibt phänomenale Neuigkeiten.«

»Lass hören«, sagte Bohlan, immer noch schläfrig. Durch die Telefonleitung vernahm Bohlan ein lautes Rascheln. Offenbar blätterte Gerding in einer Zeitung oder einem Stapel Papier.

»Vielleicht solltest du dir einen Kaffee machen«, sagte Gerding. »Dann bist du aufnahmebereiter.«

Die Idee mit dem Kaffee ist gar nicht schlecht, dachte Bohlan, war aber zu faul, in die Küche zu laufen.

»Vielleicht später. Lass hören.«

»Ich habe jetzt genauere Infos über Maurers unrühmlichen Abgang in Hamburg«, begann Gerding. »Sie scheint ein massives Problem mit Männern zu haben.«

Bohlan war mit einem Mal viel wacher. Viel zu wach, um länger auf dem Sofa sitzen zu bleiben. Er begann, im Wohnzimmer auf und ab zu gehen.

»Sagen wir es einmal so: Sie hatte eine Menge Affären, und es scheint sogar Beschwerden wegen sexueller Belästigung am Arbeitsplatz gegeben zu haben. Sie war einige Monate vom Dienst suspendiert und in therapeutischer Behandlung.«

Bohlan konnte kaum glauben, was Gerding erzählte. »Von wem weißt du das?«, fragte er ungläubig nach.

»Namen spielen jetzt keine Rolle. Ich habe meine Quellen, und die sind absolut glaubwürdig.«

»Das habe ich auch nicht bezweifelt«, erwiderte Bohlan. Gerding war ein absolut akribischer Mensch. Er würde niemals irgendwelche Gerüchte in die Welt setzten. Bohlan war nun doch in die Küche gelaufen, stand vor dem Herd, das Telefon zwischen Schulter und Ohr gepresst, und füllte Kaffeepulver in die Espressomaschine. Danach stellte er die Kanne auf die Gasflamme. Während das Wasser seinen Aggregatzustand änderte und als Dampf nach oben gepresst wurde, lauschte Bohlan dem weiteren Bericht seines Chefs mit zunehmender Fassungslosigkeit.

Nachdem er das Telefonat mit Gerding beendet hatte, saß Bohlan lange am Esstisch, trank Kaffee und grübelte darüber nach, was er mit seinem Wissen über Felicitas Maurer anstellen sollte. Intrigenspiele und ähnliche Sachen hasste er wie die Pest. Andererseits aber schien Maurer gerade damit beschäftigt zu sein, ihn selbst im Präsidium in Misskredit zu bringen. Warum sonst thematisierte sie seine persönliche Lebenssituation? Was für ein Spiel spielte sie, und wem wollte sie damit nutzen? Oder ging es ihr nur darum, ihm zu schaden?

Bohlan wusste auf diese Frage keine Antwort, er musste aber auf jeden Fall mit Steininger reden. Immerhin war sein Kollege seit Längerem in den Fängen der Staatsanwältin. Und wie er seinen Kollegen einschätzte, ging es diesem nicht nur um ein bisschen Sex. Steininger sollte zumindest über die Hamburger Vorgeschichte informiert sein. Das hielt Bohlan für das Mindeste, was er tun konnte. Der Kommissar griff zum Telefon und wählte Steiningers Nummer:

»Ich weiß überhaupt nicht, wie ich anfangen soll«, begann er nach einer kurzen Begrüßung.

»Spuck's einfach aus«, entgegnete Steininger gelassen.

»Also gut.« Bohlan fasste sich ein Herz und begann. Der Anfang solcher Gespräche war immer das Schwierigste. Wenn die ersten Worte raus waren, flossen die weiteren wie ein Wasserfall.

»Du weißt ja, dass ich dabei bin, mich ein wenig in Hamburg umzuhören.« Bohlan machte eine kurze Pause und fügte dann hinzu: »Wegen Staatsanwältin Maurer.«

»Du kannst es nicht lassen! Hast du eigentlich zu viel Freizeit?«

»Darum geht es nicht. Ich will hier ein paar Sachen klarsehen, bevor ich über meine Zukunft entscheide.«

»Dann lass mal hören, was du wieder für Gruselgeschichten erfahren hast.« Steiningers Stimme klang amüsiert bis gelangweilt.

»Felicitas Maurer scheint ein gestörtes Verhältnis zu ihrer Sexualität zu haben. Nach der Ansicht meines Informanten könnte es sich um Sexsucht handeln. Jedenfalls scheint die Liste ihrer Affären endlos.«

»Interessant«, erwiderte Steininger.

»Findest du das nicht merkwürdig? Wenn das stimmt, warum sollte sie dann hier mit dir auf große Liebe machen?«

»Was weiß denn ich!? Vielleicht war sie in therapeutischer Behandlung und will hier in Frankfurt einen kompletten Neustart wagen. Wäre doch möglich, oder?«

»Selbstverständlich ist das eine Möglichkeit. Ich will das ja auch nicht ausschließen. Ich sage dir nur, was ich weiß. Was du dann mit den Informationen anfängst, ist deine Sache.«

»Gut. Ich bin natürlich auf der Hut. Das ist ja klar.«

»Eines noch«, fuhr Bohlan fort. »Sie hat in Hamburg von jedem ihrer Liebhaber umfängliche Videos anfertigen lassen und die Aufnahmen nicht nur zum Spaß gemacht.«

»Was meinst du damit?«

»So ein Liebesabenteuer als Film bietet ein gutes Erpressungspotenzial, meinst du nicht auch?«

»Kommt auf die Umstände an«, entgegnete Steininger nicht mehr ganz so amüsiert. Er hielt Bohlans Vermutungen weiterhin für Bullshit. Lediglich die Sache mit den Videoaufnahmen hatte ihn hellhörig gemacht.

***

Am Nachmittag fuhr Steininger mit dem Fahrrad zum Gericht. Er schloss das Fahrrad an einem der Ständer an und hetzte durch den Eingang in Richtung Staatsanwaltschaft. Er lächelte dem Sicherheitsmann zu, der den Eingang kontrollierte. Normalerweise kontrollierte er Mäntel und Taschen der Besucher. Da Sonntag war, saß er gelangweilt hinter der Glasscheibe und las in einem Buch. Steininger war als Dauergast bekannt, brauchte noch nicht einmal die Dienstmarke zu zücken. Er nahm den Aufzug und fuhr nach oben. Erst als sich die Aufzugstür schloss, wurde ihm klar, dass er überhaupt nicht wusste, was er hier wollte – geschweige denn, dass er sich einen Plan für ein sinnvolles Gespräch mit Felicitas gemacht hatte.

»Sie hatte in Hamburg massive Probleme wegen Mobbings und sexueller Übergriffe.« Bohlans Worte schwirrten wie ein Schwarm aufgescheuchter Wespen durch seinen Kopf. Der Augenblick, in dem Bohlan diese Worte ausgesprochen hatte, schien wie ein Feuerzeichen in sein Hirn gebrannt. Zunächst hatte er Mitleid für Felicitas empfunden. Bis ihm klar geworden war, dass sie keineswegs das Opfer, sondern die Täterin gewesen war.

Bohlan hatte sich bei der Schilderung der Einzelheiten an die wesentlichen Fakten gehalten und alles neutral und distanziert vorgetragen. Offensichtlich wollte er jeden Eindruck von Siegermentalität vermeiden. Steininger rechnete seinem Chef diese Geste hoch an. Bohlan gab ihm auch keine Vorgaben und Empfehlungen, was er mit den Informationen anstellen sollte. Auf der Fahrt durch die Frankfurter Straßen hatte er wenig auf den Verkehr geachtet und ordentlich in die Pedale getreten. Wie Filmsequenzen waren Szenen aus der Beziehung zu Felicitas Maurer vor seinem inneren Auge abgelaufen. Nein, er fühlte sich nicht gemobbt, und schon gar nicht sexuell ausgenutzt oder gar missbraucht. Richtig war, dass Felicitas einen Hang zur Dominanz ausübte und gerne die Richtung vorgab. Aber alles war mit seinem Einverständnis geschehen. Er hatte sogar Gefallen an ihren Spielchen gefunden. Natürlich stimmte es, dass sie ab und an auf Informationen aus der internen Ermittlungsarbeit gierte und dies auch manchmal mit gewissem Druck begehrte. Doch es war ihm immer spielerisch vorgekommen. Und er hatte stets die Oberhand behalten in dem, was er ihr sagte und was er für sich behielt. Was ihn allerdings viel mehr beschäftigte, war die Vermutung, dass er keineswegs Felicitas' einziger Gespiele war. Er hatte dafür keine konkreten Beweise, aber es kam ihm durchaus die eine oder andere Szene in den Sinn, in der es Merkwürdigkeiten gegeben hatte. Zum Beispiel das Essen im ›Akropolis‹. Die Blicke, die Alexis ihm und Felicitas zugeworfen hatte, und die Art und Weise, wie sie mit dem Griechen geredet hatte. Steininger fühlte mehr Eifersucht denn Groll, als der Aufzug hielt und sich die Türen öffneten.

Der Gang war menschenleer, die Stille beängstigend. Felicitas' Büro befand sich im hinteren Bereich des Ganges. So musste Steininger an allen anderen Türen vorbeilaufen. Doch zu seinem Glück waren sie geschlossen. Schließlich musste nicht jeder mitbekommen, dass er schon wieder auf den Weg zu der Staatsanwältin war. Steininger beschleunigte seinen Schritt, erreichte Maurers Tür und drückte die Klinke nach unten. Das Zimmer war nicht verschlossen, das Licht brannte, doch der Raum war leer. Steininger sah sich in Maurers Büro um. Wie üblich war es akkurat aufgeräumt. Felicitas Maurer war die Ordnung in Person – alles hatte seinen Platz, Abweichungen wurden nicht geduldet. Nur eine Akte lag zugeklappt auf dem Schreibtisch. Steininger sog die Luft ein, in der ein Hauch von Felicitas' Parfüm lag. Alles sprach dafür, dass sie gleich wieder auftauchen würde. Vermutlich war sie auf der Toilette oder holte sich aus der Teeküche etwas zu trinken.

Er ließ sich in einen der beiden Besuchersessel fallen, streckte die Beine aus und beschloss zu warten. Als sein Blick an Felicitas' Schreibtisch entlang zum Boden glitt, stutzte er.

Verwirrt starrte er auf die beiden Schuhe, die unter dem Schreibtisch standen. Zweifelsohne waren es Felicitas' Stiefeletten. Folgerichtig musste sie den Raum barfuß oder in Strümpfen verlassen haben. Ein Gedanke, der ihm ganz und gar abwegig vorkam. Wo konnte die Staatsanwältin stecken? Steininger stand auf und ging zum Schreibtisch. Er warf einen Blick auf die Akte, blätterte sie auf. Ein ganz normaler Vorgang. Schlägerei mit Todesfolge im Bahnhofsmilieu. Der Kommissar klappte die Akte wieder zu. Felicitas' Laptop stand aufgeklappt auf dem Schreibtisch. Steininger wischte über das Touchpad. Der Bildschirm sprang an und forderte die Eingabe eines Passworts. Hier kam Steininger also nicht weiter, jedenfalls nicht in kurzer Zeit. Steininger machte sich auf den Weg in den Flur. Er begann, die anliegenden Zimmer abzuklappern, klopfte an Türen, betätigte Klinken, doch nirgends öffnete jemand. Steininger suchte selbst die Toiletten auf, doch auch diese waren leer. Es gab noch einen Raum am Ende des Ganges. Hinter der letzten Tür befand sich das Teamzimmer, in dem er selbst schon der ein oder anderen Besprechung beigewohnt hatte. Er erreichte die Tür und wollte gerade mit dem Handrücken dagegen klopfen, als ein lauter Schrei zu vernehmen war, gefolgt von einem Stöhnen. Steininger schoss das Blut in den Kopf. Vorsichtig legte er das Ohr gegen die Tür. Er vernahm eine tiefe männliche Stimme, konnte aber die Worte nicht verstehen. Das erneute Aufstöhnen kam ihm aber sehr vertraut vor. Der Kommissar drehte sich ernüchtert zur Seite und ließ sich gegen die Wand fallen. Also hatte Bohlan mit seiner Vermutung doch recht gehabt: Felicitas hatte ihm ordentlich Hörner aufgesetzt. Doch noch keimte ein Funke Hoffnung in ihm. Noch wollte er seine Illusionen nicht zu Grabe tragen. Immerhin bestand die Möglichkeit, dass es gar nicht Felicitas war, die sich dort hinter der Tür mit wem auch immer vergnügte. Steininger glaubte ein Kratzen zu vernehmen, das von über den Boden geschobenen Stühlen herrührte. Möglicherweise war das Liebespaar dabei, sein Stelldichein zu beenden. Hektisch flüchtete der Kommissar auf die Toilette und verharrte hinter der angelehnten Tür. So konnte er durch den Spalt nach draußen sehen. Wenig später öffnete sich die Tür des Teamraums. Felicitas Maurer und ein junger uniformierter Polizist traten in den Flur.

Steininger, nunmehr jeder Illusion beraubt, bekam weiche Knie. Er glaubte zu träumen und rettete sich in einem letzten Akt in eine der beiden Toilettenkabinen und setzte sich auf die Schüssel. Immerhin konnte er sich noch auf seine Instinkte verlassen, denn wenig später öffnete sich die Tür. Nicht auszudenken, wenn er am Pissoir gestanden hätte und dort mit seinem uniformierten Nebenbuhler zusammengetroffen wäre. Die Versuchung, dem Kollegen ans Bein zu pinkeln oder alternativ einen Schlag ins Gesicht zu verpassen, hätte ihn vermutlich übermannt. Nun saß er auf der Kloschüssel, die Beine zum Bauch angezogen, damit man seine Schuhe nicht sah, und versuchte möglichst lautlos zu atmen.

Der Kollege schien wenig Interesse am Pissoir zu haben. Jedenfalls näherten sich die Schritte der Kabine. Doch zu Steinbrechers Erleichterung wurde die Tür zur Nachbarkabine aufgedrückt. Erleichtert atmete er durch. Natürlich hatte er die Tür von innen verschlossen. Doch der Polizist würde sich mit Sicherheit darüber wundern, warum jemand in der dunklen Toilette auf dem Klo hockte und sich versteckte. In diesem Moment erfüllte das laute Klingeln seines Handys den Raum. Verdammter Mist, dachte Steininger. Schlimmer konnte es nun wirklich nicht laufen. Er versuchte mit der rechten Hand die Hosentasche zu erreichen, in der das Handy steckte. Auch wenn es zu spät war, so wollte er doch dieses verdammte Geräusch ausstellen.

»Hallo, Alexis!«

Es war unzweideutig Felicitas' Stimme, die durch die Toilettenräume hallte.

Steinbrecher wunderte sich. Wieso hörte er ihre Stimme? Wieso hatte er den Lautsprecher an und warum nannte sie ihn Alexis?

Doch des Rätsels Lösung folgte auf dem Fuß.

»Ich bin gleich fertig mit der Arbeit. Dann schaue ich bei dir vorbei. Freu mich schon drauf.«

Es war also gar nicht sein Handy gewesen, das geklingelt hatte. Und er saß auch nicht auf der Männertoilette, und nebenan war auch nicht der uniformierte Kollege. Im Eifer des Gefechts war er in die Frauentoilette geraten. Felicitas Maurer hatte ihn gerade unfreiwillig darüber aufgeklärt, dass sie nicht nur ein Stelldichein mit einem Polizisten hatte, sondern offenbar auch drauf und dran war, ihn ein weiteres Mal an diesem Tag zu betrügen – diesmal mit dem gutaussehenden Griechen. Steininger schwanden die Sinne. Zunächst wollte er wutentbrannt aufspringen und Felicitas zur Rede stellen. Doch dann besann er sich eines Besseren und entschied, die weiteren Schritte sorgfältig zu planen. Er blieb regungslos auf dem Klo hocken. Die Minuten, bis Felicitas den Raum verlassen hatte, krochen elend langsam dahin. Sie verbrachte nach dem Telefonat eine endlos scheinende Zeit auf der Toilette. Steininger hielt sich die Ohren zu. Er wollte gewisse Geräusche nicht hören. Danach stand sie endlos lange am Waschbecken, offenbar damit beschäftigt, ihr Make-up wieder auf Vordermann zu bringen. Endlich kam das erlösende Signal, gesendet von der zufallenden Tür. Steininger streckte die Füße von sich und die Arme nach oben. Es war eine Wohltat, nicht mehr zusammengekrampft auf dem Klodeckel hocken zu müssen. Er wartete weitere fünf Minuten, bis er in der Hoffnung, dass die Luft rein war, den Raum verließ.

***

Lilly Ernst wachte schweißgebadet auf. Ihr Bett war durchnässt, ihr Körper glühte. Benommen tastete sie nach der Wasserflasche, die neben dem Bett stand, und fand sie nach kurzer Suche. Hektisch schraubte sie den Verschluss auf und trank gierig. Ihr Puls begann sich zu normalisieren. Obwohl sie immer noch todmüde war, wollte sie nicht in den Schlaf zurück. Der Alptraum, der sie heimgesucht hatte, war zu intensiv und vertraut zugleich gewesen. Er war wie ein alter Bekannter, der sie in unregelmäßigen Abständen heimsuchte. Vielleicht sollte sie unter die Dusche gehen. In jedem Fall musste sie das Bett neu beziehen. In dem Zustand, in dem es sich jetzt befand, konnte sie unmöglich wieder einschlafen. Sie rappelte sich auf, zog die Bettwäsche von Decke und Kissen und das Betttuch von der Matratze. Sie knüllte alles zusammen zu einem großen Haufen und schob es in den Flur. Nachdem sie frische Wäsche aufgezogen hatte, ging sie ins Bad und stellte sich unter die Dusche. Das heiße Wasser tat nicht nur ihrem Körper gut, sondern auch ihrer Seele. Natürlich war sie danach viel zu wach, um wieder zu schlafen. Sie ging ins Wohnzimmer, schnappte sich eine Decke und legte sich aufs Sofa. Der Fernseher sollte die bösen Gedanken vertreiben. Doch das gelang nur mäßig. Immer wieder kehrte die

Erinnerung an den Traum zurück. Im Gegensatz zu sonst fand sie ihn heute nicht so kindisch und albern. Vielleicht lag es daran, dass sie alleine war. Alleine in diesem riesigen Haus. In Gedanken kehrte sie zu jenem Morgen zurück, als sie beim Joggen die beiden Koffer entdeckt hatte. Die Leichenteile, die sie enthielten, stammten von einem Ehepaar, das ebenfalls in diesem Haus gewohnt hatte. Merkwürdige Geschichte, dachte sie. Wie der Plot zu einem Gruselschocker.

An jenem Morgen im Martin-Luther-King-Park hatte es noch eine äußerst merkwürdige Begegnung gegeben, die sie die ganze Zeit über erfolgreich verdrängt hatte. Die Gestalt aus ihren Träumen war zum ersten Mal in die Realität übergetreten. Als sie die Koffer fand, lehnte die Gestalt ein paar Meter entfernt an einem Baum. War das wirklich die Realität gewesen? Oder hatte sie dieses Bild zusammenfantasiert?

Ihr Puls pochte wieder stärker. Sie schob die Decke zur Seite und ging zu dem Schrank, in dem sich verschiedene Alkoholika befanden. Wahllos griff sie nach einer Flasche. Sie erwischte einen kubanischen Rum, schraubte den Verschluss auf und trank einige Schlucke. Der Rum brannte ihr in der Kehle und drohte den Hals zu verglühen. Sie stellte die Flasche zurück und ging zum Fenster, durch das sie in den Vorgarten und auf die Straße schauen konnte. Alles ruhig, alles friedlich, dachte sie. Kein Mensch war auf der Straße. Wie spät war es eigentlich? Sie wollte sich bereits wegdrehen, als die Scheinwerfer eines Autos die Straße erleuchteten. Der Wagen hielt direkt vor dem Haus. Es war ein schwarzer Mercedes Kombi. Genau so einer, wie ihn Emma fuhr. Aber die konnte es nicht sein, denn sie war irgendwo in der Weltgeschichte unterwegs. Als sich die Tür des Mercedes öffnete, gefror ihr das Blut in den Adern. Die Gestalt, die ausstieg, kam ihr seltsam bekannt vor. Sie trug einen schwarzen Umhang und hatte diesmal eine Kapuze über den Kopf gezogen. Lilly rannte aus dem Wohnzimmer, die Treppe nach oben und verkroch sich in ihrem Bett.

11.

Julia Will hatte eine absolut desolate Nacht hinter sich gebracht. Obwohl sie am Abend völlig k. o. gewesen war, hatte sich keine richtige Müdigkeit eingestellt. Ihr Körper verlangte nach Schlaf, ihr Geist aber nicht. Sie setzte sich mit einem Glas Wein vor den Fernseher und zappte durch die Programme. Schlussendlich blieb sie bei einer alten Folge von ›Sex and the City‹ hängen. Keine tiefgründige Serie, doch gute Unterhaltung. Als Alex vom Training nach Hause kam, verkündete sie, nur noch die Folge zu Ende sehen zu wollen. Alex zog von dannen. Mit Serien dieser Art hatte er nichts am Hut. Wills Verhängnis war, dass der Sender mehrere Folgen hintereinander brachte, quasi als Endlosschleife. Sie blieb auf dem Sofa sitzen. Als sie eine Stunde später den Weg nach oben fand, schnarchte Alex ziemlich laut. Sie ahnte bereits, dass es mit dem Einschlafen schwer werden würde, legte sich aber trotzdem hin. Die Nacht war eine Aneinanderreihung von Einschlafen und Aufwachen. Dazwischen musste der Schnarcher neben ihr durch leichte Schubser zur Räson gebracht werden. In den Wachphasen versuchte sie vergeblich, die Gedanken zu verdrängen, die um den aktuellen Fall kreisten. Nachdem ihre Oma ihr mitgeteilt hatte, dass ihr das Ehepaar Kippenberger irgendwie bekannt vorkäme, ging sie die Ergebnisse der bisherigen Ermittlungsarbeit immer wieder durch. Sie war sich sicher, dass es irgendwo ein Detail gab, das sie entweder übersehen oder falsch gedeutet hatten. Doch ihre Suche war gleichermaßen verzweifelt wie vergeblich. Aber immer wieder kreisten ihre Gedanken um Lilly Ernst. Was für eine Rolle spielte die junge Frau in dieser Geschichte? Für eine zufällige Zeugin stand sie zu vielen Personen zu nah. Sie ging in der ›Fitness-Box‹ täglich ein und aus. Deren Betreiber wurden von Dirk Stricker beschuldigt, tief in

Drogengeschäfte verwickelt zu sein. Gleichzeitig wohnte sie in dem Haus, in dem die beiden Opfer gelebt haben sollen. Diese wiederum hatte Lilly tot und zerstückelt in zwei Koffern gefunden. Und dann stand immer noch die Aussage eines Sportlers im Raum, dass Lilly eine Affäre mit Tilmann Weisenbach habe. Je länger Will über all dies nachdachte, desto sicherer wurde sie, dass Lilly die Leichen nicht zufällig gefunden hatte. Aber was steckte dahinter? Der unsicherste Punkt an der ganzen Geschichte war in ihren Augen die angebliche Affäre mit Tilmann Weisenbach. Sie passte nicht in das ganze Konstrukt. Und außerdem gab es, abgesehen von der Aussage des Sportlers, keinerlei Anhaltspunkte für die Richtigkeit dieser Vermutung. Wenn Will sich recht erinnerte, dann hatte der Sportler nur verdächtige Geräusche durch eine angelehnte Tür gehört. Weder hatte er Ernst noch Weisenbach gesehen. Es konnten also auch ganz andere Personen hinter der Tür gewesen sein. Je länger sie darüber nachdachte, desto mehr kam sie zu dem Schluss, dass der Sportler sich geirrt haben musste. Und ein weiterer Punkt machte sie stutzig. Ernst schien ein viel zu enges Verhältnis zu Emma Weisenbach zu haben, als dass sie gleichzeitig eine Affäre mit deren Mann einging. Ausgeschlossen war es natürlich nicht, aber unwahrscheinlich. Will fasste den Entschluss, sich am kommenden Morgen mit der jungen Frau einmal von Frau zu Frau zu unterhalten.

Keine Viertelstunde, nachdem Will endlich eingeschlafen war, klingelte der Wecker. Alex tastete mit der Hand danach und klopfte auf dessen Oberseite. Das Piepsen verstummte, und Alex drehte sich zu Julia, um sich an sie zu kuscheln. Die Wärme und Geborgenheit, die er ausstrahlte, ließ sie wieder eindämmern – ein Zustand, der allerdings keine fünf Minuten andauerte, denn dann piepste es erneut. Gerne wäre Will einfach liegen geblieben, doch ein anstrengender Tag lag vor ihr. Und auch Alex machte Anstalten, sich zu erheben. Während er sich unter die Dusche verzog, streifte sie ihre Sportklamotten über und bereitete in der Küche das Frühstück vor.

»Was ist denn mit dir los?«, fragte Alex, als er die Küche betrat.

»Was meinst du?«, entgegnete Will, die eine Tasse Kaffee in der Hand hielt.

»Dein Aufzug. Willst du etwa joggen?« Alex grinste bei dieser Bemerkung.

»Da gibt's überhaupt nichts zu grinsen. Ich bin früher oft joggen gegangen.«

»Mag sein. Aber früher liegt dann schon ziemlich lang zurück. Momentan schaffst du es noch nicht einmal ins Training.«

»Ein Grund mehr, laufen zu gehen.«

Will stand immer noch mit der Tasse in der Hand und lehnte mit dem Rücken an der Arbeitsplatte. Alex setzte sich und griff eine Scheibe Toastbrot.

»Oder spekulierst du darauf, beim Joggen einen Koffer zu finden?«, scherzte Alex, während er Butter auf das Brot strich.

»Das ist ein guter Witz«, entgegnete Will. »Und überhaupt. Toast ist auch nicht gerade ein gesundes Frühstück.«

Alex ließ sich von Julias Bemerkung wenig beeindrucken und strich nunmehr das Brot mit Honig ein. »Hast du noch Kaffee?«

»Selbstverständlich, Schatz.« Will nahm die bereits gefüllte Tasse, die unter dem Automaten stand, und stellte sie auf den Tisch.

»Ich habe dir doch von dieser Lilly erzählt«, sagte sie dann.

»Das ist die junge Frau, die die Leichenteile im Park entdeckt hat, nicht wahr?«, fragte Alex, während er kaute.

»Genau. Sie bewohnt die schöne Villa um die Ecke. Und sie ist ein totaler Fitnessfreak. Jedenfalls gibt es da so einige Dinge in ihrem Leben, die ich nicht ganz verstehe. Ich dachte, wenn ich ihr morgens auflauere und ein paar Schritte mit ihr laufe, dann …«

Alex brach in schallendes Gelächter aus. Will sah ihn missmutig an. »Was gibt's da zu lachen?«

»Wenn sie so ein Fitnessfreak ist, wie du sagst, dann wirst du nicht viel erfahren.« Alex streckte die Hand nach einem zweiten Toast aus.

»Wieso nicht?«

»Weil sie nach zwanzig Metern weg ist. Bei deiner Kondition.«

»Idiot.«

Auf dem Weg zu Lilly Ernst ärgerte sich Julia Will noch immer über Alex' Bemerkungen beim Frühstück. Natürlich hatte er mit seiner Behauptung recht. Mit ihrer Kondition war es wirklich nicht zum Besten bestellt, und das Judotraining hatte sie in den vergangenen Wochen mehr als einmal ausfallen lassen. Es war einfach zu viel los: die Arbeit am aktuellen Fall, der Umbau des Obergeschosses und Omas Probleme mit ihrem Buch. Alex hatte leicht reden. Er ging morgens aus dem Haus, therapierte seine Patienten und konnte abends in aller Ruhe Trainingsstunden geben. Er hatte ein schönes, geregeltes Leben. Allerdings war es auch bei Weitem nicht so spannend wie das ihre. Sie bog um die Ecke und nahm Kurs auf Ernsts Haus. Ein wenig plagte sie das schlechte Gewissen, weil sie niemandem im Ermittlerteam Bescheid gegeben hatte. Auch würde sie vermutlich zu spät zur morgendlichen Besprechung im Kommissariat erscheinen. Sie überlegte, ob sie nicht wenigstens kurz eine Nachricht an Tom schicken sollte. Doch beim Abtasten ihrer Laufhose bemerkte sie, dass sie ihr Handy nicht dabeihatte.

***

Tom Bohlan erwachte an diesem Morgen früh. Er schnappte sich die Laufschuhe und zog sie an. Was das Training betraf, war er nachlässig geworden. Früher war er mindestens jeden zweiten Tag gelaufen. Doch seit geraumer Zeit fiel es ihm zunehmend schwerer, sich zu motivieren. Und nicht nur das: Er trank abends mehr Alkohol und hatte zudem das Rauchen wieder angefangen. Zwar waren es bislang nur ein paar vereinzelte Zigaretten gewesen, doch wer weiß, wohin der Weg noch führte? Die letzte Joggingrunde hatte ihn immerhin bis zu den zwei Rudervereinen geführt. Eine Strecke, über die er früher müde gelächelt hätte. Heute kam es noch schlimmer.

Bohlans geänderte Lebensgewohnheiten forderten bereits nach einigen hundert Metern ihren Tribut. Das Atmen fiel dem Kommissar schwer. Er schnappte regelrecht nach Luft und musste zum Verschnaufen eine ganze Strecke gehen. Als er wieder mit leichtem Joggen begann, spürte er ein Ziehen im äußeren Bereich des linken Knies. Mit zunehmender Schrittzahl wandelte es sich zu einem stechenden Schmerz. Er musste wieder gehen. Verdammt, du wirst alt, sagte er zu sich selbst. Vielleicht musste er schon bald auf Nordic Walking umsteigen. Bislang hatte er die Menschen immer belächelt, die mit Langlaufstöcken spazieren gingen. Sah so seine Zukunft aus? Man wird nicht jünger, knurrte er und begann in einer Art Trotzreaktion zu laufen. Das Stechen kehrte sofort zurück und Bohlan versuchte sich abzulenken. Er wandte sich in Gedanken dem aktuellen Fall zu. Nach Strickers Selbstmord war die Aufklärung in greifbare Nähe gerückt. Bedauerlich, dass Stricker diesen radikalen Weg gehen musste. Bohlan hätte sich gewünscht, der Sachbearbeiter hätte das Geständnis lebend abgegeben. Stricker musste völlig verzweifelt gewesen sein – wahrscheinlich eine Folge des Kreislaufs aus Drogenkonsum und Beschaffungskriminalität. Der Mann hatte jeglichen Glauben an Hilfe verloren. Dabei wäre bestimmt etwas machbar gewesen, sowohl was die Verurteilung als auch was seine Drogenabhängigkeit betraf. Strickers schriftliche Hinterlassenschaft beschuldigte Tilmann Weisenbach und Benno Cordes schwer. Bislang hatte eine absolute Nachrichtensperre verhindert, dass irgendetwas über Strickers Tod nach außen drang. An diesem Morgen galt es, die beiden Männer zu verhören. Einen Haftbefehl würde es ohne große Probleme geben.

Er hatte die Brücke erreicht, die die Wörthspitze mit dem Höchster Ufer verband, und ging wieder in ein Gehen über. Gemächlichen Schrittes überquerte er die Brücke und lief in Richtung Hausboot.

***

Will erreichte das Gartentor. Sie drückte auf den Klingelknopf und wartete vergeblich auf eine Reaktion. Hoffentlich kam sie nicht zu spät. Sie warf einen Blick auf ihre Armbanduhr, eine billige Ice-Watch-Imitation aus dem Discounter. Kurz vor acht. Sie klingelte ein zweites Mal und griff kurz danach über das Tor an den innen liegenden Knauf. Er ließ sich drehen und das Gartentor sprang auf. Ein wenig zögerlich schritt sie auf die Treppe zu, die zur Haustür hinaufführte. Sollte sie rufen, sich bemerkbar machen? Sie hasste es selbst, wenn jemand plötzlich und unerwartet vor der Haustür stand. Als sie die Treppenstufen hochgestiegen war, verharrte sie vor der Haustür. Dann drückte sie auf den Klingelknopf, der sich rechts neben der Tür befand. Das Klingeln war deutlich zu hören: ding-dong. Will trat von einem Fuß auf den anderen und bemerkte dann, dass die Haustür einen kleinen Spalt offen stand. Sie sah sich um. War Lilly vielleicht irgendwo im Garten unterwegs? Vielleicht vollführte sie Stretchingübungen auf dem Rasen hinterm Haus.

»Hallo, Frau Ernst?« Die Antwort blieb aus. Kurzentschlossen stupste Will mit der rechten Hand die Haustür auf und trat in den Flur.

Kaffeeduft lag in der Luft. Von irgendwo her klang Musik. Vermutlich lief das Radio. Will machte einige Schritte den Flur entlang.

»Hallo! Jemand zu Hause? Frau Ernst? Hier ist Kommissarin Will.«

Wieder erfolgte keinerlei Reaktion. Will lief an der Küche vorbei, warf einen Blick hinein. Der Schalter der Kaffeemaschine leuchtete rot. Die gläserne Kanne war zur Hälfte gefüllt. Die Musik schallte lauter als im Flur. Vermutlich war das Küchenradio eingeschaltet.

»Hallo, Frau Ernst, sind Sie zu Hause?«, rief Will noch einmal.

Die Antwort war immer noch Schweigen. Merkwürdig, dachte Will. Wo zum Teufel steckte Lilly Ernst? War sie bereits auf ihrer morgendlichen Joggingrunde? Stand sie unter der Dusche? Oder war sie doch im Garten? Vielleicht hätte sie zuerst hinterm Haus nachsehen sollen. Julia Will verblieb nicht mehr viel Zeit darüber nachzudenken. Als sie das Wohnzimmer betrat, genügten wenige Sekundenbruchteile, um die Situation zu erfassen. Doch sie hatte keine Gelegenheit mehr zu reagieren.

***

Gegen acht Uhr saß Bohlan frisch geduscht und mit einem Pott Kaffee in der Hand im Präsidium. Er ließ seinen Blick über die Fotos und Zettel schweifen, die am Whiteboard befestigt waren.

Da waren zunächst die beiden ersten Opfer, Jürgen und Karola Kippenberger. Neben zwei Fotos aus besseren Zeiten, als sie noch eine Wohnung und ein geregeltes Leben hatten, hingen Bilder der gefundenen Leichen. Von Dirk Stricker gab es nur eine Aufnahme, die ihn in Anzug und Krawatte zeigte. Das Foto hatte die Wohnungsbauholding zur Verfügung gestellt. Vermutlich war es für die Internetpräsenz oder einen Katalog aufgenommen worden. Bohlan hatte Strickers Bild neben die Aufnahmen der Kippenbergers angebracht. Daneben hingen noch ein Foto und Stichpunkte zu Sven Hagedorn, der immer noch verschwunden war. Zu ihm stand in Strickers Abschiedsbrief keine Zeile geschrieben.

Die vier Personen gehörten unmittelbar zusammen. Das Ehepaar Kippenberger und Sven Hagedorn als obdachlos gewordene Mieter. Stricker als der Mann, der als eine Art Helfer auftauchte und die Hoffnung schöpfenden Menschen direkt in die Hände der Drogenmafia beförderte. Er spielte den rettenden Engel und er war doch der Teufel, dachte Bohlan. Als Nächstes gruppierte er die anderen Fotos um. Er rückte Tilmann Weisenbach und Benno Cordes ins Zentrum und verband sie durch einen Pfeil mit Stricker. Diese Verbindung schien zweifelsfrei festzustehen. Dann bildete er ein Dreieck aus den Bildern von Tilmann Weisenbach, seiner Frau Emma und Lilly Ernst. Das war eine durchaus merkwürdige und zugleich undurchsichtige Konstellation. Lilly Ernst schlief mit Tilmann Weisenbach. War es nur eine Bettgeschichte oder mehr? Und dennoch schien sie eine Freundschaft mit Emma zu verbinden. Jedenfalls vertraute Emma Weisenbach ihr so sehr, dass sie ihr die geerbte Villa überließ. Bohlan kratzte sich nachdenklich über das Kinn.

In diesem Moment betrat Walter Steinbrecher den Raum. Er hängte seine Lederjacke an den Kleiderhaken und legte den Motorradhelm auf den Tisch.

»Morsche, Tom«, sagte er und nahm die Eintracht-Tasse von seinem Schreibtisch. Er schenkte Kaffee ein und stellte sich neben Bohlan. »Du bist dabei, den Kosmos neu zu ordnen.«

»Ja«, entgegnete Bohlan, ohne den Blick vom Whiteboard zu lassen.

Steinbrecher kniff die Augen zusammen. Es vergingen einige Minuten, in denen die beiden nichts sagten, einfach nebeneinanderstanden und das Whiteboard betrachteten.

»Du hast eine Verbindung vergessen«, sagte Steinbrecher schließlich. Die plötzlichen Worte erschreckten Bohlan. »Hä, was?«

»Hier!« Steinbrecher deutete auf Emmas Bild. Dann fuhr er mit dem Finger quer über das Board zu den Kippenbergers. »Wenn Hagedorns Aussage stimmt, haben die Mordopfer in Emmas Haus gewohnt. Das musst du bei deinen Überlegungen berücksichtigen.«

Natürlich hatte Steinbrecher recht. Bohlan malte eine gestrichelte Linie von Emma zu den Kippenbergers und knurrte: »Zufrieden?«

»Ja.«

»So sehr ich mich auch anstrenge«, sagte Bohlan, »ich verstehe die Zusammenhänge noch nicht so ganz. Nehmen wir einmal an, Weisenbach und Cordes sind tatsächlich die Strippenzieher eines Drogenrings und die Kippenbergers wurden als Drogenkuriere von Stricker angeheuert. Warum mussten sie dann sterben?«

»Vielleicht haben sie den Hals nicht voll genug bekommen und haben Weisenbach und Cordes erpresst? Das wäre doch eine gute Erklärung.«

Bohlan nickte. Das wäre in der Tat ein mögliches Motiv. »Bleibt aber die Frage, wo Emma Weisenbach steckt und was mit Sven Hagedorn passiert ist«, ergänzte Steinbrecher.

»Ja, und ich frage mich, warum ausgerechnet Lilly die Leichen gefunden hat und ob auch sie in Gefahr schwebt.« Bohlan sah auf seine Armbanduhr. »Wo bleibt eigentlich Julia? Sie wollte schon vor einer halben Stunde hier sein.«

***

Julia Will wollte schreien, doch der Knebel im Mund verhinderte, dass sie mehr als ein Brummen von sich geben konnte. Verzweifelt kämpfte sie gegen die Handschellen an, die ihre Hände hinter der Stuhllehne zusammenhielten. Auch treten konnte sie nicht mehr, da die Beine an den Stuhlbeinen fixiert waren. Noch vor wenigen Sekunden hätte sie vielleicht aufspringen können, doch nun drückte einer der beiden Männer, die für ihre Situation verantwortlich waren, sie gegen den Stuhl. Der andere war damit beschäftigt, ihr einen Strick um den Bauch zu legen und ihn dann um die Stuhllehne zu wickeln. Ihr dröhnender Schädel war Folge des Schlags, den sie in dem Moment auf den Kopf bekommen hatte, als sie das Wohnzimmer betrat. Noch immer waren ihre Gedanken wie vernebelt. Vermutlich hatte sie für einige Sekunden das Bewusstsein verloren. Doch der Anblick der leblosen Lilly Ernst ließ die Erinnerungen zurückkehren. Der Körper lag in seitlicher, gekrümmter Haltung nur wenige Meter von ihren Füßen entfernt. Die Haare waren zu einem Zopf gebunden. Will drehte den Kopf zur Seite, um den Anblick nicht länger sehen zu müssen. Der Schweißgeruch der Männer stieg beißend in ihre Nase. Ein übler Geruch. Am liebsten hätte sie die Luft angehalten. Die beiden ließen jetzt von ihr ab und entfernten sich einige Schritte. Beide trugen schwarze Jeans und T-Shirts. Will kniff die Augen zusammen, um sie besser betrachten zu können. Der Schlag auf den Kopf schien ihre Sehnerven durcheinandergebracht zu haben. Sie glaubte, ihre Umwelt nur verschwommen wahrnehmen zu können. Die beiden wirkten wie geklont und waren an ihrer Statur nicht zu unterscheiden. Ihre Gesichter wurden von Panzerknackermasken verdeckt. Einer der beiden drehte einen Stuhl herum, der zuvor am Esstisch gestanden hatte, und ließ sich breitbeinig nieder. Die Arme vor dem Körper verschränkt, schien er Will anzustarren. Der andere machte sich an einem Koffer zu schaffen, der auf dem Esstisch stand. Will glaubte zu erkennen, dass er irgendwelche Teile ineinandersteckte. Will vernahm ein Rumpeln über sich. Für einen Moment ließ sie die beiden Panzerknacker aus den Augen. Reflexartig ging ihr Blick nach oben. Doch natürlich konnte sie nichts weiter sehen als das Weiß der Decke. Waren da Schritte auf der Treppe? Irgendjemand lief die Stufen hinunter. Ihr Blick wandte sich zur Tür, die offen stand. Doch außer den Bildern, die im Flur an der Wand hingen und abstrakte Farbkleckse zeigten, war nichts zu sehen. Immer wieder das Auftreten von Absätzen auf Holz. Immer noch wirkte die Umgebung auf sie äußerst unscharf. Sie versuchte sich auf die Geräusche aus dem Flur zu konzentrieren. Die Schritte schienen näher zu kommen. Derjenige, der sich im ersten Stock aufgehalten hatte, war auf dem Weg nach unten.

Wieder riss sie etwas aus der Konzentration. Diesmal war es eine Bewegung neben sich. Der Panzerknacker, der zuvor am Tisch gewesen war, stand jetzt direkt neben ihr. Etwas Silbernes blinkte in seiner Hand. Will brauchte einen Moment, um den Gegenstand zu erkennen. Es war die Spitze einer Spritze, die jetzt in die Haut ihres Unterarms gestochen wurde. Der Einstich ließ sie aufstöhnen. Dann glaubte sie eine warme Flüssigkeit zu spüren, die in ihren Körper eindrang.

***

»Hast du eine Ahnung, wo Julia bleibt?« Bohlan sah Steinbrecher verärgert an, doch sein Kollege zuckte nur mit den Schultern. Bohlan versuchte es noch einmal auf Wills Handy, doch es meldete sich nur die Mailbox. Der Kommissar hinterließ zum zweiten Mal an diesem Morgen eine Nachricht.

»Vielleicht ist sie unterwegs«, sagte Steininger.

»Ja, vielleicht«, grantelte Bohlan zurück. »Wir sollten nicht länger warten. Dann ist sie eben nicht dabei.«

Bohlan kritzelte eine Nachricht für Julia auf ein Blatt Papier. Dann verließ er gemeinsam mit Steinbrecher und Steininger das Kommissariat.

Eine Viertelstunde später fuhren drei Polizeiwagen an der Müllverbrennungsanlage vorbei. Bohlan lenkte den Van auf den Parkplatz der ›Fitness-Box‹. Die beiden Wagen der uniformierten Kollegen parkten neben ihm. Der Tross nahm Kurs auf den Eingang.

Tilmann Weisenbach saß zu diesem Zeitpunkt in seinem Büro. Er hatte mit dem Auftauchen der Polizei gerechnet, wenn auch nicht mit diesem Aufgebot. Als er festgenommen wurde, leistete er keinen Widerstand. Benno Cordes wurde zu seinem Ärger aus einem Trainingskurs gerissen. Er machte zunächst Anstalten, an den Polizisten vorbeizustürmen, besann sich im letzten Moment aber eines Besseren. Die Uniformierten brachten ihn in Weisenbachs Büro, wo Bohlan die beiden mit den Tatvorwürfen konfrontierte. Obwohl sie sich über Strickers Tod schockiert zeigten, war Bohlan sicher, dass sie den Sachverhalt bereits kannten. Nachdem Bohlan Strickers Abschiedstext verlesen hatte, verlangte Cordes nach seinem Anwalt, doch Weisenbach fuhr ihm in die Parade.

»Lass gut sein, Benno. Wir kommen aus der Nummer nicht mehr raus.« Er wandte sich an Bohlan. »Alles, was Stricker geschrieben hat, entspricht der Wahrheit.«

Bohlan atmete innerlich auf – zu früh, wie sich bald herausstellen sollte.

»Ich aber nicht!«, schrie Cordes. »Das mit dem Crystal Meth gebe ich ja zu, aber mit Mord habe ich weiß Gott nichts am Hut.«

Bohlan kochte. Der Zynismus des Muskelprotzes brachte ihn zur Weißglut. Cordes hatte Drogen geschmuggelt und verkauft, dabei die Ärmsten der Armen missbraucht und unzählige Menschen von dem tödlichen Zeugs abhängig gemacht. Nun erdreistete er sich mit Unschuldsmiene zu behaupten, nichts mit Mord zu tun zu haben.

»Sie haben also niemanden auf dem Gewissen!?«, brüllte Bohlan. »Und was ist mit den Menschen, die Sie mit dem tödlichen Zeugs abhängig gemacht haben? Das Crystal hat ihr Leben ruiniert. Ich will nicht wissen, wie viele daran krepiert sind.«

»Was wollen Sie eigentlich«, entgegnete Cordes. »Ich biete doch nur etwas auf dem Markt an. Jeder kann frei entscheiden, ob er es kauft oder nicht. Bei Zigaretten oder Alkohol macht der Staat ja auch nicht so ein Geschiss.«

»Rauchen kann tödlich sein«, erwiderte Bohlan. »Crystal Meth ist es in jedem Fall!«

»Das eine ist legal, das andere nicht. Trotzdem bringe ich niemanden um und verstaue die Einzelteile in einem Koffer. Das können Sie mir wirklich nicht in die Schuhe schieben. So, und von nun an sage ich auch nichts mehr ohne meinen Anwalt.«

Bohlan trommelte mit den Fingern auf der Tischkante herum und drehte sich zu Tilmann Weisenbach. Der Mann schien ihm vernünftiger zu sein. »Wo ist Ihre Frau?«, stieß er hervor.

Weisenbach zeigte keinerlei Regung. Er sah Bohlan mit versteinerter Miene an. Kein Muskel in seinem Gesicht zuckte. Nichts deutete darauf hin, dass der Mann nervös sein könnte.

»Ich will Ihnen mal sagen, was ich glaube«, donnerte Bohlan. »Die Kippenbergers sind Ihnen auf die Schliche gekommen. Wie sie das gemacht haben, weiß ich nicht. Aber sie haben es geschafft. Und sie waren mit dem Lohn für ihre Schmuggeldienste nicht zufrieden. Sie wollten mehr. Deshalb durften sie in der Niederurseler Villa wohnen, die zum Glück leer stand. Aber auch das reichte ihnen nicht. Sie wollten immer mehr Geld. Vermutlich haben sie herausbekommen, dass Sie mit Lilly eine Affäre haben und Sie damit erpresst. Irgendwann wurde es Ihnen zu viel. Jeder Krug geht zum Brunnen, bis er bricht, nicht wahr?«

Bohlan machte eine Pause, um seine Worte auf Weisenbach wirken zu lassen. Und in der Tat glaubte er, erste Anzeichen für eine bröckelnde Fassade erkennen zu können. Schweißperlen bildeten sich auf Weisenbachs Stirn. Sein Gesicht verfärbte sich rot vor Zorn, aber noch hielt er sich unter Kontrolle. Bohlan holte zum nächsten verbalen Schlag aus.

»Sie haben die beiden getötet und in den Koffern verstaut. Ich verstehe aber nicht, warum ausgerechnet Lilly die Kippenbergers finden musste. Wollten Sie auch ihr einen Denkzettel verpassen? Wurde sie zu aufmüpfig? Wollte sie mehr als nur eine Affäre? Und warum haben Sie dann Ihre Frau aus dem Weg geräumt? Wo haben Sie ihre Leiche versteckt?«

»Halten Sie endlich Ihr dreckiges Maul!«, stieß Weisenbach hervor. »Ich hatte weder eine Affäre mit Lilly noch habe ich meine Frau getötet!«

»Sondern? Erzählen Sie mir, wie es war«, entgegnete Bohlan. Er stand jetzt direkt vor Weisenbach, in den Knien leicht gebeugt und stützte sich mit den Händen auf den Oberschenkeln ab. Wie ein Raubtier, das seine Beute taxierte, starrte er Weisenbach in die Augen. Er hatte den Fitnesstrainer in die Enge getrieben. Der Mann taumelte. Gleich würde er reden. Bohlan fühlte sich auf der Siegerstraße. Doch Weisenbach tat ihm den Gefallen nicht. Er hatte offensichtlich stärkere Nehmerqualitäten als gedacht.

»Ich will jetzt meinen Anwalt sprechen!«

Bohlan schnaufte. Er richtete sich wieder auf, lief einige Schritte durch den Raum. Ein kurzer Blickkontakt zu Steinbrecher und Steininger. Bohlan hoffte auf einen rettenden Einfall der beiden. Doch sie zuckten nur mit den Schultern.

»Also gut«, sagte Bohlan und wandte sich an die Uniformierten. »Bringen Sie die beiden ins Präsidium.«

Bohlan beobachtete missmutig, wie die Polizisten Cordes und Weisenbach packten und aus dem Raum führten. Steinbrecher begleitete sie auf den Parkplatz.

***

»Ziemlich harte Nuss«, sagte Steinbrecher, nachdem Weisenbach und Cordes in den Polizeifahrzeugen Platz genommen hatten. Er steckte sich eine Zigarette in den Mundwinkel und hielt sich das Feuerzeug vor die Nase.

»Willst du auch eine?«

Bohlan schüttelte den Kopf. »Danke, nein.« Er suchte nach seinem Handy, fand es in der Hosentasche und starrte auf das Display. Vor der Festnahme hatte er den ›Bitte nicht stören‹-Modus eingeschaltet, den er jetzt wieder deaktivierte. Er hoffte auf eine Nachricht von Julia, doch die Mailbox war leer.

»Hat sich Julia bei einem von euch gemeldet?«

Steinbrecher und Steininger sahen ebenfalls auf ihren Handys nach. Beide schüttelten den Kopf.

»Das ist mehr als ungewöhnlich. Irgendwas stimmt da nicht!«

Bohlan fuhr sich mit der Hand über den Kopf. Dann rief er Annegret Will an.

***

Julia Will fühlte sich in einer surrealen Welt. Die Gefühle, die sie beherrschten, waren längst von Angst zu Euphorie gewechselt. Klar sehen konnte sie noch immer nicht, doch die Frau, die vor ihr stand und auf sie einredete, kam ihr bekannt vor. Ihre Gestalt vervielfachte sich, zerfiel in Einzelteile und begann sich um sich selbst zu drehen. Will glaubte, durch ein Kaleidoskop zu blicken. Die Stimme klang blechern und zugleich überdreht. Will versuchte, sich auf den Klang zu konzentrieren.

»Es tut mir sehr leid, dass Sie in diese Situation geraten sind. Ich hätte das gerne vermieden. Aber leider sind Sie zu schlau. Nie im Leben hätte ich damit gerechnet, dass Sie mir so schnell auf die Schliche kommen.«

Wer steckte hinter diesen Worten? Will kniff die Augen zusammen, um die Frau besser fixieren zu können. Doch die Umrisse ihres Gesichts blieben verschwommen. Es war eine Masse aus Haut, blonden Haaren und farbigen Tupfern, die wahrscheinlich von der Kleidung herrührten. Die Stimme fuhr fort.

»Aber Ihr Mut und Ihre Intelligenz sollen belohnt werden. Ich werde Ihnen meine Geschichte erzählen.«

»Warum tun Sie das?«, stammelte Will.

»Weil Sie eine Frau sind. Eigentlich sollten wir zusammenhalten, aber ich muss jetzt an mich denken, nicht an die Solidarität.«

Will begriff nicht, was die Frau ihr sagen wollte. Doch dann kam ihr ein kleiner Umstand zugute, der ihr weiterhalf. Das Kaleidoskop blieb für einen Moment stehen. Und bevor es sich wieder in Bewegung setzte, diesmal in die entgegengesetzte Richtung, konnte sie das Gesicht der Frau erkennen. Es war Emma Weisenbach. Mit einem Mal begann Julia zu verstehen. In diesem einen lichten Moment sah sie die Welt, wie sie wirklich war. Sie waren die ganze Zeit einem Denkfehler aufgesessen. Lilly hatte eine Affäre, aber nicht mit Tilmann Weisenbach, sondern mit seiner Frau.

»Mein Mann und ich, wir haben uns in den letzten Jahren immer weiter entfremdet. Nur das gemeinsame Geschäft hielt uns zusammen. Privat haben wir alles nur zum Schein aufrechterhalten. Doch er hat immer mehr krumme Geschäfte gemacht. Er hatte jede Menge Affären, vergnügte sich zudem mit Nutten. Ja, so war das. Aber ich wusste lange nicht, was da wirklich ablief. Bis ich das Ehepaar Kippenberger kennenlernte. Durch sie erfuhr ich das ganze Ausmaß und die Hintergründe des Drogenschmuggels. Ich war zunächst wie vor den Kopf gestoßen. Aus Mitgefühl und auch aus Scham über das, was mein Mann trieb, ließ ich die Kippenbergers in meinem geerbten Haus wohnen. Sie brauchten eine Bleibe und meine Mutter war wenige Wochen zuvor verstorben.« Emma Weisenbach machte eine kurze Pause. Julia versuchte sich im Raum zu orientieren. Doch das fiel ihr weiterhin schwer. Sie glaubte aber, die beiden Männer mit den Panzerknackermasken zu erkennen. Wer waren sie? Anfangs hatte sie Cordes und Weisenbach hinter den Masken vermutet, aber dieser Gedanke erschien ihr nun als abwegig. Es blieb ihr keine Zeit, weiter darüber nachzudenken, denn Emma Weisenbach sprach weiter: »Kurze Zeit später lernte ich Lilly Ernst kennen. Mit der Zeit entwickelte sich eine tiefe Beziehung. Lilly ist wundervoll. Zerbrechlich und stark zugleich. Ich fühlte mich mehr und mehr zu ihr hingezogen. Irgendwann blieb es nicht mehr bei Gesprächen. Es folgten erste, vorsichtige Berührungen, bis wir zusammen im Bett landeten. Es waren himmlische Stunden. Die Erfüllung, die ich mit ihr erlebte, war tief und einzigartig. Ich hatte so eine Intensität niemals zuvor erlebt.«

Wieder hielt das Kaleidoskop an. Will stöhnte auf. Sie spürte, wie ihr heiß und kalt zugleich wurde. Sie fühlte sich seltsam frei und unbesiegbar, obwohl sie in einer aussichtslosen Situation steckte. Aber sie war dabei, den Fall aufzuklären, und nur das zählte. Sie war es, die die Rätsel löste. Sie war die perfekte Polizistin. Sie brachte Emma Weisenbach zum Reden. Tom würde stolz auf sie sein.

***

»Und?«, fragte Steinbrecher. Die Sorgenfalten auf Bohlans Gesicht vergrößerten sich, je länger das Gespräch mit Annegret Will dauerte. Jetzt beendete er das Telefonat und steckte das Handy wieder in seine Hosentasche.

»Kommt schnell.« Bohlan sprintete zum Polizei-Van. Steinbrecher und Steininger sahen sich fragend an.

»Jetzt macht schon. Wir dürfen keine Zeit verlieren!«, rief Bohlan. Er riss die Tür auf und startete den Motor. Die Stones beeilten sich, das Auto zu erreichen. Als sie einstiegen, fuhr Bohlan bereits los.

»Kannst du uns mal sagen, was los ist?«

Bohlan drückte mächtig aufs Gaspedal. Mit quietschenden Reifen schoss der Wagen vom Parkplatz auf die Straße.

»Julia ist heute Morgen zu Weisenbachs Villa gelaufen, direkt nach dem Frühstück. Seitdem verliert sich ihre Spur. Annegret Will dachte, dass sie dann gleich ins Präsidium gefahren sei. Aber das stimmt ja wohl nicht. Sie hätte sich längst bei einem von uns gemeldet. Irgendwas läuft da gerade gewaltig schief.«

Bohlan ließ die Scheibe hinunter und griff das Martinshorn. Der Wagen donnerte an der Müllverbrennungsanlage vorbei. Kurz bevor sie die Ampelanlage erreichten, gingen Blaulicht und Sirene los. Die Fliehkräfte drückten die Kommissare nach links, als der Wagen auf die Heddernheimer Landstraße einbog.

»Also doch Lilly«, sagte Steininger. »Hat sie uns die ganze Zeit etwas vorgespielt?«

»Oder Emma Weisenbach«, entgegnete Steinbrecher. »Würde mich nicht wundern, wenn sie plötzlich wie aus dem Nichts auftauchte.«

Bohlan lenkte den Wagen am Nordwestzentrum vorbei und bog in den Hammarskjöldring ein.

»Ist mir eigentlich alles egal. Hauptsache, Julia passiert nichts.«

***

»Jürgen Kippenberger hat uns in flagranti erwischt. Seitdem hielt er mein Leben in seinen Händen und er ließ sich sein Schweigen teuer bezahlen. Zunächst verlangte er ein paar Scheine. Ich zahlte sie bereitwillig. Doch er kam immer wieder. Es ist schlimm, wenn Menschen von der Gier erfasst werden. Er verlangte immer mehr, in immer kürzeren Abständen. Irgendwann sah ich keinen Ausweg mehr. Ich musste handeln, mich aus den Fesseln dieser Erpressung befreien. Ich ließ die Kippenbergers ermorden.« Emmas Blick zuckte in Richtung der Maskenträger. »Ihre Leichenteile packten wir in einen Koffer, den wir im Keller der Villa verstauten. Ich bot Lilly das Haus an, und sie nahm es dankbar an.«

Julia Will versuchte sich auf Emma Weisenbachs Stimme zu konzentrieren, doch die Worte wurden undeutlich. Die Stimme schien sich im Nichts zu verlieren.

»Das war ein folgenschwerer Fehler. Dieses Haus ist verhext. Es bringt den Besitzern keine Freude. Schon meine Eltern haben sich hier drin zerstritten. Den Kippenbergers brachte es Gier und Maßlosigkeit. Und Lilly wurde zunehmend frech und fordernd. Zunächst war sie zahm und pflegeleicht gewesen, hatte sich dankbar dafür gezeigt, ein solch schönes Haus bewohnen zu können. Doch dann hatte ihr Verhalten etwas Divenhaftes angenommen. Sie gebärdete sich, als gehörte das Haus ihr. Dabei legte sie ein beachtliches

Maß an Selbstbewusstsein an den Tag. Sie tat Dinge, ohne sie mit mir abzusprechen. Sie schnüffelte im Haus herum, räumte Gegenstände durch die Gegend und steckte ihre Nase permanent in Angelegenheiten, die sie einfach nichts angingen. Seit sie hier wohnte, kam es immer wieder zu Streitereien zwischen uns. Nach einem morgendlichen Streit nahm ich die Koffer aus dem Keller und stellte sie im Park ab. Ich wusste, wo Lilly entlanglief und war mir sicher, dass sie sie entdecken würde.«

Will spürte, wie ihre Sinne schwanden. Die gottverdammten Drogen bemächtigten sich mehr und mehr ihres Gehirns. Ihr wurde schwindlig. Schweißperlen liefen ihr über Stirn und Wangen. Weisenbachs Gesicht verformte sich zur Fratze eines Monsters, das sich anschickte, über die Kommissarin herzufallen. Ihre Stimme war laut, unerträglich und verzerrt. Dann wurde es dunkel.

***

Sven Hagedorn griff nach der Sporttasche, die neben ihm gestanden hatte, und erhob sich. Den leeren Pappbecher warf er in den Abfalleimer. Stricker war nicht mehr aufgetaucht, und auch die Frau, die ihn gestern besucht hatte, blieb verschwunden. Aber egal. Er wusste, wohin er musste. Er hatte die Flugtickets und einen Zettel mit der Adresse. In einer Stunde startete das Flugzeug. Hagedorn war glücklich. Der Weg in ein neues Leben hatte begonnen. Um sich zu vergewissern, dass dies alles kein Traum war, tastete er nach dem Portemonnaie in seiner Brusttasche. Es war noch da. Das Wissen um den Inhalt machte ihn froh. Die Frau hatte ihm einen guten Teil des Lohns, den er für seine Tätigkeit erhalten sollte, bereits ausgezahlt. Sie war sowieso nett und freundlich zu ihm gewesen. Selten in der letzten Zeit war er so zuvorkommend behandelt worden. Das Leben wandelte sich wirklich zum Besseren. Er verließ das Schnellrestaurant und wandte sich nach rechts in Richtung Abflughalle. Nichts und niemand konnten ihn auf diesem Weg aufhalten. Jetzt nicht und erst recht in vier Wochen nicht, wenn er nach Frankfurt zurückkehrte. Dann würde sein Bauch ein bisschen dicker sein. Aber nur vorübergehend, bis die Tüten mit Drogen wieder draußen waren. Natürlich war er sich darüber im Klaren, dass diese Mission nicht ganz ungefährlich war. Die Tütchen konnten aufplatzen und ihn in einen finalen Rausch befördern. Oder der Zoll konnte auf ihn aufmerksam werden. Aber beides war ihm egal. Er hatte nichts zu verlieren.

***

Als Bohlans Polizei-Van von der Niederurseler Landstraße in die kleine Seitenstraße abbog, nahm der Kommissar den Fuß vom Gaspedal. Er hatte die wenigen Kilometer von der ›Fitness-Box‹ bis hierher ordentlich auf die Tube gedrückt. Nun galt es, möglichst wenig Aufsehen zu verursachen. Hinter ihm fuhr eines der beiden Polizeiautos, das auch schon bei der Verhaftung von Cordes und Weisenbach zugegen gewesen war. Das andere brachte die beiden Verhafteten ins Präsidium. Die angeforderte Verstärkung würde mit Sicherheit jeden Moment auftauchen. Bohlan ließ den Van in eine Parklücke rollen und schaltete den Motor aus.

»Gleich ist der Spuk vorbei«, sagte Steinbrecher, der auf dem Beifahrersitz saß.

»Hoffentlich«, entgegnete Bohlan. Seine Stimme klang zuversichtlich, doch sein Gefühl war alles andere als das.

»Dann mal los«, stieß er hervor, öffnete die Wagentür und sprang auf den Bürgersteig. Im gleichen Moment tauchten drei weitere Polizeiwagen auf. Bohlan wartete, bis sie geparkt hatten, und setzte die Uniformierten über das weitere Vorgehen in Kenntnis. Danach klingelte Bohlan an Wills Haus. Annegret Will öffnete nach kurzer Zeit die Tür und teilte mit, dass sie immer noch nichts von Julia gehört habe. Sie sei auch seit dem Morgen nicht wieder aufgetaucht. Die Sorge um ihre

Enkelin stand der alten Dame sichtlich ins Gesicht geschrieben, als sie fragte: »Es geht ihr doch gut, oder?«

»Selbstverständlich. Sie kennen doch Julia!? Sie spielt wieder ›Die drei Fragezeichen‹ und ermittelt auf eigene Faust. Es wird alles gut«, entgegnete Bohlan.

»Na dann, Kommissar Reynolds, bringen Sie den Fall zu Ende.« Der Anflug eines Lächelns huschte über Annegret Wills Gesicht. Immerhin versuchte sie einen Scherz, dachte Bohlan, beeindruckt über ihre Kenntnisse der Jugendliteratur.

Bohlan drehte sich um und gab den wartenden Kollegen ein Zeichen. Nach kurzer Zeit setzte sich der Polizeitross in Richtung Klöppel-Villa in Bewegung, wie das Haus, das Emma Weisenbach von ihren Eltern geerbt hatte, in der Nachbarschaft immer noch genannt wurde.

Die Rollläden im Erdgeschoss waren heruntergelassen, alle Fenster geschlossen. Ein Umstand, der Bohlans Gefühlszustand nicht sonderlich anhob. Es war ihm mittlerweile bekannt, dass Lilly Ernst als absolute Frühaufsteherin galt. Vor seinem inneren Auge sah er Lilly tot an der Decke baumeln. Doch was war mit Julia geschehen? War sie in eine Falle geraten? Lag ihr Körper in Einzelteile zerlegt in einem Koffer?

Während Bohlan sich mit zwei Streifenpolizisten der Eingangstür näherte, umstellten die übrigen Einsatzkräfte das Haus, um mögliche Fluchtwege abzuschneiden. Bohlan ließ einem Uniformierten den Vortritt, der sich am Schloss zu schaffen machte. Vorsichtig öffnete der Polizist die Eingangstür und stieß sie lautlos auf. Mit gezückten Pistolen betraten sie den Flur und arbeiteten sich langsam und lautlos vorwärts.

»Warum dauert das so lange?« Eine Frauenstimme war aus dem Wohnzimmer zu hören. Gefolgt von einem Rascheln und unverständlichem Gemurmel. Bohlan setzte sich an die Spitze des Trupps und schlich in Richtung Wohnzimmertür. Durch das Fenster am Ende des Flurs konnte er sehen, dass weitere Polizisten, darunter Steinbrecher und Steininger, die

Rückseite des Hauses erreicht hatten. Die Fluchtwege waren also alle abgesichert. Bohlan nutzte den Spiegel, der gegenüber der Wohnzimmertür hing, um die Geschehnisse im Zimmer zu sondieren. Die weibliche Stimme gehörte offenbar einer Frau, die in der Mitte des Raums stand und ihm den Rücken zuwandte. Anhand ihrer kurzen Haaren und der schlanken, durchtrainierten Statur identifizierte er sie als Emma Weisenbach. Außer ihr konnte Bohlan noch zwei schwarz gekleidete Männer erkennen, die versuchten, einen auf dem Boden liegenden Körper in einen Koffer zu stopfen. Ein Unterfangen, das offensichtlich nicht gelang, denn Arme und Beine ragten wechselweise heraus. Herr im Himmel, dachte Bohlan, lass es nicht Julia sein. Er hob die linke Hand und signalisierte so, dass es sich um drei Personen handelte, die es zu verhaften galt.

»Das wird nichts, wir müssen sie zerkleinern. Ich hole die Säge«, sagte einer der beiden Männer. Erst jetzt erkannte Bohlan, dass sie Panzerknackermasken trugen.

»Muss das wirklich sein?«, stieß Weisenbach hervor. Sie machte zwei, drei Schritte auf den Koffer zu und beugte sich zur Kontrolle über ihn.

Bohlan sah den Moment gekommen, um zu handeln. Die drei waren abgelenkt. Noch dazu wogen sie sich in absoluter Sicherheit. Nur wenig später könnte einer der Männer auf dem Weg in den Flur sein. Der Kommissar gab den beiden Polizisten mit der Hand ein Zeichen und stellte sich in den Türrahmen. In Sekundenbruchteilen erfasste er die Situation in Gänze. Während Emma Weisenbach und die Panzerkacker ihre Aufmerksamkeit weiter dem Körper im Koffer zuwandten, lag Julia Will mit aufgerissenen Augen auf dem Sofa. Es schien ihm, als starrte sie ihn an. Bohlan sah Angst, aber auch Erleichterung in ihren Augen, doch er war sich nicht sicher, ob er sich das alles nur einbildete. Was aber viel mehr wog, war die Tatsache, dass sie am Leben war. Sein Blick glitt zurück zu Emma Weisenbach.

»Ich denke, das können Sie sich sparen!«, rief er, während er über die Schwelle trat.

Die beiden Polizisten stürmten links und rechts an ihm vorbei und überwältigten die beiden Panzerknacker, die zu perplex waren, um reagieren zu können. Bohlan versuchte, Emma Weisenbach dingfest zu machen, die pfeilschnell zur Seite sprang und sich in Richtung Terrassentür orientierte, dort aber dem hereinstürmenden Steininger in die Arme lief. Wild um sich schlagend, wand sie sich aus seiner Umklammerung. Ein gezielter Tritt zwischen Steiningers Beine ließ diesen für einen Moment die Kontrolle verlieren. Mit schmerzverzerrtem Gesicht lockerte er den Griff. Emma nutzte diesen Moment aus und drehte sich um. Mit wenigen Schritten schaffte sie es fast bis zur Tür. Doch Steinbrecher, der hinter Steininger gestanden hatte, schob seinen Fuß nach vorn, sodass sie stolperte und auf dem Boden aufschlug. Steinbrecher ließ sein Gewicht auf sie fallen und drückte sie auf den Boden.

***

»Puh, das war Rettung in höchster Not!«, ächzte Bohlan und wischte Julia mit einem Taschentuch über die Stirn. Die Uniformierten waren gerade dabei, Emma Weisenbach und ihre beiden Komplizen aus dem Haus zu führen. Will atmete, aber ihr Körper war schlaff. Sie starrte Bohlan weiterhin an, zeigte aber wenig Reaktionen.

»Wie man's nimmt«, entgegnete Steinbrecher. Er stand vor dem Koffer. Bohlan sah auf. Hinter Steinbrecher konnte er lediglich zwei nackte Füße und Teile eines weißen Frotteestoffs erkennen.

»Wer?«, stieß er hervor, obwohl er die Antwort längst wusste.

»Lilly Ernst«, antwortete Steinbrecher und fügte hinzu: »Sie ist tot.«

Steininger, der die Polizisten nach draußen begleitet hatte, kehrte ins Wohnzimmer zurück.

»Bei den beiden Panzerknackern scheint es sich um zwei Personen aus der Bewachungs- und Sicherheitsszene zu handeln. Der eine ist mit ziemlicher Sicherheit Dimitri Wasovic. Der andere ein Kollege.«

»Der Porsche-Fahrer?«, hakte Bohlan nach.

»Genau. Er war für die Sicherheit beim Kulturfestival im Martin-Luther-King-Park zuständig. Da liegt es also nahe, dass er Weisenbach auch mit dem Transport der Kippenberger-Koffer geholfen haben könnte.«

»Hm«, sagte Bohlan, »sozusagen ein Mann für alle Fälle. Er schafft nicht nur Sicherheit und Bewachung, sondern hilft auch bei anderen Dingen.«

»Die nächsten Jahre wohl nicht mehr«, erwiderte Steinbrecher.

»Weiß man's? Auch im Gefängnis gibt es jede Menge Betätigungsfelder.«

»Was ist mit Julia?«, wollte Steininger wissen. Bohlan zuckte mit den Schultern. »Keine Ahnung. Ich vermute, dass sie ihr irgendwas gespritzt haben. Ich hoffe, dass der Rettungswagen bald da ist.«

***

Steininger wartete, bis Felicitas die Badezimmertür geschlossen hatte. Seit Sonntag hatte er dieses mulmige Gefühl im Magen. Es kam ihm vor, als hätte ihm jemand einen brachialen Schlag in die Magengrube versetzt. So ähnlich war es ja auch, wenn es auch kein realer Schlag war. Immerhin sah sein Kopf ein wenig klarer als noch vor ein paar Tagen. Steininger besaß die Nehmereigenschaften eines Boxers. Er hatte zwar noch nie einen Kampf bestritten, aber er trainierte hart, wenn er auch nur auf Sandsäcke drosch. Doch sein Trainer hatte ihm eine Menge über die Philosophie des Boxens erklärt. Danach war ein Kampf erst zu Ende, wenn der Athlet am Boden lag.

Und so weit war es noch lange nicht. Steininger war angeschlagen, vielleicht angezählt. Aber es bestand kein Grund, sich geschlagen zu geben. Im Gegenteil: Jetzt galt es, besonnen ans Werk zu gehen. Der größte Fehler, den er machen konnte, wäre wild um sich zu schlagen und auf den Gegner einzudreschen. Mit dieser Taktik gewann man keinen Kampf, noch nicht einmal eine Runde. Er musste gewitzter vorgehen, den Gegner in die Irre führen. Vielleicht hier und da eine Antäuschung machen. In jedem Fall sollte er sich erst aus der Deckung wagen, wenn Felicitas sich absolut sicher fühlte. Also bremste er seine Wut und hielt sich zurück. Außerdem war eine Nacht mit ihr auch unter diesen Umständen nicht zu verachten.

Er stand auf und pirschte sich zum Schlafzimmerschrank. Es dauerte nicht lange, bis er zwischen der Wäsche eine Holzkiste gefunden hatte. Er öffnete den Deckel und traute zunächst seinen Augen nicht. In der Kiste lag eine Unmenge CDs, jede in einer passenden Papierhülle mit Sichtfenster. Die CDs waren mit Haushaltsgummis zu kleinen Packen geschnürt. Jedes war mit einem Namen und einem Datum beschriftet. Steininger verzichtete darauf, sämtliche Aufschriften zu lesen. Er war auf der Suche nach dem Packen, der seinen Namen trug. Nach kurzer Zeit hatte er ihn gefunden. Immerhin schien es sich um den dicksten Packen zu handeln. Der Kommissar überlegte, ob er die CDs einstecken und mitnehmen sollte, wurde aber durch Geräusche aus dem Bad daran gehindert. Felicitas würde jeden Moment wieder auftauchen. Er prägte sich die Marke der CDs ein und schätzte die ungefähre Menge, bevor er die Kiste schloss und in den Schrank zurückstellte. Hektisch sprang er zurück ins Bett und versuchte sich bei den weiteren Aktivitäten das Wissen um eine Kamera nicht anmerken zu lassen.

12.

Als Bohlan am nächsten Morgen das Kommissariat betrat, saß Walter Steinbrecher an seinem Schreibtisch, hielt den Telefonhörer in der Hand und brüllte in das Gerät. Die laute Stimme schüchterte selbst Bohlan ein, der – ohne einen Mucks zu sagen – Kaffee in seine Tasse schüttete und auf leisen Sohlen zu seinem Arbeitsplatz schlich.

»Was ist denn los?«, traute sich der Kommissar zu fragen, nachdem Steinbrecher das Telefonat beendet hatte.

»Du glaubst es nicht, was diese Idioten von der Deutschen Bahn so alles verzapfen.«

Was sollte Bohlan antworten? Er wusste es natürlich nicht, und Steinbrecher würde es sicher gleich erzählen. Deshalb sah er seinen Kollegen nur fragend an.

»Also in zwei Tagen startet mein Urlaub. Du weißt, ich will mit der Harley in den Süden. Aber natürlich nicht über deutsche Autobahnen. Das macht keinen Spaß. Ich will durch die Wärme und die Natur donnern.«

Bohlan nickte. Immer noch war er ihm nicht klar, was Walter ihm eigentlich sagen wollte.

»Die Lokführer haben mal wieder einen Streik angekündigt, und zwar genau dann, wenn mein Zug fährt. Es wird also nichts mit dem Autozug. Davon kannst du ausgehen.«

»Aha, mag ja sein, aber was hat das mit der Bahn zu tun?«

»Ich habe schon vor Wochen den Autozug gebucht. Wenn der Zug nicht fährt, will ich natürlich mein Geld zurück. Ist doch klar.«

»Sonnenklar«, bestätigte Bohlan.

»Meinst du, dass mir irgendjemand an der Hotline dazu auch nur die kleinste Kleinigkeit sagen kann?«

»Natürlich nicht. Ist doch die Hotline. Was erwartest du? Die sitzen in irgendeinem Callcenter und haben nie einen Reisezug von innen gesehen.«

»Also«, fuhr Steinbrecher fort, ohne auf Bohlans Zwischenruf einzugehen. »Die nette Dame konnte mir zum Streik nichts sagen. Wie auch?«

»Vielleicht hat die Gewerkschaft eine kompetente Hotline«, bemerkte Bohlan zynisch.

Steinbrecher verzog das Gesicht zu einem gequälten Lächeln. »Ja, ja, wer den Schaden hat, braucht für den Spott nicht zu sorgen. Jedenfalls gab sie mir die Nummer von der Verladestation in Neu-Isenburg. Freundlicherweise konnte sie mich sogar mit denen verbinden.«

»Und?«

»Nachdem ich mein Anliegen geschildert hatte, erklärten die sich erst mal für nicht zuständig. Ich solle mich an die Hotline wenden. Zum Schreien oder? Mit Mühe konnte ich verhindern, dass ich wieder zurückverbunden wurde. Dann musste mein Gesprächspartner mit dem Chef Rücksprache halten. Nach ein paar Minuten Klaviermusik wurde mir mitgeteilt, dass der Zug mit Sicherheit nicht abfahren werde. Damit war das zumindest schon mal geklärt. Blieb also die Frage nach der Rückerstattung des Fahrpreises.«

Steinbrecher trank einen Schluck Wasser.

»Das dürfte doch kein Problem sein, oder?«

»Das denkst du. Eine Rückerstattung ist natürlich kein Problem. Allerdings muss man eine Bestätigung vorlegen, dass der Zug nicht gefahren ist.«

»Wie bitte?«

»Ja, du hast richtig gehört. Alle wissen, dass der Zug nicht fahren wird. Trotzdem soll ich mit meiner Maschine zur Abfahrtszeit vor Ort sein und mir dort bestätigen lassen, dass der Zug den Bahnhof wirklich nicht verlassen hat. Bekloppt, oder?

»Mich wundert nichts mehr. Was machst du jetzt, hinfahren?«

»Hältst du mich für komplett bescheuert? Natürlich nicht. Ich werde denen einen gesalzenen Brief schreiben und ein paar Zeitungsartikel zum Streik beilegen. So geht's ja nicht.« Steinbrecher erhob sich und schnappte seinen Zigarettenbeutel. »Ich brauch 'ne Kippe. Kommst du mit?«

»Nein, danke«, entgegnete Bohlan. »Ich muss mich zurückhalten, sonst nimmt das noch überhand.«

Nachdem Steinbrecher das Kommissariat verlassen hatte, betrachtete Bohlan nachdenklich die Bilder und Notizen auf dem Whiteboard. Dann machte er sich auf den Weg zu Julia Will.

***

Als Julia Will erwachte, lag sie in einem hellen Raum mit Aussicht auf den Frankfurter Fernsehturm, im Volksmund ›Ginnheimer Spargel‹ genannt. Es dauerte einen Moment, bis sie realisierte, dass sie sich in einem Krankenhauszimmer befand. Ihr gegenüber erblickte sie einen Tisch mit zwei Stühlen. Auf dem Tisch stand eine Blumenvase, in der ein Strauß mit bunten Blüten steckte. Wie lange war sie schon hier? Was war passiert, seit sie Lillys Haus betreten hatte?

Nur langsam kehrten die Erinnerungen zurück. Irgendjemand hatte ihr Drogen gespritzt und dann hatte die Welt verrückt gespielt. Emma Weisenbach hatte sich als Lillys Geliebte zu erkennen gegeben und anschließend gestanden, das Ehepaar Kippenberger ermordet zu haben. War das wahr oder eine Halluzination im Drogenrausch? Julia fühlte sich außerstande, eine Entscheidung zu treffen. Was war Realität und was Fiktion?

Zum Glück ging in diesem Moment die Tür auf und eine Krankenschwester betrat den Raum. Als sie bemerkte, dass Julia die Augen geöffnet hatte, legte sich ein Lächeln über ihr Gesicht.

»Oh, Sie sind aufgewacht. Das ist schön.«

Die Krankenschwester trat an das Bett und kontrollierte die Infusionsflasche, die an einer Stange neben dem Bett hing. Will bemerkte erst jetzt, dass sie eine Braunüle im Arm hatte und durch einen Schlauch mit der Flasche verbunden war. Ihre Glieder fühlten sich bleischwer an.

»Wie lange habe ich geschlafen?« Das Sprechen erwies sich schwerer als gedacht. Lippen und Zunge schienen eigenen Gesetzen zu unterliegen.

»Sie wurden gestern Morgen eingeliefert, soweit ich weiß.«

Also hatte sie eine Menge Schlaf hinter sich. Was war in der Klöppel-Villa passiert, nachdem sie in eine andere Sphäre eingetaucht war? Die Tatsache, dass sie sich im Krankenhaus befand, sprach dafür, dass es gelungen war, Emma Weisenbach und ihre Komplizen dingfest zu machen. Aber was war mit Lilly Ernst passiert?

Es klopfte an der Tür. Julia versuchte, ein lautes ›Ja‹ hervorzustoßen, doch es gelang ihr nur halbwegs. Dennoch öffnete sich die Tür und Annegret Will betrat das Zimmer. Zu Wills Freude hatte sie Alex im Schlepptau. Die beiden begrüßten Julia überschwänglich. Die Erleichterung darüber, dass sie alles gut überstehen würde, war ihnen deutlich anzumerken. Julia war froh, dass sie kaum Fragen stellten und stattdessen selbst wie ein Wasserfall quasselten – vor allem Annegret Will, die am Abend zuvor ihre große Lesung hinter sich gebracht hatte. Die Zuhörer hatten ihr die Bücher aus der Hand gerissen. Alex begnügte sich damit, auf der Bettkante zu sitzen und ihr die Hand zu halten. Die Wärme seiner Hand tat ihr gut. Als ihre Oma fertig erzählt hatte, fragte Julia, ob sie etwas über Lilly wüssten. Alex' Gesicht verdüsterte sich.

»So schlimm?«, hakte Julia nach.

Alex nickte. »Dann brauchst du nichts zu sagen«, sagte Julia.

»Tom will am Nachmittag vorbeikommen. Er kann dir alles ganz genau erzählen.«

Es dauerte nicht bis zum Nachmittag. Alex und Annegret Will hatten das Zimmer keine fünf Minuten verlassen, da tauchte Tom Bohlan auf. Nach einer kurzen Begrüßung und ein paar persönlichen Worten, erstattete Bohlan Bericht.

»Lilly Ernst und Dirk Stricker sind tot. Tilmann Weisenbach und Benno Cordes sitzen ebenso hinter Gittern wie Emma Weisenbach. Die ersten beiden müssen sich wegen Drogenhandels vor Gericht verantworten. Emma wird wohl länger hinter Schloss und Riegel bleiben. Sie zeichnet für die Morde an Jürgen und Karola Kippenberger sowie Lilly Ernst verantwortlich. Das gleiche Schicksal blüht ihren beiden Helfern. «

Das Leben schlägt schon merkwürdige Kapriolen. Eigentlich waren Tilmann Weisenbach und Benno Cordes die Hauptverantwortlichen. Emma wollte nur das Unternehmen und ihren Lebensstandard retten und war dabei in immer tieferem Morast versunken, dachte Bohlan, bevor er fortfuhr:

»Spurensicherung und KTU haben die Villa in Niederursel komplett durchleuchtet und tatsächlich DNA-Spuren der Kippenbergers gefunden. Außerdem hing im Keller die Kettensäge, mit der mit allergrößter Wahrscheinlichkeit die Leichen in koffergerechte Stücke zerteilt wurden. Die Beweiskette ist perfekt. Lilly Ernst wurde mit einer Überdosis Chrystal Meth getötet. Im Gegensatz zur dir kam für sie jede Hilfe zu spät. «

»Bleibt nur eine Frage: Wo steckt Sven Hagedorn?«, fragte Will mit schwacher Stimme. Bohlans Bericht hatte sie sehr angestrengt.

»Vermutlich irgendwo im Ausland. Irgendwann wird er wieder in Deutschland auftauchen und neues Kristallstöffche mitbringen.«

***

Jan Steininger schlenderte wehmütig am Mainufer entlang. Noch vor wenigen Tagen hätte man von hier aus Fritz' Boot sehen können. Doch die Ordnungswut der städtischen Behörden, gepaart mit dem Filz der Verwaltung, hatte gesiegt. Fritz hatte für den Verkauf von Speisen und Getränken vom Boot aus keine Genehmigung mehr und würde auch keine bekommen. Natürlich steckte hinter der ganzen Sache der Wirt des italienischen Feinschmeckerrestaurants ein paar Straßen weiter, der um seine Pfründe fürchtete. Völlig unberechtigterweise, wie Steininger fand. Er hatte nun die Stelle erreicht, an der er vor wenigen Tagen mit Fritz und Felicitas gestanden hatte. Damals war seine Welt noch halbwegs in Ordnung gewesen. Zumindest hatte er noch an die Illusion geglaubt, dass er die frivole Staatsanwältin alleine zufriedenstellen konnte. Toms Warnungen und Hinweise hatte er stets beiseitegeschoben. In seinen Augen hatte Tom seinen Frust auf ihn projiziert und gönnte einem jüngeren Kollegen sein Glück nicht. Noch dazu, wo Julia gerade mit Alex zusammenzog und drauf und dran war, eine Familie zu gründen. Steininger hoffte inständig, dass er auch eines Tages diesen Weg gehen könnte und nicht so endete wie seine beiden männlichen Kollegen. Der eine wohnte seit Jahren allein, hatte immerhin einen erwachsenen Sohn, doch von einer Beziehung fehlte indes jede Spur. Der andere stolperte von einer Liebschaft zur nächsten und wurde immer wieder aufs Neue enttäuscht. Vielleicht war dies das Los eines Polizisten? Steininger stand direkt am Main und starrte auf das trübe Wasser, welches an ihm vorbeizog. Er hob den Kopf, schaute flussabwärts und kniff die Augen zusammen. Er fragte sich, wo Fritz nun den Anker abgeworfen hatte. Eine Aufgabe, die er in den nächsten Tagen lösen konnte. Nun war es Zeit, Felicitas eine ordentliche Lektion zu erteilen. Er warf einen Blick auf seine Uhr. Noch zehn Minuten bis zum vereinbarten Date. Ungeduldig trat er von einem Fuß auf den anderen. Er war versucht, schon jetzt zu ihr zu gehen. Die Vorfreude auf das letzte Treffen mit ihr bereitete ihm himmlisches Vergnügen. Doch es wäre ein Eingeständnis von Schwäche. Der

Überlegene kam nicht zu früh, das war die Regel. Eher verspätete er sich ein paar Minuten. Außerdem musste alles passen, es kam auf das perfekte Timing an. Wenn nicht jedes Rädchen ins andere griff, könnte der ganze Plan scheitern. Und das dürfte auf gar keinen Fall passieren. Steininger hatte eine Mission, die es akkurat zu erfüllen galt. Danach wäre das Thema Felicitas Maurer für ihn und die Frankfurter Kripo Geschichte. Er vergewisserte sich, dass er den Packen CDs, den er mit netten Filmchen bespielt hatte, tatsächlich in seiner Umhängetasche trug und drückte auf den Klingelknopf. Steininger war fest entschlossen, die Nacht mit Felicitas zu genießen und danach die CDs auszutauschen

Epilog

Als Bohlan am Morgen erwachte, schien die Sonne ein wenig heller zu strahlen als gewöhnlich. Er hatte gut geschlafen. Tief und lange. Das Gespräch mit Julia am gestrigen Nachmittag hatte ihn wieder aufgebaut. Seine Kollegin würde den Drogenrausch überstehen und keine Spätfolgen erleiden. Zumindest hatten ihr die Ärzte dies versichert. Von ihr selbst ging ebenfalls Zuversicht aus. Das war das Wichtigste.

Doch da war noch ein Gefühl, das sich in ihm ausbreitete. Irgendetwas fühlte sich anders an als sonst. Er konnte nur nicht bestimmen, was der Grund für das Anderssein der Welt an diesem Morgen war. Nach einer ausgiebigen Dusche setzte er sich mit einem Pott Kaffee auf das Deck, atmete tief ein und beobachtete die morgendlichen Spaziergänger, die am Ufer entlangschlenderten. Wenig später legte die kleine Fähre vom Ufer ab und setzte zum südlichen Mainufer über. Als die beiden Schwäne das Hausboot umrundeten, um einen Ausflug die Nidda entlang zu unternehmen, griff Bohlan zum Telefon. Es war die Zeit gekommen, um Klaus Gerding seine Entscheidung mitzuteilen …

Gerade in dem Moment, in dem er die Nummer eintippen wollte, klingelte das Telefon in seiner Hand. Das Display verriet ihm, dass am anderen Ende das Präsidium war. Was wollen die denn jetzt von mir?, fluchte der Kommissar in sich hinein.

»Sie müssen sofort zum Osthafen. Staatsanwältin Maurer …«

Die Stimme brach ab.

»Was ist denn mit Staatsanwältin Maurer?«, fragte Bohlan genervt.

»Sie ist … sie wurde …«

Bohlan bekam einen Schweißausbruch, sein Herz begann zu rasen.

»Sie ist tot«, sagte die Stimme. »Vermutlich Opfer eines Gewaltverbrechens. Steininger ist bereits unterwegs.«

Krimis von Lutz Ullrich:

Politiker schreibt Polit-Krimi!

Der Kandidat

In Frankfurt ist Oktober und der Teufel los! Hauptkommissar Tom Bohlan kehrt nach vielen Jahren widerwillig in den Dienst zurück und wird mit einer jungen, gut aussehenden Kommissarin konfrontiert. Ein ehrgeiziger Musikproduzent, der unbedingt Frankfurter Oberbürgermeister werden will, kämpft mit der neuen Linken gegen die Machtelite seiner Partei, die am Abgrund steht. Eine Bestsellerautorin, die keiner kennt, schnüffelt in den Katakomben der Macht. Dann liegt eine junge Referentin tot in ihrem Bett. Die Ereignisse überschlagen sich. Tom Bohlan ermittelt in Frankfurts linkem Milieu und bekommt es mit Macht, Politik, Sex und schließlich mit der Moral zu tun.

Ein ziemlich heißer Tod…

Tod in der Sauna

Als der Startrainer Klaus Momsen tot in der Sauna seines Fitness-Studios gefunden wird, herrscht allgemeine Fassungslosigkeit. Hauptkommissar Tom Bohlan und seine Kollegin Julia Will stoßen schon bald auf einige Ungereimtheiten. Warum war Momsen mit Dopingmitteln vollgepumpt?

Macht, Gier und Mobbing …

Tödliche Verstrickung

Die Anwältin Miriam Faust will ganz nach oben und spielt dabei ein übles Spiel, in dem Moral keine Rolle zu spielen scheint. Zunächst scheint alles nach Plan zu laufen, doch dann hängt ein Privatdetektiv halbnackt und tot an der Decke seines Schlafzimmers. Als Hauptkommissar Tom Bohlan und seine Kollegin Julia Will an den Tatort gerufen werden, ahnen sie noch nicht, in welche Verstrickungen sie dieses Verbrechen führen wird. Macht, Gier, Mobbing und üble Machenschaften ziehen sich durch die Ermittlungen und rütteln an den Grundwerten der Kommissare.

Wirtschaft, Mord und Drogen

Stadt ohne Seele

In einem Frankfurter Luxus-Hotel wird die Leiche einer jungen Mexikanerin gefunden. Schnell gerät der Internet-Aktivist Linus Möller unter Mordverdacht, der in der Schattenwelt zwischen Wirtschaftskriminalität und Drogenhandel recherchiert. Doch was hat das alles mit der Finanzierung einer neuen Multifunktionshalle im Frankfurter Stadtwald zu tun? Und warum gibt es Parallelen zu einer Mordserie im mexikanischen Drogenmilieu? Es beginnt eine mörderische Hetzjagd, die das Ermittlungsteam Bohlan/Will an die Grenzen ihrer Möglichkeiten bringt.

Tödliche Nidda

Mord am Niddaufer

Am Ufer der Nidda wird in Nähe des Eschersheimer Schwimmbades eine kopflose Leiche gefunden. Der Frankfurter Stadtteil ist in heller Aufregung, die auch das örtliche Gymnasium erfasst: Bei dem Opfer handelt es sich um eine Schülerin. Tom Bohlan und Kollegen ermitteln. Eine ungeliebte Schulleiterin, ein Theaterstück, in dem es um Enthauptungen geht, und Intrigen im Kollegium machen es nicht leichter. Damit nicht genug: Die neue Staatsanwältin macht dem Kommissar das Leben schwer.

Tödliches Erbe

Das Erbe des Apfelweinkönigs

In einer Villa am Frankfurter Lerchesberg wird die bild-
schöne Erbin des legendären Apfelweinkönigs Heinz Wagenknecht ermordet. Auf dem Nachbargrundstück findet Kommissar Tom Bohlan die Tatwaffe und ein Foto, das eine alte
Kelter in einem Kellergewölbe zeigt. Sehr schnell kommen
die Kommissare zu dem Schluss, dass es sich dabei um den
Hinweis auf ein weiteres Verbrechen handelt. Ein spannen-
der Wettlauf mit der Zeit beginnt ....Die Frankfurter Kripo
ermittelt im Dunstkreis einer Apfelweindynastie, die ums
Erbe streitet und dabei vor nichts zurückschreckt. Tom
Bohlan jagt den Täter diesmal unter anderem in Eckenheim.

Krimis von Frank Demant

Band 9: Goethe war's nicht

Nichts hasste der Sachsenhäuser Detektiv Herr Schweitzer mehr
als Geschäftsessen, Hausarbeit vielleicht mal ausgenommen.
Trotzdem wird er von seiner Freundin Maria dazu genötigt.
Kaum ist diese Tortur ohne nennenswerten psychischen Scha-
den überstanden, meldet sich der Gastgeber erneut – sein Sohn
sei entführt worden. Es folgen ein paar stressige Tage, die dank
eines hellblauen Toilettenhäuschens eine ungewöhnliche Wen-
dung nehmen.
Außerdem:
Band 8: Kunstraub im Städel
Band 7: Das Geheimnis vom Kuhhirtenturm
Band 6: Verschollen im Taunus
Band 5: Opium bei Frau Rauscher
Band 4: Die Leiche am Eisernen Steg
Band 3: Tod im Ebbelwei-Express
Band 2: Geiseldrama in Dribbdebach
Band 1: Simon Schweitzer – immer horche, immer gugge

Liebe, Tod und Apfelsekt

Kriminalroman von Peter Ripper
Eine liebestolle ältere Dame macht Starfriseur Belmondo den
Hof. Kurz darauf findet Karlo Kölner ihre Leiche im Salon des
Haarkünstlers in Frankfurt-Höchst. Es kommt wie es kommen
muss: Aus Hilfsbereitschaft wird eine riesengroße Dummheit,
was Karlos spezielle Intimfeinde, die Streifenbeamten Dietmar
Hund und Manfred Haffmannn naturgemäß in die Karten spielt.
Mysteriöse Äpfel, ein silbernes Medaillon und eine Flasche Ap-
felsekt geben Kommissar Reichard und seinem hypochondri-
schen neuen Chef Schönhals Rätsel auf. Doch auch Georg Geh-
ring, Ex-Hauptkommissar und frischgebackener Privatdetektiv,
hat seine erste Klientin und beginnt zu ermitteln.

Außerdem sind in der Karlo-Kölner-Reihe erschienen:
Band 1: Karlo und der letzte Schnitt
Band 2: Karlo und der zweite Koffer
Band 3: Karlo und der grüne Drache
Band 4: Karlo und das große Geld
Band 5: Karlo geht von Bord
Band 6: Geschenke für den Kommissar

Zeitfracht Medien GmbH
Ferdinand-Jühlke-Straße 7
99095 Erfurt, Deutschland
produktsicherheit@kolibri360.de